Luis Valero

El Asesino de las Ánimas

El Club de las Asesinos

Página de créditos

Editorial: BoD · Books on Demand GmbH, In de Tarpen 42, 22848 Norderstedt (Alemania)
Impresión: Libri Plureos GmbH, Friedensallee 273, 22763 Hamburg (Alemania)

ISBN: 978-84-1174-826-1

Agradecimientos

Todo libro que se preste requiere transmitir el agradecimiento,
en mi caso, tengo que agradecer a mi familia y principalmente
a mi mujer "Mimi" quién me impulsó a escribirlo y soporto todos los
momentos de nerviosismo y bajeza que tuve a lo largo de este año y medio.

-I-

Ese día temprano empezó todo.

"Cada mañana te esperamos para beneficiarnos con tus pródigos rayos y bendecirte por ellos".

Zaratusta

Es un lunes 28 de octubre y amanece en Soria capital, el día es fresco, aparentemente despejado, lo que hace que la temperatura sea agradable y ronde los siete grados.

En la ribera del río Duero, a su paso por la capital, hay una abundante neblina, fruto de la humedad que genera ese vapor de agua tan típico del momento cuando los rayos del sol tocan la lámina del agua del fluyente rio, y hace preciosa la configuración del rio Duero y la ciudad de Soria.

Una pequeña brisa de mañana hace moverse las grandes y altas copas de los sauces y chopos que están en la ribera del río que, junto con el canto vespertino de los pájaros, hace que se inunde del sonido celestial que brinda la naturaleza.

Jorge y Marina, dos sorianos de pro, se levantan y se preparan un zumo de naranja para salir a correr como casi todos los días.

Tienen 37 y 35 años respectivamente, él es médico cirujano urológico en el Hospital Universitario "Hospital Santa Bárbara" y tiene su consulta privada en el hospital "La Torre", ella es ingeniera informática y trabaja en una empresa multinacional de diseño de webs que ha abierto recientemente oficina en Soria.

Se conocieron siendo adolescentes, y estando en la misma pandilla de amigos tuvieron un pequeño romance, algo típico de esa edad; luego cada uno trazó su camino por los estudios universitarios que eligieron, él se fue un año a Inglaterra a estudiar inglés y después a Sevilla a estudiar medicina, y ella a Madrid a estudiar informática, pero hace cuatro años coincidieron en la presentación del libro "Cien años de Soria en la Poesía. Antología poética (1912-2012)". Libro impulsado por la Diputación de Soria y que coincidía con la celebración de los 150 años de la muerte de Gustavo Adolfo Bécquer, calificado como el máximo exponente de romanticismo español y un enamorado de la ciudad de Soria, de Soria como región, y de los Sorianos.

En una ciudad como Soria, este tipo de actos invita a la asistencia de muchos conocidos, sirve para mantener y recuperar relaciones y como no, romper con la rutina diaria de una típica capital de provincia. Estas reuniones están impulsadas por los Organismos Oficiales que buscan desarrollar relaciones comerciales, de amistad, en las cuales se ven antiguos amigos y conocidos, y se recuerdan viejos tiempos.

En dicha presentación se habló mucho del triunvirato formado por Bécquer-Machado-Diego. Grandes poetas españoles de finales del siglo XIX y principios del XX que ilustraron con sus poesías la bella Soria, y en la que incluso vivieron. Pero, en esa presentación del libro también se destacó que otros muchos poetas han cantado la tierra soriana (el libro censa a seis decenas). Todos ellos han destacado a la ciudad de Soria en su paisaje y paisanaje.

Él es un gran lector, le encantan los escritores identificados en las épocas del romanticismo y modernismo, a ella le gustan las novelas modernas: realista, romántica, y policial.

Gracias a esta presentación, Jorge y Marina volvieron a recordar los viejos lazos que les unieron en su época juvenil, y que los ha llevado a tener en la actualidad una relación seria. Ahora viven juntos en el apartamento de él. Un apartamento situado en el viejo casco antiguo, remodelado con un estilo moderno, muy céntrico, y rodeado de todo lo que se necesita para disfrutar de una ciudad tan bella. Un apartamento que ella ha empezado a adornarlo con su estilo y delicadeza, con los recuerdos de los viajes que han llevado a cabo, lo que transmite que la relación es cada vez es más estable y profunda.

A los dos enamorados les encanta hacer un poco de deporte. Casi todas las mañanas corren por el cauce del rio Duero, un paraje seductor a su paso por la ciudad, y que tiene dos sentidos preciosos: uno hacia el Monasterio de San Juan de Duero, aguas arriba, en dirección hacia la presa del Pereginal y Garray, y el otro hacia la Senda del Duero, aguas abajo. Ambos parajes con interesantes reliquias que aún conservan su esplendor del medievo y en donde Soria, la ciudad, tuvo un papel destacado.

La ribera del rio, en ambos sentidos, tiene una interesante estratificación que hace que el deporte de correr sea inmenso y placentero. Un correr entre árboles: chopos, sauces, fresnos, y abedules, junto con arbustos como los majuelos, rosales, endrinos, y madreselvas.

La zona está rodeada de viejos vestigios de la época de los Templarios. Vestigios que transmiten el gran poder que en su momento tuvieron en este lugar, destacando la zona el Monte de las Ánimas y el Monasterio de San Juan de Duero.

Los Templarios eran guerreros y religiosos a la vez, curtidos en grandes guerras, y muy odiados entre los hidalgos y la realeza por su fuerte relación con el clero.

Jorge es un enamorado de la zona y destaca el Monte de las Ánimas el cual tiene un significado mítico y misterioso, en él se produjo una gran cacería entre los clérigos con espuelas y los hidalgos. Desde entonces recibe ese nombre, y en la noche de los difuntos se dice que se oyen doblegar las campanas de la capilla del Monasterio de San Juan de Duero mientras las ánimas bajan del monte.

Jorge con frecuencia le gusta ir por esa zona, él siente el olor del poder de esos Templarios.

Ambos suelen correr entorno al rio unos cuarenta minutos para después desayunar juntos, hablar de lo que les espera en el día, y salir hacia el trabajo.

Ese lunes, salen de su casa en la Calle Cuchilleros a las 7:30 de la mañana corriendo lentamente en dirección al puente medieval de piedra. Cuando llegan al Antiguo Convento de San Agustín deciden hacía donde van, o bien cruzan el viejo puente de piedra y van aguas arriba del cauce, hacia el Monasterio de San Juan de Duero, o no lo cruzan, y van por la derecha del rio a tomar la dirección de la Senda del Duero, hacia el islote, según les apetece o según esté el día.

Precisamente ese día cruzaron el puente de piedra hacia el Monasterio. Les encanta hacer el camino junto al cauce, disfrutando de la belleza del paisaje, del entorno, y con el olor penetrante que transmiten los árboles, el sonido del agua corriendo con fuerza por el rio, y los pájaros revoloteando y cantando.

Para ellos es un paseo romántico donde se une el deporte y el amor, y que es perseguido por el ladrar de los perros, el tocar de las campanas de la Iglesia de San Polo Redención y de la Concatedral de San Pedro Apóstol.

Según van corriendo, a la altura del Monasterio y junto al cauce, ella observa algo extraño. Se para de forma súbita, y se acerca lentamente, ve algo que parece una mano humana. Acercándose un poco más, observa que hay un cuerpo entre los juncos muy bien cubierto por ramas secas y verdes colocadas de una manera extraña a modo de cruz. Al acercarse observa lo que parece que es el cuerpo de una mujer joven.

Rápidamente exclama. –¡Jorge ven rápido!, ¡parece un cuerpo humano!.

Jorge se acerca y le dice que no se aproxime más y que salga rápidamente del lugar, con cuidado, sin tocar nada.

Coge su teléfono móvil, llama a la policía y les indica que están junto a un presunto cadáver en el cauce del rio.

El policía que le atiende le dice que se aparten del cuerpo, que no toquen nada, y que rápidamente llegarán unos agentes; insiste en que no toquen nada y que permanezcan en el lugar de los hechos. El policía le pide que le dé la ubicación exacta del lugar. Jorge le describe con todo detalle el lugar donde se encuentra y les manda la geolocalización a través del móvil.

Rápidamente el policía que esta al teléfono da la alerta a las patrullas cercanas al lugar de los hechos. En diez minutos varias patrullas de la Policía Local llegan al lugar, acordonan el área que la rodea para evitar que transeúntes, coches, y medios de comunicación puedan acercarse.

Los Agentes les preguntan qué ha pasado.

Jorge les explica qué hacen allí y les señala el lugar donde se encuentra el cadáver. Dos Agentes se acercan con sumo cuidado, despacio, y ven, entre las ramas y los juncos, el cadáver de una mujer.

Marina está muy nerviosa, llorando, le tiemblan las manos. Se encuentra abrazada a Jorge. El Agente le dice que se tranquilice.

Jorge, acostumbrado por su profesión, está más tranquilo y le explica sus costumbres de ir por la zona. Le comenta al Agente que hacía cinco días que no iban a correr por ese cauce del rio, y que hoy había decidido ir por ese lado por el buen día que hacía.

Uno de los Agentes se pone en contacto con la Central para explicar lo que a priori han visto mientras el otro, les pide sus datos de identificación.

La central de la Policía Municipal, según el protocolo establecido, da el aviso a los diferentes Cuerpos de Seguridad del Estado. En menos de una hora en el lugar aparecen varios equipos de la Guardia Civil y Policía Criminalística, los cuales son los encargados de tomar el control, de inspeccionar, y de analizar minuciosamente tanto el lugar como el cadáver.

Al rato de la llegada de la Guardia Civil llega el Juez de guardia, quien hace una inspección ocular del lugar buscando algún indicio que le permita identificar, en una primera vista, lo que ha podido pasar y hablar con los Agentes.

Casi al mismo tiempo llega el Forense, quién tiene como misión auxiliar al Juez para la decisión del levantamiento del cadáver. Se dirige con paso lento a la zona donde se encuentra el cuerpo. Tiene más de 40 años de experiencia y por tanto ha vivido muchas situaciones como ésta. El Juez y él se conocen desde hace bastante tiempo. Intercambian unas palabras antes de que el Forense se acerque a ver el cadáver.

El Forense comenta. –El cadáver es de una mujer joven probablemente entre 20 y 25 años .

Inicialmente no se puede precisar más, dado que el cadáver no puede ser analizado, ni desplazado, hasta que los agentes de la Policía Criminalística lo estudien y revisen con minuciosidad el lugar. Se observa que el cadáver tiene una complexión normal, la mujer está vestida con una chaqueta y blusa verde, pantalones vaqueros, y zapatillas de deporte, aparentemente sin signos de violencia, según comenta uno de los Agentes de Criminalística al Juez.

El Forense hace un análisis previo del cuerpo y explica tanto al Juez como a los Agentes de Criminalística, – Señores, por la temperatura y el rigor mortis, el cadáver lleva muerto más de 12 horas, y posiblemente más de 36 horas, dado que el cadáver está en un estado de "completo" y en fase de resolución.

Resalta el Forense – se observa en el cadáver que yan han pasado más de 36 horas desde el deceso y por ello, la rigidez muscular es más fácil de vencer a través de la aplicación de la fuerza y que no vuelva a instaurarse. Tras esta fase llega la laxitud cadavérica.

Uno de los Agentes de Criminalística le dice al Juez que –por los insectos que rodean el cadáver, es posible que éste lleve más de 6 horas en el lugar.

Los Agentes de la Criminalística, el Forense, y el Juez, reunidos en un pequeño circulo, comentan que –el cadáver fue llevado al lugar y cubierto intencionadamente por ramas para ocultarlo.

Uno de los Agentes indica que –¡parece un asesinato!.

–¡Eso parece evidente! pero– exclama el Juez –¿no os parece extraño como ha sido cubierto el cadáver? .

El cadáver está en una curiosa posición: la cara girada y el brazo izquierdo junto con su mano abierta señalando al Monasterio y al Monte de la Ánimas, los labios marcando una risa forzada, las piernas en posición fetal, y los ojos cerrados.

Sin duda parece un asesinato y los Agentes creen que en esa posición el asesino trata de enviar un mensaje (comentan entre ellos).

Los Agentes de Criminalística toman muestras tanto de la víctima como de la zona donde está el cadáver, entre ellas: pequeñas ramas rotas, insectos, y realizan moldes de las huellas que hay alrededor y cerca de la víctima, también hacen innumerables fotos tanto de la víctima como del entorno donde se encuentra.

La víctima lleva colgada de su cuello una tarjeta de identificación del Hospital Universitario Santa Bárbara, y en la cual indica que es Enfermera de Quirófano.

Junto al cuerpo está el bolso de la víctima. Un bolso que imita una marca conocida, moderno y de color blanco. Dentro del bolso una cartera con la identificación de la víctima: Marta Fernández Domínguez y Villalba, dirección C/ Zapatería de Soria capital, de 27 años, hija de Manuel Fernández y de María Domínguez y Villalba, nacida en Soria, y diversas tarjetas de crédito. También hay un monedero con 20 euros en un billete y varias monedas de un euro, bolsita con productos de maquillaje y complementos, y un juego de llaves. La víctima tiene puesto un reloj digital en la muñeca derecha, unos anillos en cada dedo índice, y unos pendientes. Nada raro a excepción de la existencia de un sobre dentro del bolso.

Uno de los Agentes de Criminalística abre el sobre con sumo cuidado, y de él saca un folio tipo cartulina, muy bien doblado, con un escrito realizado, aparentemente, con una grandísima delicadeza y que dice:

> *Cerraron sus ojos*
> *que aún tenía abiertos*
> *taparon su cara*
> *con un blanco lienzo;*
> *y unos sollozando,*
> *otros en silencio,*
> *de la triste alcoba*
> *todos se salieron.*
> *La luz que en un vaso*
> *ardía en el suelo,*
> *al muro arrojaba*
> *la sombra del lecho;*
> *y entre aquella sombra*
> *veíase a intervalos*
> *dibujarse rígida*
> *la forma del cuerpo.*
> *Despertaba el día,*
> *y, a su albor primero,*
> *con sus mil ruidos*
> *despertaba el pueblo.*
> *Ante aquel contraste*
> *de vida y misterios,*
> *de luz y tinieblas,*
> *yo pensé un momento:*
> *¡Dios mío, qué solos*
> *se quedan los muertos!*

Mientras tanto, los Agentes de Criminalística siguen el análisis de toda el área que rodea el cadáver. Lo hacen con precaución y con gran atención. Saben que cualquier descuido puede llevar a que el caso se pueda complicar y perder una prueba significativa para la investigación.

Los Agentes de Criminalística no han encontrado nada que les llame la atención, a excepción de la exquisitez y delicadeza con la que ha sido cubierto el cuerpo, y donde ha sido depositado, al lado del cauce del rio y entre juncos.

Comenta uno de los Agentes en voz alta —os habéis fijado en la escenografía, en cómo ha sido puesta la víctima, con que delicadeza, y la composición de los diferentes adornos naturales utilizados, parece una pintura de Monet.

La no existencia de ninguna huella que marque que el cadáver fue arrastrado indica que, posiblemente, la persona que lo trasladó es de complexión fuerte. Pero también es extraño que no haya huellas profundas dado que la zona es húmeda, y no hay signos de haber sido alisada para borrar las posibles huellas.

Quizás esto no es extraño dado que, estamos a finales de octubre, el pleno otoño, y por ello el camino está inundado de las hojas caídas de los árboles y que ocultan la senda. Ello puede amortiguar el peso y no dejar rastros significativos de huellas.

En el atestado inicial se indica: la descripción de la víctima, la delicadeza con la que se ha puesto el cadáver, su disposición, las ramas elegidas y puestas encima del cadáver en forma de cruz con una combinación de verdes y marrones, y acompañadas de hojas, y la inexistencia de evidencias que determinen cómo ha sido llevado allí el cadáver. De todas maneras, todo está pendiente del informe de la Policía Criminalística una vez ésta analice la gran cantidad de muestras recogidas y el extenso reportaje fotográfico realizado.

Herminio García, el Comisario jefe de la Jefatura Provincial, recibe un primer informe de los Agentes de la Guardia Civil que llegaron al lugar de los hechos.

El Comisario lleva unos cinco años en Soria. Tiene una larguísima experiencia y ha visto muchos asesinatos. Su anterior destino fue en Cádiz, y concretamente en la Línea de la Concepción, donde era habitual que los narcos realizaran asesinatos por ajustes de cuentas. No eran asesinatos cometidos por asesinos en serie, pero eran asesinatos seriados. Estuvo muy relacionado y enfrentado con el clan de los Castaños, el grupo de traficantes de hachís más importante en España y que es un gran distribuidor de esta droga por Europa.

Terminó muy cansado y afectado porque él y su compañero se enfrentaron a los narcos. Su compañero, en un enfrentamiento, sufrió heridas de bala que casi le llevan a la muerte. A Herminio le afectó muchísimo el incidente y estuvo dos años de baja del cuerpo por estrés postraumático.

Solicitó el cambio a un destino más tranquilo que le permitiera llevar a cabo su última trayectoria profesional. Tiene cincuenta y tres años, nació en Marchena, está casado, y tiene dos hijos. Uno de ellos ha seguido sus pasos y ahora es Agente en la Comandancia de la Guardia Civil de Sanxenxo en Pontevedra. Habla con frecuencia con su padre para comentarle las dificultades que tienen con los narcos de la zona.

Soria no es una ciudad donde se produzcan hechos de esta clase. No suele haber asesinatos. Es una ciudad tranquila y por ello, el Comisario se sorprende del asesinato y de sus características según el informe previo que ha recibido. Por ello piensa que no es un asesinato de violencia de genero.

Consulta el sistema informático de la Policía en el que consta que, hace dos días, se registró una denuncia por la desaparición de Marta Fernández Domínguez y Villalba la cual interpuso su novio Antonio Martínez Pérez Roja.

Su experiencia le dice que el caso va a ser complejo y probablemente de complicada solución.

El Comisario asigna el caso a los Inspectores Ernesto Madariaga, Inspector jefe de la Unidad de Delitos y Desaparecidos de Soria, y a María Fernández Inspectora de esta Unidad. Son Inspectores que han sido trasladados de la Unidad de Delitos y Desaparecidos de la Comisaria Central de Madrid y, por tanto, tienen experiencia para la resolución de este tipo de casos.

Llama a Ernesto para que vaya a su despacho, comunicarle la decisión, y darle la información que ha recibido del caso.

Ernesto se levanta de su mesa de escritorio, esa mesa antigua, metálica y cuya superficie, un cristal rayado por el roce de todo tipo de útiles utilizados con el paso del tiempo, del cual emana la inteligencia y perseverancia de sus predecesores, y como no, de él mismo.

Toma el camino del largo pasillo oscuro que lleva al despacho del Comisario, solo alimentado por unas luces que rompen la monotonía lumínica y que le conduce a las ruinas de la fortaleza, como llaman al despacho, al gran despacho decimonónico del Comisario.

Ernesto se acerca a la puerta vintage, una puerta de estilo francés y con cuarterones donde destacan los cristales opacos a cuál se mueve más por el paso del tiempo, donde algunos de estos cristalitos se encuentran sujetos con papeles doblados e introducidos entre las rendijas de los cuarterones y de los linderos de madera que los sujetan.

Llama a la puerta de la fortaleza, pero con cuidado, dado el riesgo de caerse algún cristalito de la vidriería.

El Inspector entra en el despacho. Un despacho con un diseño anclado en el pasado y que acompaña a los años que tiene esta central de la policía y por ello, por esa antigüedad, van a cambiar en los próximos meses a un nuevo edificio construido de nuevas, y con las nuevas tecnologías y que, sin duda, cambiará el estilo de todos los habitáculos que ahora rebosan de la ostentación del pasado. Seguro que además también cambian las relaciones entre los compañeros. Eso es lo que piensa Ernesto y el resto de los Agentes.

Un despacho, la fortaleza, que está presidido por una gran mesa de reuniones de caoba, cual brillo se fue con el pasar de los tiempos, por el roce de los papeles que debió sustentar en esas largas sentadas que trascendieron en épocas pasadas, y en las que se tomaron decisiones importantes, sin duda, eran otros tiempos.

Alrededor de la mesa unos sillones a juego de la época, donde también el tiempo ha hecho mella en ellos. La piel verde que los reviste está agrietada pero brillante por el roce de las posaderas que han soportado.

Al fondo, la mesa del Comisario, la cual no desentona con el entorno: ni en tamaño, ni en el color, con una lámpara de mesa de bronce, con dos pantallas amarillentas, y unos ceniceros integrados plenamente en la antigüedad del escenario, manchados de nicotina por el gran uso que en el pasado se hizo de ellos, y de los que aún emana ese olor tan penetrable de la nicotina adherida.

Ceniceros que el Comisario no ha querido deshacerse de ellos dado que le gusta mantener el esplendor que tuvo el despacho en su conjunto, y en particular su escritorio. También porque el Comisario fue un gran fumador y el olor le recuerda ese tiempo pasado.

Detrás del Comisario la foto del rey en un antiguo marco, y a los lados las banderas de España, la Comunidad de Castilla y León, junto con la de la Unión Europea. Llama la atención una pequeña mesa camilla donde el Comisario tiene un pequeñito retablo de la virgen de la Macarena, de la cual es un ferviente seguidor, y en donde hay una poesía que dice:

¡Virgen de la Esperanza!¡Macarena!
Y una explosión de sol y de armonía,
y un fluir géneros de alegría ...
¡Y un sentir que está el alma toda llena!...
¡Virgen de la Esperanza! En tu morena
cara divina el sevillano día
toma toda la luz de tu poesía ...
Mañana de cristal, tarde serena.
¡Ay!¡De no amar, de no creer, no hay modo
cuando tu imagen célica aparece
mecida entre el incensio en lontanazal!
¡Ay, mi Sevilla que lo tiene todo,
cuando el Seños del Gran Poder le ofrece
la Fe y la Caridad... Tú. La Esperanza!

Manuel Machado (Sevilla. Madrugada Viernes Santo)

Junto a la mesa camilla, una lámpara de pie de bronce, que posiblemente no funcione por su estado de abandono, pero que está totalmente integrada en la imagen que presenta la fortaleza.

Sin duda ésta, la fortaleza, atrae a todo el que entra en ella, y todos los primerizos comentan sobre la "furniture", su antigüedad, su diseño, su calidad, su integración, y los temas que se habrán tratado en ella.

–Buenos días, Ernesto, ¡pasa!, ten cuidado no te tropieces con estas maravillas del pasado. Menos mal que ya nos queda poco de estar aquí.

–¡Siéntate por favor! –. El Comisario mira fijamente a los ojos del Inspector y le sigue con la mirada hasta que se sienta.

–Mira, me acaba de llegar un informe de la Guardia Civil de Soria sobre un presunto asesinato que ha ocurrido en el cauce del rio Duero, a la altura del Monasterio de San Juan de Duero.

–Según dice el informe, ha sido encontrado por una pareja que estaba haciendo footing por el pasaje del río.

–La víctima tenía una denuncia por desaparición que aquí te entrego.

–Que te acompañe María en esta investigación.

–Por cierto, ten sumo cuidado con los medios de prensa y radio dado que no es habitual este tipo de casos en la ciudad. ¡Ya sabes lo que ocurre en estas pequeñas ciudades!. Las noticias corren como la pólvora y sin control, y el miedo se apodera de los ciudadanos.

–Muy bien Comisario– responde Ernesto asentando a la vez con la cabeza. –Nos ponemos en ello inmediatamente.

Ernesto vuelve a la gran sala donde se encuentra su mesa y la de los demás Inspectores y Agentes. –María acompáñame, vamos a la escena de un crimen, en el trayecto te cuento de qué se trata.

Los Inspectores se desplazan rápidamente hacia el lugar de los hechos para que antes de levantar el cadáver puedan reconocer la zona, y tener una primera revelación personal, como decía el profeta José Smith.

Durante el trayecto la Inspectora le pregunta a Ernesto. – ¿Qué te ha dicho Herminio sobre el caso?.

–El Comisario me ha comentado que parece un caso de asesinato y un poco extraño por lo que le han indicado los Agentes que han ido al lugar de los hechos. La persona tiene una denuncia de desaparición que interpuso su novio, Antonio Martínez, hace dos días.

–Parece que el cuerpo es de una mujer joven y que, inicialmente, a simple vista, no parece que haya sido forzada. El cuerpo está en la orilla del rio, justo enfrente del Monasterio. La ha encontrado una pareja que estaba corriendo por el camino que va acompañando el cauce del rio.

–¿Le has dicho a Herminio que te acompañe?–. Pregunta la Inspectora mirando fijamente a Ernesto.

–No. Ha sido él quién me ha dicho que te escogiera para este caso.

–A mí me parece una buena decisión– resalta Ernesto mirando a María. –Pienso que ya tienes que empezar a incorporarte a estos complejos casos. Además, en Soria no tenemos muchos casos de estos a excepción de asesinatos machistas, por violencia de género, y de las típicas denuncias de desaparecidos que han huido de su casa y que, a los tres días, son encontrados después de haber pasado unos días de juerga.

Ernesto tiene cuarenta y siete años, nacido en Madrid, es Licenciado en Derecho, está casado y tiene dos hijas de nueve y doce años; es una persona fría, desagradable en algunos momentos, distante, un poco déspota, pero un excelente profesional, y de gran confianza para Herminio, por ello le ha asignado el caso.

Después de pasar por varios despachos de abogados como abogado criminalista, hizo la oposición para incorporarse a la escala ejecutiva de la Policía. Se Incorporó a la Brigada Central de Investigación de Delitos contra las Personas y concretamente a la Unidad de Delitos y Desaparecidos de la Policía a los treinta y dos años. De los quince años que lleva en la policía, cuatro los pasó como Inspector Alumno, nueve años como Inspector, y los últimos años como Inspector jefe.

Se trasladó a la Comisaria Central de Soria hace ocho años. Su objetivo es terminar la carrera profesional como Comisario. Es una persona ambiciosa.

La Inspectora María Fernández, tiene treinta y cuatro años, nacida en Ávila, tiene el Grado en Psicología y un Máster en Criminología, es muy simpática, deportista, habla perfectamente inglés, y destaca por sus tatuajes y forma de vestir. Estuvo trabajando en Inglaterra dos años. Vive sola en un piso de alquiler en Soria. Siempre tuvo el objetivo de incorporarse a la Policía como investigadora y por ello hizo la especialización en Criminología. Adora la profesión, es una enamorada de ella, y entregada al trabajo.

Se Incorpora a la Brigada Central de Investigación de Delitos contra las Personas y concretamente a la Unidad de Delitos y Desaparecidos a los veintiséis años como Inspectora alumna en Madrid. A los seis años de su incorporación fue trasladada a Soria como Inspectora debido a problemas internos por enfrentamiento a un superior por un caso de asesinato.

Es trabajadora, muy meticulosa, insistente, pero excesivamente independiente, y está asignada a la unidad de Ernesto Madariaga.

Le gusta relacionarse con sus compañeros. Es muy agradable y trasmite alegría al grupo. Es una líder nata, pero a veces le mata su forma de trabajar los casos dado que intenta marcar una cierta distancia con sus compañeros.

Los Inspectores llegan al lugar de los hechos, hablan con los diferentes Agentes y con los testigos. Revisan la zona buscando marcas, signos, y cualquier cosa que pueda ayudar en la investigación. Es la típica acción de los Inspectores que intentan mostrar su posición en la investigación.

Una vez realizada esa primera acción, mantienen una reunión con el Juez, el Forense, y los Agentes de Criminalística para que les informen y cambiar impresiones.

El Juez de guardia, una vez mantenida la reunión, y pasadas dos horas desde su llegada, da la orden del levantamiento de cadáver. Los trabajadores de la funeraria recogen el cadáver, lo introducen en el furgón, y lo llevan al Instituto de Medicina Legal y Ciencias Forenses de Soria para su autopsia.

El Forense también se retira del lugar de los hechos, para acompañar a los servicios de la funeraria y recibir el cadáver para su estudio: realizar la autopsia, solicitar o completar las pruebas de laboratorio necesarias, revisar los resultados, y así determinar la causa y forma de la muerte

Tanto los Inspectores como la Policía Criminalística siguen en el lugar de los hechos, revisándolo todo por si encuentran algún rastro o indicio.

Los Inspectores después de hacer una primera visión del cadáver y del entorno donde ha sido depositado, se apartan del escenario y hablan entre ellos.

–¡María!, en los asesinatos las cosas pequeñas pueden ser las claves para la resolución del caso– comenta Ernesto.

–¡Sí es cierto!. ¿Te has fijado en la posición del cuerpo, la delicadeza con la que ha sido colocado el cadáver, y la falta aparente de pruebas sustanciales?.

–Sí ya me he fijado– responde Ernesto. –Debemos esperar a los informes de la Criminalística y del Forense para poder empezar a investigar y trazar alguna conclusión. No te adelantes y evita comentarios. Nunca se sabe quién está a tu alrededor.

–Como me imaginaba– exclama Ernesto, –ya está lleno de periodistas y fotógrafos. Han llegado antes que nosotros. ¡Siempre pasa igual!.

–Si te fijas María, ya está el periodista del Heraldo de Soria, Eugenio Vistahermosa. Es el responsable de la tribuna de sucesos y de opinión del periódico. Es muy pesado y no cesará de perseguirnos hasta que consiga algo de información. Ten cuidado con él.

Los Inspectores se van de la escena del crimen, se suben al coche oficial y se dirigen a la Comisaria.

Jorge y Marina llegan a su casa. Jorge abre la puerta y Marina entra con la cara desencajada. Jorge trata de calmarla.

–Marina, estas cosas pasan–. Jorge la abraza con sumo cariño y la arropa.

–¡Sí!, pero has visto como estaba el cadáver… parecía un cuadro pintado con sumo cuidado. Algo que me ha llamado mucho la atención. Me ha dejado impactada Jorge–. Las lágrimas se le caen a Marina debido al nerviosismo.

–Relájate. Vamos a desayunar.

–¿Crees que tengo ganas de desayunar?. No se me quita de la cabeza la escena.

Jorge, con gran frialdad, se pone a preparar el desayuno como todos los días. Se acerca a Marina y la vuelve a abrazar.

–Tienes que intentar olvidarte de ello Marina, relajarte. No merece la pena pensar sobre ello, aunque entiendo que estes aturdida, muy aturdida. No estas acostumbrada a ver cadáveres y menos lo que puede ser un asesinato.

–No digas eso Jorge. ¿Por qué dices que es un asesinato?.

–Es lo que a mí me parece a priori–. Le dice Jorge mientras le está sirviendo el café.

–De todas maneras, Marina, la policía se encarga de ello y nosotros tampoco hemos visto nada significativo.

–Estoy muy desconcertada Jorge, muy impresionada.

–Venga, vamos a desayunar tranquilamente y relajémonos. Ahora nos tenemos que ir a trabajar.

–No sé si estoy en condiciones de ir a trabajar.

–Venga Marina. ¿Te preparo una tila?, ¿quieres un tranquilizante?.

Marina toma un poco de café y la tostada que le ha preparado Jorge. Sigue con la cabeza cabizbaja, muy nerviosa. Los ojos los tiene llorosos. Respira con fuerza y resopla intentando tranquilizarse.

Jorge recoge el desayuno. –Marina. Venga nos vestimos y nos vamos al trabajo.

-–Jorge no puedo–. Le responde llorando y apoyada en el hombro de su amado.

Jorge dada la situación, prepara una tila a Marina y una pastilla tranquilizante. Le arregla la cama para que repose en ella.

–Marina, tómate esta pastilla y la tila. – Marina se acuesta en la cama totalmente encogida.

–No te preocupes ahora llamo a tú trabajo y les digo que estás enferma. Esto es normal Marina. Mañana ya te encontraras mejor.

Jorge recoge rápidamente la casa dado que tiene que ir a su trabajo y se despide cariñosa y efusivamente de Marina.

-II-
Comienza la investigación…

"Atrévete a saber"

En la Central, los Inspectores empiezan a estudiar la información que hasta ahora tienen a su disposición: el atestado, el parte de la desaparición, los datos personales de la víctima, y la poesía encontrada. Tienen que esperar unos días para recibir los informes de la policía Criminalística y del Forense, quienes determinarán cuándo se produjo la muerte y cuál fue el motivo.

–¿Qué asesino escribe una poesía? – exclama María. –¿Nos trata de decir algo o de despistar Ernesto?. ¡Tenemos que empezar por analizar esa poesía!.

María se sienta enfrente de su ordenador y rápidamente busca si la poesía ha sido escrita por el asesino o ha sido copiada de algún poeta. Utiliza para ello un buscador de internet, éste le devuelve que esta poesía pertenece a Gustavo Adolfo Bécquer. También ve que es una estrofa de una de las rimas de poesía escrita por el poeta.

La lee detenidamente y comenta a Ernesto: –¡qué preciosidad de poesía!. Léela, verás como te gusta. ¡Trata de la muerte! –

Cerraron sus ojos	*Tan medroso y triste,*
que aún tenía abiertos	*tan oscuro y yerto*
taparon su cara	*todo se encontraba*
con un blanco lienzo;	*que pensé un momento:*
y unos sollozando,	*¡Dios mío, qué solos*
otros en silencio,	*se quedan los muertos!*
de la triste alcoba	*De la alta campana*
todos se salieron.	*la lengua de hierro*
La luz que en un vaso	*le dio volteando*
ardía en el suelo,	*su adiós lastimero.*
al muro arrojaba	*El luto en las ropas,*
la sombra del lecho;	*amigos y deudos*
y entre aquella sombra	*cruzaron en fila*
veíase a intérvalos	*formando el cortejo.*
dibujarse rígida	*Del último asilo,*
la forma del cuerpo.	*oscuro y estrecho,*
Despertaba el día,	*abrió la piqueta*

y, a su albor primero,
con sus mil ruidos
despertaba el pueblo.
Ante aquel contraste
de vida y misterios,
de luz y tinieblas,
yo pensé un momento:
¡Dios mío, qué solos
se quedan los muertos!
De la casa, en hombros,
llevárnosla al templo
y en una capilla
dejaron el féretro.
Allí rodearon
sus pálidos restos
de amarillas velas
y de paños negros.
Al dar de las Ánimas
el toque postrero,
acabó una vieja
sus últimos rezos,
cruzó la ancha nave,
las puertas gimieron,
y el santo recinto
quedose desierto.
De un reloj se oía
compasado el péndulo,
y de algunos cirios
el chisporroteo.

el nicho a un extremo.
Allí la acostaron,
tapiárosle luego,
y con un saludo
despidióse el duelo.
La piqueta al hombro
el sepulturero,
cantando entre dientes,
se perdió a lo lejos.
La noche se entraba,
el sol se había puesto:
perdido en las sombras
yo pensé un momento:
¡Dios mío, qué solos
se quedan los muertos!
En las largas noches
del helado invierno,
cuando las maderas
crujir hace el viento
y azota los vidrios
el fuerte aguacero,
de la pobre niña
a veces me acuerdo.
Allí cae la lluvia
con un son eterno;
allí la combate
el soplo del cierzo.
Del húmedo muro
tendida en el hueco,
¡acaso de frío
se hielan sus huesos…!

—La verdad es que tienes razón María, es muy bonita y curiosa. Se adapta al asesinato, y al entorno donde se ha encontrado a la víctima.

—Si te parece María, vamos a establecer un proceso para comenzar la investigación del caso. ¡Gustavo!, también te vas a incorporar al caso.

—Determinemos los pasos a seguir para poder esquematizar el asesinato e ir estableciendo el perfil del asesino.

Ernesto se queda en blanco durante unos minutos. Sin duda está pensando. Se levanta lentamente de su escritorio, fija sus ojos en el gran tablero que hay en la sala, y se acerca hacia él, despacio y dubitativo; ese gran tablero en donde los Inspectores van apuntando los casos, las acciones que van llevando a cabo en cada uno de ellos, y sus avances.

–Para empezar, si os parece Inspectores, establecemos el siguiente orden–.

–Lo primero es consultar la BB.DD. para ver si hay asesinatos similares, analizar las pruebas que presentan estos casos, y poder responder a preguntas como: ¿dónde han ocurrido?, ¿el tiempo que ha pasado?, ¿si hay relaciones entre ellos?, ¿si se han solucionado?, ¿cuáles son los perfiles de los casos?, ¿qué pruebas se han encontrado? en fin, todo aquello que nos pueda ayudar.

–En segundo lugar, estudiar a la víctima. Sus características: costumbres, hábitos, vida, relaciones con su entorno familiar y de amistades, situación económica, en definitiva, cualquier particularidad que pueda ayudar en la investigación.

–En tercer lugar, identificar las pautas del asesino, sus elementos diferenciales, ver si podemos responder a la pregunta ¿qué le mueve para cometer este asesinato?. Un proceso complicado, dado que si no hay casos similares entonces hay que empezar a diseñar un perfil inicial del asesino. Hay que esperar a la información que facilite Criminalística.

–En cuarto lugar, buscar la posible relación víctima-verdugo. Siempre hay una relación directa o indirecta en este tipo de asesinatos.

Tras una pausa y separándose de la pizarra, Ernesto comenta en voz alta –normalmente estos asesinatos, que aparentemente están bien ejecutados, no son circunstanciales. El asesino lo estudia, lo planifica y lo ejecuta a la perfección o eso cree él. Nuestro objetivo Inspectores, es lograr descubrir su error. Siempre hay un error. Por muy metódico que sea el asesino, el error siempre está presente en la condición humana.

Los Inspectores empiezan su proceso, su trabajo.

María, a través de la consulta a la BB.DD. de la Policía, identifica en Burgos un caso que parece similar y que aún no se ha resuelto. Tuvo lugar en la primavera de hace dos años en la ciudad de Burgos, al lado del cauce del río

Arlanzón, en un camino que corre a lo largo del río. Típica senda utilizada por corredores y paseantes.

Las características del asesinato son muy similares al de Soria. La posición del cuerpo, la escenografía, el entorno. Además, la víctima también portaba una poesía.

Los investigadores de Burgos identificaron que la poesía pertenece al gran poeta sevillano Gustavo Adolfo Bécquer y publicada en sus famosas rimas, concretamente la rima IX.

> *Besa el aura que gime blandamente las leves ondas que jugando riza; el sol besa a la nube en occidente y de púrpura y oro la matiza; la llama en derredor del tronco ardiente por besar a otra llama se desliza; y hasta el sauce, inclinándose a su peso, al río que le besa, vuelve un beso.*

Ernesto y Marta solicitan al Comisario que les sea permitido el acceso a toda la información referente al caso, y se ponen en contacto con el Inspector jefe de la Unidad de Delitos y Desaparecidos de Burgos.

A los Inspectores lo primero que le viene a la cabeza es que se trate de un asesino en serie, lo cual sin duda va a complicar el caso.

María, se levanta rápidamente de su mesa, comenta y escribe en la pizarra algunas de las características de un asesino en serie:

1. Padecen una psicopatía o trastorno antisocial de la personalidad.
2. Los asesinatos suelen cometerlos en un tiempo limitado, y en función de su percepción del riesgo a ser identificado.
3. Están obsesionados con el poder.
4. Poseen una personalidad narcisista.
5. Son manipuladores y persuasivos.
6. Participan en su comunidad.
7. No suelen tener relación con las víctimas.
8. Son perfeccionistas.

–¡Por lo general los asesinos en serie suelen presentar una psicopatía extrema! –. exclama María.

–¡uff …!–. exclama Gustavo de forma jocosa –Podemos encontrarnos en el inicio del poder del asesino. Debemos prepararnos.

–De todas maneras, ya sabéis que se considera asesino en serie cuando hay más de tres asesinatos–. Interviene Ernesto mirando a María y a Gustavo.

–¡Sí, sí!–. exclama María –todo apunta a que debemos prepararnos para un asesino en serie.

–Han pasado dos años desde el asesinato de Burgos–. comenta Ernesto – Esto creo que indica que el asesino es meticuloso y que ha estado viendo cómo han ido evolucionando las investigaciones y, por tanto, se ha sentido seguro de este nuevo asesinato. Como has indicado María en las características del asesino esta "la percepción del riesgo".

–De todas maneras, debemos esperar a recibir los informes de la Criminalística y compararlos con el asesinato de Burgos–. puntualiza Ernesto.

–¡Sí, sí!, alguna relación tiene que haber y no me refiero solo a la poesía–. responde María mirando fijamente a Ernesto desde su mesa.

Ernesto y María se dirigen a la fortaleza para hacerle una breve presentación al Comisario de la información que hasta ese momento tienen, así como, de las acciones que van a llevar a cabo.

El Comisario les recibe sentado en el grotesco sillón de su mesa de despacho, recostado de lado, con los pies cruzados, las manos encima de la rodilla, y después de haber escuchado a los Inspectores comenta:

–Por el momento hay que ser muy cautos con los medios de comunicación, no se hace ningún comentario sin mi permiso.

–Inspectores, ya sabéis que la Policía Local rápidamente informa a los medios de cualquier incidencia que se produzca en la ciudad o en la provincia, y luego somos nosotros los que nos encargamos del sapo.

–Cuando recibáis la información de Criminalística, del Forense, y del asesinato de Burgos, la cotejáis y mantenemos una reunión para ver las acciones a realizar. Por el momento seguid con el esquema que habéis trazado, me parece correcto, estudiad en profundidad a la víctima, y todo lo que la rodea.

–Recordad que siempre las víctimas presentan algún rasgo que llama la atención del asesino. La clave de este tipo de asesinatos está en desmenuzar a la víctima. Lo que para nosotros no tiene significado para el verdugo sí lo tiene. Una costumbre, una vestimenta, una relación del pasado, una manera de andar, de mirar, de comportarse, los amigos que tiene, los familiares y su relación con ellos e incluso entre ellos, sus ideas, la economía de la víctima, las relaciones en el trabajo. Bueno, como veis, el problema en este tipo de asesinos es la complejidad de poder llegar al asesino o verdugo, pero siempre éste comete algún error. ¡Siempre!.

–¡Inspectores! hay que ser muy constante en el estudio del caso, y no abandonar si pasado un tiempo no logramos avanzar. Mirad lo que ha pasado en Burgos.

–Este tipo de asesinos suelen tener un alto coeficiente intelectual, y tienen muy diferenciada su vida personal de la de ejecutor o verdugo. Suelen estar bien integrados en la sociedad. ¡Puede ser un amigo nuestro! –. exclama con ironía.

–Comisario, das por hecho que es un asesino en serie. ¿Lo ves tan claro? –. comenta Ernesto.

–Bueno Inspectores. Todo apunta a ello por la información que me habéis transmitido. La posición del cadáver también resalta que no estamos hablando de un asesinato cualquiera. Mi experiencia me dice que estamos ante un posible caso de asesino en serie. ¡Esperemos a ir avanzando en la investigación y a cotejarla con la información del asesinato de Burgos!. Pero no me sorprendería nada.

–¡Comisario!, el caso se presenta interesante–. exclama Ernesto –Vamos a tener que ser muy concienzudos y meticulosos con nuestro trabajo.

–¡Pues a trabajar! Inspectores–. exclama en voz alta el Comisario.

–Repito. Nada con los medios de comunicación por el momento. Por cierto, investigar si se ha producido algún caso más parecido a los de Burgos y Soria. Tengo la sospecha que puede haber más casos.

Los Inspectores vuelven a la gran sala donde tienen sus mesas de trabajo mientras por el gran pasillo que recorren, se miran transmitiéndose su preocupación por la investigación.

–Vamos a ver toda la información que obtenemos de las BB.DD de asesinatos–. exclama María.

–Lo primero es la dirección de los padres para acercarnos y comunicarles el fallecimiento de su hija–. indica Ernesto.

–¿Dónde viven? María.

–En Marqués de Vadillo.

–¿Tienes sus datos de contacto?.

–¡Sí!. Tengo los teléfonos.

–¿Trabajan?.

–No. Están jubilados, según dice el sistema.

–Bueno, es la una de la tarde. Vamos a localizarlos por los teléfonos y les citamos en la Comisaria.

Ernesto se dirige a Gustavo, y le indica que le pida al juez una orden de allanamiento del piso de la víctima, y que vaya con la Policía Criminalística para analizar y revisar el piso.

También le indica a otro Agente que llame al novio y que lo cite esa tarde en la comisaría sobre las cinco, y que le diga que es referente a la denuncia de desaparición. Para la reunión le pide que tenga preparado con todo detalle los datos del novio: antecedentes, nivel de estudios, trabajo, datos familiares. Todo aquello que se pueda obtener.

María contacta con los padres y les citas en la comisaría y se lo comenta a Ernesto. –¡María!. Avisa también al servicio de apoyo psicológico para que estén presentes en el momento del comunicado. La situación es complicada y por ello comunicar a unos padres que su hija ha sido asesinada no es un plato de buen gusto para nadie. Además, es hija única lo que hace que el impacto sea menos digerible.

–Tenemos que ser muy cautos y por ello es fundamental el servicio de apoyo–. reflexiona en voz alta Ernesto.

–¡María!, en la reunión que tengamos no será el momento de hacer preguntas, ya les citaremos otro día en la comisaría para hablar con ellos. Les indicaremos que tendrán que ir al Instituto de Medicina Legal y Ciencias Forenses a reconocer el cadáver. Nos pondremos en comunicación con ellos para citarles.

– Ten en cuenta que no podemos decir nada de la información que tenemos hasta ahora.

–Ok, Ernesto. La verdad es que no tenemos nada a excepción de la poesía.

– A mí me preocupan los medios; – resalta María –como ha dicho Herminio, a veces manejan información que no es veraz y que puede afectar a la investigación y a los familiares. Por cierto, por lo que he visto en el ordenador, la familia es soriana de pro. La línea ascendente tanto del padre como de la madre es soriana.

–El problema de estos casos es que el inicio del proceso es bastante desagradable–. Comenta Ernesto.

María y Ernesto, junto con el servicio de apoyo psicológico, se reúnen con los padres de la víctima y les informan del suceso. Los padres se derrumban en la sala y son atendidos rápidamente por los servicios de apoyo psicológico.

Los padres no están en condiciones de responder a ninguna pregunta, y María y Ernesto les indican que pasados unos días les citaran para tener una reunión con ellos.

Los Inspectores se reúnen esa misma tarde con el novio de la víctima, Antonio Martínez, al que le comentan que han encontrado muerta a su novia.

Antonio se derrumba en la sala, se pone a llorar y a gritar –¡cómo ha podido ser, ella no, por dios.!.

Los Inspectores tratan de tranquilizarlo. Le llevan un poco de agua. Ernesto le pasa la mano por la espalda dándole unos golpecitos, mostrándole acercamiento y comprensión.

Antonio les pregunta, con palabras trabadas, vacilante, y trastocando a veces letras y sílabas –¡cómo ha sido! –.

Ambos Inspectores le responden que no le pueden dar más información dado que el caso está en proceso de investigación. Le preguntan ¿por qué denunció su desaparición?.

El novio, entre sollozos y con la voz trastocada, responde a las preguntas de los Inspectores de forma balbuceante.

–Habíamos quedado el sábado pasado para salir a cenar y no se presentó en el restaurante. – Antonio toma aíre varias veces – La llamé al móvil estando en el restaurante sobre las 21:45 sin tener respuesta. Llamé a sus padres y me dijeron que les llamó antes de ir a trabajar sobre las 20:30 del día anterior, y que no habían vuelto a saber nada de ella. Ellos pensaban que estaba conmigo como otras veces había ocurrido –. expulsa aire y pone su cabeza encima de las manos que las tiene cruzadas y apoyadas en la mesa.

–¿Cuándo fue la última vez que habló con ella? –. le pregunta María que toma la dirección del interrogatorio.

–Hablé con ella sobre las 20:00 de la noche del viernes, antes de irse a trabajar–. vuelve a balbucear entre lágrimas –quedamos el sábado en cenar en el restaurante Baluarte–. se para y vuelve a toma aire– Esa semana le había tocado guardia de noche en el hospital.

–¿Para qué hora reservó la mesa?.

Pasados unos segundos Antonio contesta de forma dubitativa– Reservé mesa para las 21:30 de la noche del sábado.

–¿Qué hizo cuando vio que no llegaba?.

–La llamé al móvil como les he dicho antes, y la volví a llamar varias veces más–, entre sollozos continúa describiendo lo que hizo – al ver que no me respondía, me acerqué al Hospital Universitario esa misma noche. Me dijeron que no se presentó al trabajo. Volví a llamar a sus padres para ver si sabían algo de ella y me dijeron que no, y les comenté las acciones que iba a hacer–. vuelve a bajar la cabeza y a apoyarla en sus manos con sollozos.

–Me comuniqué con la Policía Local para ver si había habido accidentes de tráfico con víctimas el viernes o el sábado y me dijeron que no. Llamé también a los cinco hospitales de Soria y me dijeron que no había nadie que hubiera ingresado con ese nombre. Por ese motivo me presenté en la comisaría para denunciar su desaparición. Serían las 02:00 de la mañana del domingo.

Los Inspectores le preguntan sobre su relación. El tiempo que llevaban juntos. Sobre cómo se conocieron. Las típicas preguntas para situar al novio en la investigación.

Entre sollozos y balbuceos, Antonio contesta a los Inspectores.

–La relación era buena, muy buena, estábamos pensando en irnos a vivir juntos en unos tres/cuatro meses, y teníamos previsto comentárselo a nuestros padres–. vuelve a tomar aire y llenar sus pulmones y lo expulsa de forma impetuosa.

–Eres abogado mercantilista, ¿verdad? – pregunta María.

–¡Sí!. Trabajo en un despacho desde hace cuatro años–.

–¿Cómo conociste a Marta? –.

–Tomando unas copas me la presentó un amigo común hace tres años. Empezamos a salir y nos fuimos enamorando. Estábamos muy enamorados hasta el punto de que ya pensábamos en vivir juntos en su casa.

–La relación era muy estable. ¡De verdad! –. se viene abajo, a llorar, vuelve a reposar la cabeza sobre sus manos cruzadas, entre los sollozos exclama, – ¡La quiero muchísimo, bueno la quería!. ¡No sé cómo decirlo!.

–¡No me lo puedo creer! –. Vuelve a exclamar.

–¿Ha llevado o habéis llevado a cabo algún viaje en los últimos meses?.

–Sí. Marta fue en marzo a un Congreso Nacional de Enfermería Quirúrgica que se celebró en Toledo. También este verano fuimos a Huelva de vacaciones a Matalascañas. Estuvimos en el Hotel Oceanfront una semana, la primera semana de agosto.

Los Inspectores le piden que les facilite datos de contacto de sus amigos para poder hablar con ellos y contrastar la información.

Él les da toda la información que le piden, y les da autorización para que investiguen su teléfono móvil.

Finalizan la reunión, quedando con Antonio que esté a disposición de la Policía y si va a tener algún viaje que les informe.

Antonio se levanta de la mesa tembloroso, con una flojera que le lleva a apoyase en la pared para coger fuerzas e impulsarse para salir de la sala donde esta. Su rostro lo dice todo. Esta totalmente desecho.

Ernesto le acompaña a la salida tratando de tranquilizarle.

Los Inspectores, junto con otros Agentes, inician rápidamente la investigación del novio y su entorno, así como también el de la víctima.

Se investiga y analiza todo lo indicado por el novio: las llamadas de teléfono realizadas, la ubicación del teléfono tanto el día de la desaparición como los restantes días, la reserva del restaurante, hablan con los contactos facilitados para validar la información, estudian su entorno de relaciones, en definitiva, lo investigan en profundidad sin encontrar nada sospechoso.

Se hace lo mismo con el entorno de relaciones de la víctima, familiar, amistades, compañeros de trabajo, sin que encontraran nada que les ayudara en la investigación.

Principal atención se tiene con el lugar de trabajo de la víctima "El Hospital Universitario". Citan a declarar a varios de sus compañeros de trabajo, así como al equipo directivo del Hospital.

Se pregunta a los compañeros sobre su relación con la víctima. Todos hablan de su correcto comportamiento y de la buena relación con todos. No se aprecia nada que llame la atención a los Inspectores. Incluso comentan la gran integración que tenía.

También solicita al hospital las grabaciones de las cámaras de las últimas tres semanas para su estudio. Además, se revisa su armario personal, sus pertenencias, sin que se encuentre nada que llame la atención de los agentes.

–Está claro que el ejecutor del asesinato no tiene una relación directa con la asesinada–. comenta Ernesto –¡de momento que sepamos!. Tenemos que esperar a la conversación que tengamos con los Inspectores de Burgos, a ver si ésta nos permite buscar aspectos comunes en los asesinatos además de la poesía y del poeta–.

–¡Claro Ernesto!. ¡Esperemos!. No lleguemos a conclusiones que se nos pueden caer y nos puedan despistar en la investigación–.

–Es demasiado pronto, aunque hemos hecho un gran trabajo en dos días. La verdad es que la Unidad se ha empleado a fondo –. resalta María en su afán de tener protagonismo.

–Eso nos viene muy bien para la conversación con los Inspectores de Burgos–. comenta Ernesto.

–Hasta ahora no se ha encontrado nada que haga sospechar que el entorno de la víctima pudiera estar relacionado con el asesinato–. indica Gustavo con el fin de introducirse en la conversación.

–¡Sin duda!, pero no confiemos Inspectores,– resalta Ernesto mirando fijamente a los Inspectores –hay que seguir investigando. ¡Gustavo! que dos agentes se encarguen del Congreso de Toledo por si por esa vía podemos encontrar algo. Que hablen también con la Asociación de Enfermería Quirúrgica para que les den información sobre los asistentes y ponentes, y sobre la participación de Marta en la jornada.

–¡Ok! Perfecto.

–Una de las cuestiones que tenemos que analizar es: ¿por qué Bécquer?. ¿Qué le transmite el Poeta al asesino? –. reflexiona María en voz alta.

–Sin duda María, estamos ante el inicio de una aventura y debemos de prepararnos a ser partícipes en la narración que nuestro asesino va a llevar a cabo. Estoy convencido que nos va a intentar contagiar entre la sensibilidad de la poesía que emana del poeta a través de sus poesías, y la imaginación que surgirá de nuestras pesquisas en la investigación. Esto es lo normal de este tipo de asesinos.

–Va a ser parte de su juego– responde María –bueno, vamos a ser parte de él Ernesto. Estoy también segura de que le van a ayudar los periodistas de sucesos. ¡Indirectamente!, sin quererlo, pero está en la mente de los periodistas. Es cualidad de estos periodistas, hacer participar al personaje en una narrativa del suceso que sin duda es lo que buscan sus lectores, lo cual afectará a la recepción de la ficción fantástica que quiere el lector y la realidad, y de la que no la sabe nadie a excepción del asesino y nosotros.

–Es por ello lo que ha comentado el Comisario. – indica Ernesto. –Hay que cuidar mucho las relaciones con los medios de comunicación–. mira fijamente a María.

–Debemos de salirnos de ese riesgo. ¡Que lo asuma el Comisario!. Es parte de su responsabilidad.

–Seguro que vamos a tener entre nosotros una temible historia y cada vez más emocionante con pausas estratégicamente introducidas por el verdugo. Con pausas de profundo silencio que buscan despistarnos o congelarnos como ha pasado con el asesinato de Burgos.

María emite un suspiro inmenso, que no es otra cosa que una respiración contenida mientras se está manteniendo la conversación.

Gustavo sigue con mucho interés las palabras de María y Ernesto.

–¡María!, creo que este caso nos va a llevar mucho tiempo y más, sí al final se concreta que estamos ante un asesino en serie–.

–Tienes razón Ernesto. Va a requerir de nosotros un trabajo mental con un gran agotamiento. Un gran esfuerzo por encontrar algún indicio que nos ayude a encontrar el correcto camino de la investigación.

–Estoy segura Ernesto que vamos a equivocarnos en muchas ocasiones.

–Yo nunca me he encontrado con casos de asesinos en serie–resopla María. –Los he estudiado mucho en la carrera y se dé la dificultad que tiene su investigación. Sobre todo, en los casos donde los asesinatos no son frenéticos. Bueno, no son agresivos, pero nos podemos estar encontrando con un asesino pasional, aunque sea un asesino en serie.

–Yo sí,– responde Ernesto –pero fue un caso de un asesino en serie que buscaba a drogadictos para asesinarles, justificando su acto para evitarles el sufrimiento al que les estaba llevando la droga. Fue en mi tiempo en Madrid. El asesino les degollaba para que la víctima muriera rápidamente. Llevó a cabo seis asesinatos y logramos detenerlo rápidamente.

–Sí, me acuerdo del caso. – responde María, coincidió con su estancia en Madrid.

Sigue Ernesto con su explicación. –En este caso fue fácil poder identificar por el modus operandi del asesino, y por el entorno donde se movía el asesino, la comunidad de drogadictos.

Gustavo sigue callado y prestando atención a la conversación entre Ernesto y María. Él nunca ha participado en ningún caso de asesinato hasta ahora que Ernesto le ha pedido que se incorporará al equipo.

–Pero este caso que tenemos entre manos María,– responde Ernesto mirando fijamente a María –me parece que va a ser complicado. La escenificación del crimen muestra una forma compleja en la manera de hacer el asesinato. Estoy convencido que cuanto veamos los informes de los especialistas y del asesinato de Burgos, veremos si esto que digo es correcto.

–Me da la sensación de que tienes razón Ernesto. La forma en la que se han puesto los cadáveres de las víctimas de Burgos y de Soria presentan rarezas. La rareza de un psicópata que le mueve alguna deseabilidad, como puede ser el atractivo por la víctima.

–¡Sí María!… Tenemos que descubrir la motivación del asesinato, los motivos por los que al asesino le mueve la necesidad de llevar a cabo el asesinato.

–Pero Ernesto, debemos tener cuidado dado que, aunque identifiquemos el motivo, puede que no sea útil para identificar al asesino.

Continua María con su reflexión. –Otro elemento que debemos tener en cuenta es que no deben equipararse necesariamente las motivaciones de un asesino en serie con el nivel de lesión.

–Tienes razón María. La motivación de base sexual es impulsada por las necesidades o deseos sexuales del agresor. Puede haber o no evidencia de contacto sexual presente en la escena del crimen.

–Podríamos tener aquí un ejemplo–. se levanta de la silla Ernesto para seguir con su reflexión moviéndose por la gran sala y con la cabeza cabizbaja – Podemos tener una motivación de base sexual por la forma en la cual la víctima ha sido puesta en la escena.

–De todas maneras, Ernesto, independientemente de los motivos, los asesinos en serie se sienten obligados a cometer los asesinatos, lo hacen porque lo quieren y lo necesitan.

–También tenemos que avanzar Ernesto, en determinar si estamos ante un sociópata o psicópata. La diferencia es importante dado que los sociópatas tienden a ser nerviosos y a agitarse fácilmente. Son volátiles y tienden a explotar emocionalmente, lo que incluye ataques de ira y sus asesinatos son violentos. Son poco educados y viven al borde de la sociedad…–.

–Por el contrario, – prosigue María con su descripción –los psicópatas son incapaces de formar lazos emocionales o sentir verdadera empatía hacia los demás, a pesar de que suelen tener personalidades encantadoras que desarman a sus opositores. En este caso, son personas bien formadas, inteligentes, tranquilos, organizados, meticulosos, calmados. Sus asesinatos pueden ser violentos o sin violencia.

–¡Ernesto!, en ambos casos, no se arrepienten de su acto. En eso coinciden los dos tipos.

Gustavo sigue mirando a los Inspectores prestando la máxima atención a lo que van comentando, y tomando notas.

–Bueno María…, esperemos a recibir la información, estudiarla, e ir avanzando para determinar a que nos enfrentamos. Pero como te he dicho antes, preparémonos a los acontecimientos que vendrán.

-III-

Un primer avance

"Dos cosas contribuyen a avanzar: ir más deprisa que los otros o ir por el buen camino".

Rene Descártes

Los Inspectores Ernesto y María reciben la autorización para ver los detalles del expediente del asesinato de Burgos, se ponen en contacto con sus compañeros de la Comisaría de Burgos, y mantienen una videoconferencia para ir comentando el expediente del asesinato.

El Inspector de Burgos (Andrés) lleva a cabo un relato muy detallado del asesinato; el asesinato se produjo en abril, la víctima María Castellón de 24 años, nacida en Burgos, tenía el Grado en Administración y Dirección de Empresas por la Universidad de Burgos, vivía con sus padres, era hija única, y trabajaba en una gestoría llevando contabilidades.

No había una denuncia previa de desaparición de la víctima.

Tenía relaciones estables desde hace un año con un médico de 31 años, especializado en ginecología, y que pasa consulta en el Hospital Universitario de Burgos.

Se llevaron a cabo análisis exhaustivos de las relaciones más cercanas de la víctima y de la pareja de ésta. La víctima tenía un grupo estable de amigos, algunos de ellos con más de 6 años de amistad. En la investigación no observaron nada que los llevara a considerar que, el entorno de amistades de la víctima y del novio, pudiera estar relacionados con el asesinato.

La víctima era una gran lectora de novelas modernas, pero nada relacionado con la poesía.

Tres días antes del asesinato, hubo en Burgos una jornada sobre los poetas del Siglo de Oro.

- Garcilaso de la Vega (1491-1503 - 1536).
- Santa Teresa de Jesús (1515-1582).
- San Juan de la Cruz (1542-1591).

- Miguel de Cervantes (1547-1616).
- Luis de Góngora (1561-1627).
- Lope de Vega (1562-1635).
- Tirso de Molina (1579-1648).
- Francisco de Quevedo (1580-1645).

Se investigó a todos los asistentes registrados en la jornada sí bien es cierto que, hubo asistentes que no estaban registrados y por tanto no se les pudo identificar. Que se sepa, la víctima no fue a dicha jornada.

Los asistentes investigados fueron unos ochenta. Estos eran catedráticos, profesores universitarios, profesores de institutos, escritores, y gente interesada o acostumbrada a asistir a este tipo de eventos. Venían principalmente de las provincias de Burgos, León, Soria, Logroño, Valladolid, y Pamplona.

En la investigación que se hizo no hubo nada que llamara la atención a los Inspectores.

Respecto a los ponentes de la jornada también se les investigó en profundidad: sus relaciones, su participación en otras jornadas de poesía y literatura, y sí se había producido algún incidente en esas jornadas. También se investigó sí se hubieran llevado a cabo asesinatos similares en las ciudades de donde provenían.

Los ponentes eran tres: el Catedrático de Literatura de la Universidad de Burgos, el Catedrático de Lingüística y Enseñanza del Español de la Universidad de León, y el Catedrático de Lengua y Literatura de la Universidad de Valladolid.

A cada uno de los Catedráticos se les pregunto por la poesía hallada junto al cadáver sin comentar nada sobre su hallazgo.

Todos identificaron rápidamente a quién pertenecía la poesía y que correspondía a una de las rimas de Gustavo Adolfo Bécquer, la rima IX. Comentaron que las rimas son unas 86, que fueron publicadas en diversas revistas de la época, pero no fue hasta pasado un año de la muerte del poeta en 1871 cuando se publicó un libro con sus rimas y leyendas. Según se dice, las rimas las preparó para su publicación en 1867 pero en la revolución de 1868 se perdieron.

El Catedrático de la Universidad de León hizo un comentario interesante, bueno, eso nos pareció a nosotros–comenta Andrés –Según el Catedrático, Bécquer dijo antes de morir a un amigo suyo *"Tengo el presentimiento de que muerto seré más y mejor conocido que vivo"*.

Andrés, indica a Ernesto y María que la información levantada durante el proceso de investigación, y después de buscar en la BB.DD. información que pudiera ayudar a ir centrando el asesinato, se decidió parar el proceso de investigación dado que los avances habían sido nulos.

–No me ha sorprendido nada el asesinato de Soria–. resalta Andrés –Tenía muy claro que estoy volvería a ocurrir. La forma en la que se ha llevado a cabo el asesinato demuestra que estamos ante un psicópata.

Ernesto y María le comunican la información que hasta ahora tienen del caso, y que se asemeja a la de Burgos.

Andrés pasa a continuación a comentar el informe resumen de la Policía Criminalística y del Forense.

La víctima se encuentra junto al cauce del rio Arlazón, en el Parque de las Fuentes Blancas, y a 100 metros de la playa fluvial Fuente del Prior.

Es una mujer caucasiana, con el pelo largo de color castaño y recogido formando una cola de caballo, ojos marrones, las uñas largas, pintadas de morado, y bien cuidadas. Vestida con una camiseta de color blanco, manga corta, con la inscripción "New York", encima de la camiseta tiene una chaqueta corta de manga larga y color morado. Lleva puesto un pantalón vaquero ajustado y unas zapatillas blancas de deporte. Junto al cuerpo hay un bolso pequeño de color blanco y en su interior: la documentación de la víctima, las llaves de su casa y de su coche, una cartera con tarjeta de crédito, 30 euros entre billetes y efectivo, y un sobre con una poesía.

No se encuentran rasgos de lucha en la víctima y ésta no ha sido ni forzada ni violada. El cadáver ha sido colocado con la espalda apoyado en un olmo, encima de la hierba tumbado del lado derecho, las piernas encogidas en posición fetal, los ojos están cerrados, y los labios marcando una sonrisa. El brazo izquierdo está señalando hacía el rio con la mano abierta y extendida. El cuerpo de la víctima está cubierto con ramas verdes y secas a modo de cruz.

Las ramas verdes han sido arrancadas de los árboles del lugar, mientras que las ramas secas han sido recogidas del suelo.

Alrededor del cadáver no se encuentran ningún tipo de huella significativa y no se aprecia arrastre del cuerpo. De hecho, ni el cuerpo ni las prendas presentan ningún tipo de rasgadura, desgarre, o marca.

La muerte tuvo lugar dos días antes de la fecha en la que se encontró el cadáver. Fue asesinada mediante la utilización de una drogada denominada etorfina. Esta droga es un opiáceo.

Resalta Andrés que –esta droga causa mareo, nausea y constricción de pupilas seguido de depresión respiratoria, baja presión sanguínea, cianosis, y en casos extremos, pérdida de la conciencia y paro cardiaco.

–No presentaba rastros de otras drogas introducidas, ni por vía oral ni en sangre, como tampoco alcohol.

Inspectores. –Todo esto indica que la víctima no sufrió dado que la droga suministrada hace que la respiración se vaya haciendo muy lenta hasta que se detiene por completo. Se produce un bloqueo atrio ventricular con paro cardiaco. Esto reduce la cantidad de oxígeno que llega al cerebro, lo que se conoce como hipoxia.

–Como saben compañeros, la hipoxia puede llevar a un estado de coma.

Andrés sigue leyendo. El informe indica que la droga fue inyectada a través de un pinchazo con una jeringuilla, y que probablemente fue disparada desde una pistola o rifle anestésico por el tamaño del pinchazo que presentaba el cuerpo. El pinchazo estaba cerca de los riñones, por donde se introdujo la droga para que ésta fuera rápidamente absorbida por el cuerpo.

Comenta Andrés –Nos llamó mucho la atención el uso de la etorfina dado que es una droga utilizada por los veterinarios para adormilar animales de gran tamaño como por ejemplo los elefantes, o fuertes como los toros. En el caso de los humanos, puede causar la muerte de una manera muy rápida. En cuestión de segundos.

–Esta droga no es fácil de conseguir. Solo por veterinarios y por centros de cuidado de animales como por ejemplo zoológicos, y la legislación obliga a un control de registro de la compra de esta droga y de su utilización.

–Se investigó sobre la compra y uso en Burgos, y no se encontró nada ilegal al respecto.

Ernesto pregunta a Andrés si en Burgos hay Grado de Veterinaria.

–¡No!. Eso también lo estudiamos.

–Es una droga que se puede comprar a través de la Dark Web y por ello, es muy difícil seguir su rastro dado que la compra no queda registrada–. resalta Andrés.

–También los rifles o pistolas anestésicas para disparar dardos sedantes se pueden comprar a través de internet, así como los dardos sedantes.

Andrés sigue leyendo el informe.

Con posterioridad a la inyección de la droga, el asesino situó un plástico alrededor de la cabeza para garantizarse que la víctima moría por asfixia. Esto se ha podido verificar dado que en el análisis forense se han extraído trazas de plástico alrededor de la garganta de la víctima.

Ernesto y María comentan al Inspector que en lo que respecta al cadáver de Soria, la posición es muy similar a la víctima de Burgos. Del resto, aún no saben nada pues no han recibido ni el informe de criminalística ni del forense.

–¡Parece que el asesinato de Soria es similar al de aquí! –. Exclama Andrés –Esto podría ser el inicio de un asesino en serie y el primer asesinato que conocemos fue para testar la capacidad de reacción e investigación de la policía, y para que el asesino avanzara en su perfeccionamiento.

–¡Eso mismo pensamos nosotros cuando vimos en la BB.DD el asesinato de Burgos!.

Respecto a la poesía, Andrés indica que la única prueba significativa, por decir algo, es la cartulina con el escrito de la poesía y pasa a leerles lo indicado por Criminalística.

La poesía está escrita con un excelente trazo y según los especialistas, con pluma estilográfica y utilizando tinta Parker azul negro con código 723532. El trazado muestra que la pluma tiene un plumón para escritor de mano derecha. El trazo está realizado con poca presión sobre el plumón, lo que transmite que la persona que ha escrito la poesía está muy acostumbrada a escribir con pluma.

La tinta utilizada ofrece una pigmentación intensa y un secado rápido que garantiza una buena adhesión al papel. Esta tinta es un tipo habitual en las personas que usan pluma para escribir. Ayuda a realizar trazos de manera suave favoreciendo el movimiento de la mano.

–En mi opinión Inspectores, creo que la escritura con pluma trata de copiar la escritura que en el siglo XIX se llevaba a cabo. Por tanto, el asesino puede ser que se esté retratando o identificando con el poeta. Bueno, como os he dicho, es una suposición.

–No es muy normal hoy en día la utilización de pluma para escribir–. resalta Ernesto.

–Sí es cierto Ernesto. Según los especialistas las utilizan abogados, médicos, notarios, y algunos escritores que siguen viendo en la pluma una personalidad propia.

–Os comento lo que indicó el estudio de la caligrafía del asesino.

Respecto a la forma de los puntos, estos eran grandes lo que es habitual en personas abiertas y extrovertidas.

En cuanto a la separación de las palabras era grande y eso es propio de personas que no les gustan que les agobien, son muy celosos de su libertad, y odian los espacios llenos.

La inclinación de las palabras era hacía la derecha, lo que indica que son personas a las que les gustan las nuevas experiencias y les gusta conocer nueva gente.

La forma de la letra es redondeada, lo que trasmite que la persona es creativa y artística. Además, las letras estaban conectadas lo que refleja que el asesino tiene una personalidad lógica, sistemática, y toma decisiones a conciencia.

Llamó la atención a los expertos en caligrafía la forma del punto sobre las "i". Tendía a puntuar con una mayor separación lo que indica que la persona que escribió el documento es detallista, organizado, y decisivo en lo que dice y hace.

Por último, la presión que hace el asesino sobre el papel es grande y, por tanto, éste toma los asuntos de manera más seria.

Otra prueba significativa es el papel utilizado para escribir la poesía. Es un papel fuerte, con buena textura, de un buen gramaje para impedir que la tinta traspase el papel y sea absorbida por éste.

Los expertos lo han identificado como papel Muji, de color crema, liso, y de un gramaje de 90 Gr/m2.

El papel Muji es de alta calidad y se fabrica en Japón. Tiene una cierta textura que lo hace muy agradable al uso con estilográfica y facilita el secado rápido. Pese a ello no traspasa, aunque se pueden ver claramente los trazos gruesos al trasluz. Es un papel que se encuentra en las tiendas Muji repartidas por todo el mundo, y además se puede comprar en: papelerías, Amazon, o directamente por la web de Muji. Por lo tanto, por esta vía no pudimos obtener más información. A excepción de que el asesino es muy detallista por utilizar la pluma, el tipo de tinta, el tipo de papel, y la forma de la escritura.

Andrés les indica que, el uso de pluma estilográfica fue uno de los considerandos que tuvieron en cuenta en la investigación de los asistentes y ponentes de la jornada, pero no lograron nada al respecto.

Ernesto y María le piden al Inspector que les manden la información de los asistentes de Soria que fueron a la jornada, y sus declaraciones al respecto, y quedan con él en mantenerle informado según vaya avanzando la investigación iniciada.

Finalizan la video y Ernesto comenta:

–¡Veremos que nos dice el informe del asesinato María!, pero me temo que no va a ser muy diferente del de Burgos.

–Lo que sí parece María, es que estamos ante un psicópata dado el perfeccionismo con el que ha llevado a cabo el asesinato: la poesía seleccionada y la escenografía.

–Sí. ¡Ernesto!… Recuerda lo que hablamos el otro día de la diferencia entre un sociópata y un psicópata. Esto nos abre hacía un camino más complicado y complejo.

Pasados dos días de la videoconferencia mantenida, los Inspectores reciben los informes de Criminalística y del Forense, constatando que estos son muy similares al del asesinato de Burgos.

Se confirma la coincidencia de los dos asesinatos: misma droga, la escritura de la poesía con pluma, mismo tipo de papel, misma tinta utilizada, misma posición del cadáver, la cruz de las ramas en la misma posición, la posición de las manos, de la cabeza, del cuerpo, los labios marcando una risa forzada.

El cuerpo murió tres días antes de ser encontrado, y el informe de necrobioma indica que éste llevaba tres días en el lugar donde fue depositado. El cadáver fue trasladado al lugar envuelto en plástico dado que se han encontrado restos de trazas de plástico entre su ropa.

El informe forense coincide en la droga utilizada y que la muerte vino por esa droga. La droga fue inyectada a través de un pinchazo en la espalda. En el mismo lugar que la víctima de Burgos. No había residuos de la utilización de otras drogas ni de alcohol en sangre. No hay señales de violencia en la víctima, ni de defensa de ésta para evitar una posible agresión. No se ha encontrado ningún rastro de ADN del posible asesino, bien porque el asesino tuvo mucho cuidado o porque el cadáver ha estado mucho tiempo sujeto a humedad, y a la climatología, y eso ha podido borrar cualquier evidencia de ADN en el exterior del cuerpo.

Los análisis indican que la víctima fue asesinada y dejada donde se la encontró el mismo día que desapareció.

Respecto a la víctima, el asesino no parece que busque un patrón en concreto dado que ésta tiene el pelo negro y corto, y ojos negros, totalmente diferente a la víctima de Burgos. Si es cierto que la edad es similar, pero aún no se puede determinar que exista un patrón sobre las víctimas.

El análisis de la caligrafía y de la tinta utilizada es muy similar al del asesino de Burgos.

–¡Está cada vez más claro que es el mismo asesino! –. exclama María.

–¡María! sí te das cuenta, hay una diferencia con el caso de Burgos. En este caso no se aprecian trazas de utilizar un plástico alrededor de la cabeza. Esto denota que el asesino ha podido aumentar la dosis de droga para evitarse el ahogamiento a través de un plástico. Creo que el asesino no quiere asesinar con sus manos, no quiere pasar por ese sufrimiento.

–Me preocupa que el asesino nos esté diciendo algo en el nuevo asesinato y no lo estemos identificando–. reflexiona en voz alta Ernesto –Por lo general, los asesinos en serie suelen jugar con la policía. Marcan un patrón de comportamiento. Lo difícil es encontrar dicho patrón. Tenemos que estudiar si el asesino nos está mandando algún mensaje.

–Tienes razón Ernesto… Pero el asesinato de Burgos no decía nada de un nuevo asesinato a excepción que el brazo estaba señalando el rio. Eso es lo único que coincide, ¡bueno también el poeta!.

–En este momento con la información que poseemos solo tenemos dos posibles vías marcadas por el asesino: la disposición del cuerpo y la poesía.

–¡La droga también! –. comenta Ernesto –¿Hacía donde señala el cuerpo María?.

María busca las fotos del cuerpo, y selecciona unas cuantas que están tomadas desde el suelo y que reflejan su posición respecto al paisaje. Las sitúa en el mapa, observando que la cabeza y la mano extendida marcan la dirección del Monte de las Ánimas.

–¡Si!, el cadáver está señalando El Monte de las Ánimas.

–Bueno, pues cojamos el coche, vamos para allí, y hacemos una pequeña batida por el lugar a ver si vemos algo. ¡Alguna señal!. ¡Algún rastro!. Vamos al cementerio Templario y al Monasterio de San Juan de Duero.

Los Inspectores cogen el coche, y se acercan a los lugares señalados en búsqueda de alguna señal que les ayude en la investigación.

En el camino, Ernesto comenta –¡Curioso el día del asesinato!. Hoy solo faltan dos días para la noche de los difuntos.

–Por cierto, María. ¿has ido alguna vez a esta espectacular fiesta?.

–No. Llevo dos años aquí y utilizo esos días de fiesta para ir a ver a mis padres–.

–Aquí en Soria es una larga noche de miedo en la que no faltan los esqueletos, los monjes templarios, las hogueras, y una suelta de farolillos de papel con las palabras de la leyenda que escribió Bécquer.

–¡Te lo recomiendo!. La fiesta comienza con un pasacalle y un paseo nocturno que recorre las calles más antiguas, las ruinas y los monumentos de la ciudad de Soria hasta llegar al puente de piedra donde nace el citado Monte de las Ánimas; todo ello guiado por candiles y antorchas, y acompañados de esqueletos, títeres gigantes, monjes templarios y otros espectros de la noche.

–Al final, a los pies del Monte de las Ánimas, junto a una gran hoguera y con la única luz de la noche, se construye con las ascuas de la hoguera un manto ígneo de brasas sobre el que pasarán descalzos los más valientes, los más atrevidos. Al final del espectáculo, se sueltan los farolillos de papel con las palabras de la leyenda.

–¡Realmente es un espectáculo muy bonito!.

No me digas que no te gusta esto que te recito:

"La noche de difuntos me despertó, a no sé qué hora, el doble de las campanas; su tañido monótono y eterno me trajo a las mientes esta tradición que oí hace poco en Soria.

Intenté dormir de nuevo; ¡imposible! Una vez aguijoneada, la imaginación es un caballo que se desboca, y al que no sirve tirarle de la rienda. Por pasar el rato, me decidí a escribirla, como, en efecto, lo hice."

Espera aún más:

«*Los ciervos braman espantados, los lobos aúllan, las culebras dan horrorosos silbidos. Y al otro día se han visto impresas en la nieve las huellas de los descarnados pies de los esqueletos. Por eso en Soria lo llamamos el Monte de las Ánimas, y por eso he querido salir de él antes que cierre la noche*».

–María. Todos los Sorianos conocen estas estrofas.

–Me sorprendes Gustavo.

Aparcan el coche junto a la entrada del Monasterio, y con un andar lento y mirando con intensidad a su alrededor, recorren tanto el Cementerio como el Monasterio y su precioso claustro con trazas del románico más puro, arcos apuntados tendentes a la herradura, y con evidentes huellas bizantinas y árabes, que muestran la influencia árabe que hubo en la zona.

El Monasterio es un enclave excepcional en donde se asentó la Orden de los Hospitalarios de San Juan de Duero. Es un ecléctico cenobio. El claustro se utilizó para dar sepultura entre los siglos XIII y XV.

Los Inspectores buscan alguna señal que les pueda ayudar en la investigación. Ernesto piensa que en este claustro podría haber algún vestigio respecto al asesino o al asesinato.

Después de unas dos horas buscando y de no descubrir nada, los Inspectores deciden acercarse al bar que está a la entrada del puente de piedra para aprovechar en tomar un café y preguntar al propietario, y camareros, si vieron algo extraño en esos días.

Los Inspectores se sientan en la terraza del chiringuito que está a orillas del rio Duero. Un lugar bellísimo, lleno de silencio a excepción del sonido del agua del rio, del movimiento de las ramas del soplar del viento, y de los pájaros: estorninos, y colirrojo tizón, que vuelan y cantan por el lugar.

–El sitio es realmente idílico–. exclama María mientras piden unos cafés.

Los Inspectores preguntan al propietario y los camareros si vieron algo raro los días anteriores a cuando apareció el cadáver, pero estos les dicen lo mismo que indicaron en su momento a los Agentes el día que se encontró el cadáver.

–¿Por aquí viene mucha gente a correr los fines de semana? –. pregunta Ernesto.

–Sí. Esto se llena de gente corriendo y de ciclistas. Suelen parar aquí para tomar algo y coger energía–. responde el camarero que les sirve.

–¿Este sábado y domingo pasados hubo mucha gente?.

–Sí. Pero nadie vio nada.

–¿Tienen cámaras de video?.

–No.

–La verdad es que para nosotros ha sido una sorpresa. Por esta zona nunca pasa nada a excepción de típicas lesiones o sustos como infartos–. prosigue el camarero que ha entrado de lleno en la conversación.

–En más de una vez hemos tenido que llamar a urgencias.

–¿Abren el chiringuito los fines de semana por la tarde y noche?.

–Ahora no. Solo a finales de primavera y hasta mediados de septiembre. Pero solo los fines de semana. El resto del tiempo abrimos por la mañana hasta la hora de comer. Cerramos a las 16:00.

Una vez tomado el café, Ernesto y María regresan a la comisaría.

Ya en el despacho, los Inspectores establecen una relación de acciones inmediatas que hay que llevar a cabo para prevenir un nuevo posible acto del asesino dado que se aproxima el día de las ánimas. Lo apuntan en la pizarra para comentárselo posteriormente al Comisario:

- Solicitar a la Policía Local videos de las calles cercanas al lugar de los hechos, sobre todo de aquellas calles que vayan hacia el puente de piedra.
- Establecer un operativo que éste vigilando la zona del Monte de las Ánimas.
- Establecer un operativo el día de la fiesta de las Ánimas.

–¡María!, respecto a la investigación, qué te parece si comenzamos por la información que podamos obtener de los familiares del poeta. La línea de consanguinidad.

–¿Crees que realmente es una vía de estudio?. Hace más de 150 años de su fallecimiento Ernesto.

–Tienes razón María. Eso no nos va a aportar nada y sí pérdida de tiempo. Más adelante veremos si es necesario. Vamos a analizar la relación del poeta con la ciudad de Soria y su provincia. Tenemos que buscar un experto en el poeta que conozca su vida y sus trabajos. Esto es posible que nos abra una línea de investigación sobre cuáles pueden ser los motivos que mueven al asesino dado que, lo que sí parece, es que el asesino está plenamente identificado con el poeta.

–Yo me encargo de esto –. Contesta rápidamente María.

–¡Perfecto!. Yo voy estudiando los informes sobre la investigación que han hecho los Inspectores de Burgos respecto a los asistentes al evento, y empezar a preparar una lista.

En ese momento el Comisario entra en la sala donde están los Inspectores, con cara de preocupación y mirando fijamente a Ernesto. Les pregunta sobre cómo va el caso y si han tenido algún avance.

–De momento poco–. le responde Ernesto –Sí sabemos que el asesinato de Burgos se asemeja al de aquí y que, desde luego, el asesino está totalmente identificado con el poeta.

–Posponer todo lo que tengáis y que no esté relacionado con este caso. Vamos a mantener una reunión de trabajo esta tarde a las 17:00 en mi despacho, y vemos la información que tenemos y las acciones que hay que empezar a llevar a cabo.

El Comisario sale de forma vigorosa y aparentemente enfadado de la sala, momento en el que los Inspectores se miran y hacen un gesto de sorpresa y preocupación.

–María, me parece que el Comisario quiere tomar parte en esta investigación. ¡Debe ser que está un poco aburrido!.

–A mi parece que sí. Es una persona muy dinámica y en su anterior destino ha vivido muchas investigaciones de asesinatos. Aquí en Soria es posible que este un poco aburrido y está necesitado de algo de acción.

–¡Pues si es así!, y creo que tienes razón, lo vamos a tener hasta en la sopa.

–También,– responde Ernesto – tener en cuenta que este asesinato va a salir rápidamente en los medios y, por tanto, va a estar muy presionado por la central para ver los avances que se obtienen.

–Bueno María, sigamos con nuestro plan de acción.

Ernesto va hacia la mesa donde está Gustavo. –¡Gustavo!. Ponte en contacto con la Policía Local para solicitar los videos de los últimos siete días de la zona cercana al crimen. Visiónalos a ver si identificas algo que te llame la atención. También habla con el Hospital para que te faciliten los videos.

–¿Por qué siete días?.

–Lo más probable es que el asesino haya estado analizando la zona y, por tanto, rondando las calles que van hacia el puente de piedra y a las inmediaciones del Monasterio y del Monte de las Ánimas.

–Por cierto, Gustavo, he leído que en el informe que has preparado de la visita al piso de la víctima no has visto nada fuera de los normal, todo estaba colocado, no había libros que llamaran la atención respecto a poesía o a escritores de épocas pasadas. Solamente novelas modernas.

–Sí, es así, no había nada raro. Lo único es que en el garaje estaba el coche de la víctima. Por ello, es posible que el asesino la atacara en el garaje. El garaje es el típico de un pequeño edificio de pisos, muy oscuro, y fácil para que el asesino se pudiera esconder y esperar a la víctima.

–También comprobé que en el coche no estaba el mando de apertura de las puertas del garaje. El coche estaba impoluto. No había nada extraño. No había sido forzado. De todas maneras, veremos que dice la Criminalística.

–Dentro del coche estaba tirado en el suelo el teléfono móvil de la víctima. Estaba sin batería. Se lo he pasado a los especialistas para que lo estudien por si hubiera alguna información que nos pudiera ayudar a la investigación.

–Por este motivo os he comentado que es posible que el asesino abordara a la víctima en el garaje antes de ir a trabajar. Vamos, estoy seguro de ello. Eso os he puesto en el informe.

–¡Gustavo!. Investiga el teléfono. ¿Has hablado con los vecinos?.

–No con todos, solo con los que viven en su rellano. Esta todo en el informe que os he preparado.

–De todas maneras, vuelve y pregunta al resto de los vecinos si han visto entrar algún coche extraño en el garaje. El asesino tuvo que introducir su coche en el garaje para llevarse a la víctima, y esto debió de hacerlo justo cuando entraba algún vecino.

–¡Ok!. Pero también sabes que los mandos a distancia pueden clonarse.

Entre tanto, María se pone en contacto con el rectorado de la Universidad de Soria para ver si tienen algún experto en literatura y poesía que les pueda ayudar.

La secretaria del Rector la indica que en la universidad de Soria no hay grados de lengua y literatura y, por tanto, no hay especialistas en la materia pero que, de todas maneras, hablará con el Rector para ver si conoce a alguien que la pueda ayudar.

Los Inspectores reciben de la Comisaría de Burgos la relación de asistentes a la jornada de poesía que se celebró unos días antes del asesinato.

Hasta ahora, todo lo que tienen los Inspectores es insuficiente para poder hacerse una idea de las características del asesinato y del asesino.

Empiezan a tener muy claro que se pueden estar enfrentando a un asesino en serie, a un psicópata, lo cual va a requerir de una gran maestría en la búsqueda de pruebas e indicios que les permita avanzar en la investigación y que está no quede, como otras, paralizada por la falta de evidencias y pruebas significativas.

María comenta en voz alta –la tranquilidad y la perseverancia van unidas. La resistencia es la paciencia concentrada como decía Thomas Carlyle, filósofo y matemático del siglo XIX.

–No debemos de confundir paciencia con falta de ánimo. Inspectores –. Responde Ernesto.

–Cierto Ernesto. ¡A eso a mí no me gana nadie!. Ya sabes lo que dijo Frederick Douglas "sin lucha no hay progreso". Tengo muy claro que este asesinato nos va a llevar a una gran lucha para obtener indicios que nos permitan descubrir a este loco.

–Ernesto ya que me has tirado de la lengua, te digo otra frase maravillosa ¨las cosas difíciles requieren un largo tiempo, las cosas imposibles un poco más". Es de André A. Jackson.

–¡Bueno María!. Veo que te has animado. ¿No pensarás tenerme así durante esta investigación, la cual se prevé larga…?.

–¡Ernesto!… Has sido tú el que ha empezado.

-IV-

Las bases de la investigación

El conocimiento no es una vasija que se llena, sino un fuego que se enciende.

Plutargo

A las 17:00 Ernesto y María toman el largo pasillo que va a la fortaleza. Llaman a la puerta con sumo cuidado, no quieren verse en el problema de tener que recoger cristales de la maravillosa antigüedad. Esa grandiosa puerta de cuarterones de cristal opacos que da paso a la fortaleza.

El Comisario se levanta bruscamente de su silla, la cual se queda dando vueltas sobre su eje, y se dirige a la mesa de reuniones en donde se sienta en su cabecera, tiene cara de preocupación, mueve el sillón para posicionarse del lado derecho, cruza las rodillas, e invita a los Inspectores a que presenten los avances que han tenido y las acciones que van a realizar.

La cara de preocupación no se le quita, deposita las gafas con cuidado encima de la mesa, toma un bolígrafo, y unas hojas en blanco para apuntar sus notas.

—¡Qué tal inspectores!. No os veo nada cansados, ni preocupados. ¡Hemos tenido avances!. ¡Contadme! –. mira fijamente a los ojos de Ernesto.

Los Inspectores le explican, tanto la conversación con el Inspector de Burgos como el contenido de los informes de criminalística y del forense. También le explican la visita al piso de la víctima y los pasos que proponen seguir.

—Respecto al despliegue de Agentes en la zona donde apareció la víctima, ¡adelante! Inspectores. Hablar con la Policía Local para que incrementen su vigilancia en esa zona ¡aunque creo que no va a valer para nada!. El asesino es metódico y, por tanto, no cometerá el error de acercarse a puntos de riesgo.

—Sí, es cierto Comisario–. responde Ernesto – Él sabe que no le conocemos y por ello, el día del festival se puede esconder entre la multitud, debajo de los disfraces, y sin que nosotros nos enteremos.

–Respecto al despliegue el día del festival ¡Ernesto!, ¿para qué nos vale?. Es un coste innecesario. ¿Tienes alguna señal que te diga que ese día va a pasar algo?.

–No tengo ninguna señal Comisario. Es solo intuición. La misma intuición que me dice que el asesino está cerca de nosotros. Estoy convencido que pronto puede haber otro asesinato y tenemos que tratar de evitarlo.

–Ha pasado bastante tiempo del asesinato de Burgos Ernesto–. Comenta el Comisario –Eso que dices me parece muy bien. ¿Pero que pruebas tienes a excepción de la intuición?. ¡Crees que un despliegue va a parar un nuevo asesinato de ese loco!. ¡Verdad que no!.

–¡Ernesto!. Estas partiendo de una base que aún no es real. Tienes en la cabeza que el asesino es de Soria. ¿Qué te hace pensar que es así?. Puede ser perfectamente de otro lugar y se va desplazando a Burgos, a Soria. ¿Por qué no de Madrid?.

Ernesto asiente con la cabeza, dando la razón al Comisario.

María mira hacia otro lado como si con ella no fuera la discusión.

–Bueno Inspectores, respecto a la búsqueda del experto me parece correcto. Pero no lo buscaría en Soria, lo buscaría fuera de esta provincia. Incluso os diría que cuanto más lejos de Soria mejor.

María rápidamente responde al Comisario. –Me puse en contacto con el Rectorado de la Universidad y me han dicho que ellos no tienen grados de letras y, por tanto, dentro de su claustro de profesores no hay profesores expertos en literatura, ni filosofía, ni historia. De todas maneras, van a ver si me pueden poner en contacto con alguien.

–Vale, pero no os pongáis en contacto con él. Ponerlo en la lista de sospechosos que elaboréis junto con las personas que fueron a la jornada de Burgos y que eran de Soria.

–Por cierto, como bien sabéis Inspectores, Bécquer es una persona muy seguida y leída en Soria. Hay muchos conocedores de su vida. Se hacen festivales tanto en la capital como en pueblos de la provincia. Identificar a estas personas, e incorporarlas también a la lista preliminar.

–Recordar, que el mismo festival de las ánimas es un recordatorio a la leyenda que escribió Bécquer.

–Como bien indicó María el otro día en su descripción de las características de un asesino en serie, una de ellas es que son narcisistas.

Rápidamente María responde –¡Sí, eso!. El narcisista tiende a subestimar las valías y capacidades de las personas que le rodean y siente la necesidad de admiración, por lo que trata de demostrar constantemente su valía y menospreciar a las personas que no están de acuerdo con él.

–¡Bien María!. Las personas narcisistas suelen tener un gran rendimiento, tanto en los estudios como en su vida laboral. Su nivel de inteligencia es elevado, muy superior al del resto.

–Esto debemos de evaluarlo en la lista inicial de sospechosos que elaboréis. ¿Lo tenéis en cuenta verdad?.

–¡Claro!. – responde rápidamente María –Debemos tener en cuenta el tipo de narcisista al que nos enfrentamos. Como sabéis hay tres tipos y cada uno tiene sus características muy bien diferenciadas. Algunos los tipifican como: el introvertido, el exhibicionista, y el tóxico.

–¡Cómo se nota tus estudios! –. exclama Ernesto con cierta ironía –¡Cómo disfrutas!.

–En la evaluación que realicéis Inspectores, incorporar una valoración si consideráis que el sospechoso pudiera ser narcisista.

–Por cierto, y al respecto de lo que estamos hablando, hoy sale un artículo sobre el asesinato y ya lo han bautizado como el "Asesino de las Ánimas". Esto sin duda lo pone en circulación, lo cual a nosotros nos complica la investigación.

–Este nombre lo ha puesto nuestro amigo del Heraldo de Soria: Eugenio Vistahermosa –. Resalta el Comisario.

–Estaba el día que descubrimos el cadáver –. comenta Ernesto.

–¡Claro!, ya me lo imaginaba. Es el cronista del periódico en lo referente a sucesos en Soria. Ya tengo varias llamadas de periodistas preguntándome por el caso. Entre éstas la de Eugenio. ¡Vamos a seguir callados por el momento!.

–Esto le gustará al asesino–. responde María –Sin duda querrá comenzar a tener una presencia continua en los medios.

–¡O no!, Inspectores.

–¿A qué te refieres Comisario? –. pregunta Ernesto.

–Pues porque podría cometer algún error si quiere tener esa mayor presencia en los medios de comunicación. Hay que estar pendientes de aquellas publicaciones que comenten algo del caso, y de quién las publica: anónimos o firmados.

–También de aquellas publicaciones que hagan referencia al festival de las ánimas y al poeta.

–Incorporarlos también a la lista.

–¡Ernesto!, habla con la Unidad de Delitos Informáticos para que pongan las alarmas que estimen oportunas, tanto en las RR.SS. como en la Dark Web, por si sale algo relacionado con este caso u otros parecidos.

–Por cierto, Ernesto. ¿Has puesto a Gustavo a ver las imágenes de las cámaras de la zona?. Si necesitas más Agentes, asígnalos.

–Ok.

–Hablar con la Policía Local para que, en caso de producirse una denuncia por desaparición en estos días, pongan en marcha todos los protocolos con la máxima celeridad, que rápidamente nos lo comuniquen, y se movilicen todos los dispositivos de búsqueda.

– Inspectores, cuyos operativos estén muy atentos el día de la fiesta, y si ven algo extraño, fuera de lugar, que lo comuniquen rápidamente.

–¡Erncsto!. Prepara un dispositivo en la comisaría formado por dos Agentes para que, en caso de un aviso, se pongan rápidamente en acción.

–Por mi parte, hablaré con la Comandancia de la Guardia Civil de Tráfico para que aumenten los controles en esos días, y que estén atentos a cualquier llamada por nuestra parte. Les comentaré que estamos detrás de un posible asesino en serie, y de cuáles son sus particularidades.

–Por cierto, Inspectores, si os llaman de la Central de Madrid me la pasáis o le decís que les llamaremos a la mayor brevedad –.

–¡Sobre la droga utilizada Ernesto!, habla con criminalística y con los forenses dado que ellos sabrán que laboratorios pueden suministrar esa droga. Creo que es un punto muy importante para investigar. De hecho, creo qué es lo único que tenemos hasta ahora para avanzar en la investigación.

–Hablad con los laboratorios para ver a quien se la han suministrado en el territorio español en los dos últimos años, y en qué fecha.

–Investigar si tenemos en nuestros registros alguna red de tráfico de este tipo de droga.

–Creo que con esto hemos centrado las acciones que tenemos que realizar, y podremos ir cerrando el círculo en la investigación.

–¿Tenéis algo más que comentar Inspectores?.

El silencio aflora en la mesa. El Comisario mira a los ojos de Ernesto y María, y vislumbra que no hay nada más que comentar y sabe que es el momento de dar ánimos al equipo.

–Sin duda, esto va a ser difícil por la tipología del criminal, pero no debemos de desesperar.

–También tenemos que estar preparados para un cambio en la forma de actuar del asesino. Ya sabéis que este tipo de criminales tiene en la cabeza un modelo de asesinato y no lo van a cambiar, en todo caso irán perfeccionando su método. ¡Son muy listos!.

–Lo que tampoco va a cambiar es su identificación con el poeta. Para él es el símbolo sobre el que se basa sus acciones. Es posible que sea su referente.

–Eso es lo que hasta ahora emana de los dos asesinatos y que parecen tienen relación.

María toma la palabra con la sorpresa del Comisario. –Yo creo que nos enfrentamos a un asesino en serie con un trastorno narcisista de la personalidad. Dentro de los tipos que hay, me decanto por el de tipo compensador. Aquel que trata de compensar su baja autoestima a través de la búsqueda de un reconocimiento social mediante la violencia y conductas delictivas. Estos son los más complicados de identificar.

Tanto Herminio como Eugenio se miran entre ellos dado que entendían que la reunión había terminado. Pero a María le gusta transmitir sus conocimientos y su percepción del caso.

María sigue con su discurso. –Probablemente sufrió de niño o de joven, y buscó y encontró, en la poesía, la seguridad interior que necesitaba. Por ello se ha identificado con el poeta.

–Es previsible que nos encontremos ante una persona bien formada en las letras, y que sea profesor y/o escritor.

–Es posible también que participe en jornadas sobre el poeta y escriba sobre él.

–Bueno María, – le responde el Comisario en voz baja –no adelantemos acontecimientos ni nos hagamos ya un perfil sin avanzar un poco más en la investigación.

–De todas maneras, María, acabas de indicar algo que debemos de tener en cuenta para la lista; incluir aquellos que hayan publicado algo del poeta en los últimos años.

–Quiero deciros que, para mí, la droga y su forma de inyectarla, me marca algo. Eso no lo hace cualquiera.

–Me parece bien que en la selección que hagáis analicéis la posibilidad de un trastorno de la personalidad.

–¡Ernesto!. Cuando tengas la selección final de los posibles candidatos a sospechosos, habla con el Juez y le pides la intervención de sus teléfonos móviles. Me pasas antes la petición para que la firme.

–Si os parece, y si no hay novedades en los próximos días, mantenemos una reunión de seguimiento la próxima semana. Este asesinato es ¡prioritario!.

–Según la información que vayáis obteniendo, ir trazando un borrador del perfil que quizás pueda ayudaros en la lista que configuréis, y en la investigación de los elegidos.

–Cualquier novedad me la comunicáis.

El Comisario se levanta rápida y bruscamente del sillón que preside la mesa de reuniones, está serio, y va hacia la silla de su escritorio dando la espalada a los Inspectores, e invitándolos a salir del despacho.

Los Inspectores salen del despacho, recorren el gran pasillo que les separa de la gran sala donde tienen sus mesas de trabajo. Ya es un poco tarde, pero se sienta cada uno en su mesa de trabajo. En la sala hay luz tenue que marca la tristeza del lugar. Una sala donde se mide todo lo que se dice y se oye todo lo que se dice.

En la pizarra los Inspectores apuntan las acciones acordadas con el Comisario. Pizarra donde se está esquematizando el caso con el detalle que tienen hasta ahora. También marcan la relación que hay entre las diferentes variables que han ido identificando, utilizando para ello, los típicos hilos de colores que marcan prioridades en las relaciones.

María, independientemente de la pizarra, esquematiza el caso en su dashboard personal que tiene en su tablet. Para ella es más fácil tener un control y seguimiento utilizando las herramientas informáticas.

A Ernesto le molesta un poco esto dado que se ve muy alejado del uso de las nuevas tecnologías. Siempre que María saca su tablet se incomoda. María lo percibe y disfruta con ello.

María comenta. –Yo creo que el asesino nos está desafiando, y que trata de transmitirnos cuál es su propósito de la vida.

–¿Con el asesinato? –. exclama Ernesto –Yo creo que es un demente.

–Los psicólogos tenemos otra visión de los hechos y su entendimiento. Es evidente que quién asesina a una persona se sale de los principios establecidos, pero esto siempre se produce por algo. Traspasar el sentido humano, las barreras que entendemos lógicas, nos puede conducir a un estado mental complejo.

–Ernesto. ¿Para ti qué es la tristeza?.

–Un sentimiento.

–Es algo más complejo Ernesto –.

–Es una emoción que se produce por una alteración anímica transitoria y de una cierta intensidad. Es una emoción elemental o básica de la persona que, en el momento del asesinato, tienen una conducta concreta en la cual aflora un sentimiento determinado, de fortaleza, de venganza. Sentimientos que tratan de ocultar algo que se vivió en el pasado como: inadaptabilidad, inutilidad, humillación, abusos, pobreza.

–¡Sí, sí!. Así que cuando un asesino comete un asesinato planificado, es porque está triste. ¡En un sentimiento de tristeza!. ¡Ya ya!. En mi experiencia eso nunca lo he visto.

–¡Ernesto!. Las experiencias vitales de un asesino en serie están marcadas por recuerdos angustiosos, creencias distorsionadas y conflictos no resueltos, en nuestro caso estamos ante una persona que tiene un trastorno psicópata o de trastorno de personalidad antisocial.

María continua con su análisis –El asesino en serie se ve impulsado por alguna necesidad interior imperiosa. Suele tener disfunciones cerebrales que le impulsa una fuerza interior irresistible e innata. Son víctimas de impulsos primitivos.

–¡Ernesto!. Si al final estuviéramos hablando de un asesino en serie, esto terminará cuando lo detengamos, dado que hay muy pocos casos en los que el asesino haya dejado de matar voluntariamente.

–Si te fijas Ernesto, tanto en el asesinato de Burgos como el de Soria, llama la atención que no se ensañe con sus víctimas. Es un caso extraño en cuanto a la tipología del asesino en serie. En estos casos no hay lucro personal ni ensañamiento.

–Tampoco ha utilizado el uso de la fuerza física. Esto no es lo normal en un asesino en serie, así lo demuestran los estudios al respecto.

–En este caso, y de ahí viene la rareza, esto no está pasando.

–En general, – persiste María –los asesinos en serie tienen una relación distorsionada con el resto del mundo. Para ellos, la acción que cometen está totalmente justificada, ¡así lo entiende, lo ven y lo sienten!.

–Eso sí, reconocen y son conscientes, que lo que han hecho está mal y que va en contra de las reglas sociales del ser humano.

–Está claro María que nos enfrentamos a un caso complejo debido a la tipología del asesino. Tal y como indicas, va a ser difícil descubrirlo.

–Pero como dijo el Comisario, siempre cometen errores. Eso es lo que debemos de buscar María. Ese va a ser nuestro trabajo.

–Bueno María, cambiando de tema. Respecto a la fiesta, como todos los años, estaré en el pasacalles con la familia, pero no iré a la hoguera.

–Yo este año me quedaré para ver la fiesta y estaré pendiente, aunque no creo que sirva para nada respecto a la investigación. En eso estoy de acuerdo con el Comisario.

–Respecto a la lista María, si hacemos caso al Comisario, metemos a toda Soria en la lista.

–Bueno, voy a realizar una lista según una serie de características sobre lo que hemos hablado y sobre la que empezar a trabajar. Según vayamos avanzando, si no logramos identificar sospechosos, la iremos ampliando.

En los dos días siguientes, Ernesto prepara una primera lista con los nombres, datos de contacto, personales, y profesionales de las personas a investigar según la primera criba que ha realizado.

En esta primera selección le han salido unos 37 de los cuales 25 viven en Soria capital, 7 en la provincia, y 5 en otras provincias.

María contacta con un experto en la vida y obras de Bécquer. Un sevillano, que vive en Sevilla y es catedrático de literatura en la Universidad de Sevilla.

Antonio González Sánchez, tiene 47 años, es catedrático de literatura española de los siglos XVIII y XIX, ha participado en multitud de congresos, tiene varios libros publicados, y una extensa lista de publicaciones.

Mantiene una videoconferencia con el profesor donde le comenta las poesías encontradas, y el motivo del interés de la Policía.

El Catedrático se compromete con María a estudiar las poesías e interpretar su significado.

Aprovecha el profesor para darle una pequeña clase sobre Bécquer.

Comenta éste que: fue un poeta y escritor muy desafortunado en su vida, corta vida, dado que murió con 34 años de tuberculosis, la enfermedad romántica como la denominaban en aquel entonces, otros dicen que fue de sífilis. Enfermó de tuberculosis a los 21 años. También estuvo influido por vivir una época cargada de acontecimientos, como las guerras carlistas y civiles. Parece que él era muy de los Borbones.

–¡María!. El poeta es un símbolo de la época.

–No se puede empezar nada contemporáneo en el verso y la prosa española sin empezar por leer a Bécquer.

El catedrático sigue comentando sobre la obra del poeta.

–Hay algunos críticos que tachan su obra de simbolista más que romántica, y lo justifican por la influencia que pudieron tener los poetas alemanes sobre él. No hay que olvidar que desciende de alemanes. Bueno esto es una discusión que no viene a cuento.

–Los poemas que escribió el poeta son poemas de lingüística sencilla, pero con mensajes complicados pese a que utilizaba una lírica popular para que fueran entendibles por sus lectores de aquel momento. Hoy en día su lírica es a veces compleja de seguir dado que se ha perdido un gran conocimiento de la lengua castellana y de su uso.

–En sus poesías se suceden constantemente la relación entre el enamoramiento, tuvo dos amores en su vida, algunos dicen que tres, y la muerte. Algo que le acompañó en su corta vida.

–Es muy curioso que el poeta en vida, y a pesar de haber publicado y dirigido periódicos, y de gozar de una cierta fama, solo publicó una docena de poemas y nunca publicó un libro. Fueron sus amigos quienes tras su muerte recabaron un sinfín de sus obras escritas, las ordenaron y las publicaron.

–Sus amigos lo justificaron porque Bécquer era un perfeccionista, y se pasó toda su vida corrigiendo sus poemas y sus escritos.

–Durante su vida fue periodista. Bueno, ¡más bien!, publicaba artículos en periódicos de la época como "El Contemporáneo", en la revista ilustrada "El Museo Universal", y en la "Ilustración de Madrid". En estas publicaciones llegó a ser director. También colaboró en revistas como "La Época" y "El Mundo".

–En su carrera de periodista se dedicó a ser censor de las novelas que se publicaban, y a ser muy satírico en sus publicaciones y críticas.

–Veo que el poeta fue un "personaje", y con una vida muy intensa –. Comenta María.

–¡Sí!. Así es. Le tocó una época difícil. Además, los amigos del poeta lo calificaron de: vago, orgulloso, borracho, putañero, sucio, enfermo, carca, oportunista, pretencioso, venal, algo arrogante, juerguista, soñador, orgulloso, y patriota de su España –.

–¡Vaya calificativos! –. Exclama María.

–Por cierto, María, es un poeta sevillano autodidacta, su vida literaria la llevó a cabo entre Soria, Madrid, y Toledo. Se marchó de Sevilla muy pronto, aunque era un enamorado de esta ciudad.

–Bueno María quedamos así, en unos días mantenemos una nueva vídeo, y te comento sobre las poesías encontradas.

El Inspector jefe está realizando una segunda criba de la lista que ha preparado. Ha quitado todos aquellos que no tienen estudios superiores y centrándose en licenciados en letras, a excepción de los que tienen una relación directa con el poeta como, por ejemplo, los que dirigen algún museo o grupos de interés por el poeta. Esto hace que la lista quede en 10 seleccionados.

Sobre estos seleccionados el Inspector empieza con un análisis en profundidad en base a la información a la cual tiene acceso, y solicita intervenir sus teléfonos. Para ello el Inspector jefe solicita le sean asignados cuatro Agentes de apoyo. Él sabe que esta tarea le va a llevar bastante tiempo, dado que hay que realizarla muy meticulosamente y de forma muy cuidadosa para no levantar sospechas.

Dentro de la lista, los seleccionados son:

1. Fernando Martin de Pedrezuela (FMP). Profesor literatura Instituto Antonio Machado de Soria.
2. Jorge Santos Fernández (JSF). Profesor literatura Instituto Estudios Superiores Virgen del Espino, de Soria.
3. Manuel Astorga de los Santos (MAS). Profesor literatura Instituto Estudios Superiores Diego Marín Aguilera de Burgos.
4. Eugenio Vistahermosa Martínez (EVM). Director Museo Bécquer en Noviercas. Soria.
5. Juan Rodríguez del Álamo (JRA). Centro Universitario -CIESE-Fundación Comillas. Universidad de Comillas. Madrid.
6. Antonio Alonso Fernández (AAF). Director Museo Bellas Artes de Sevilla.
7. Francisco Espinosa Pérez (FEP). Ha publicado varios estudios sobre el poeta y su vida en Soria.
8. Juan Pérez de Ayala (JPA). Licenciado en Literatura Contemporánea. Ha escrito varios tratados sobre los poetas del siglo XIX. Vive en Madrid, pero ha asistido a diversas jornadas sobre Bécquer incluyendo las de Burgos y Soria.
9. Manuel Rodríguez Castilla (MRC). Poeta Soriano y un ferviente seguidor de los poetas de Soria.
10. Sergio Ochoa Iriarte (SOI). Estudioso de la vida de los poetas contemporáneos. Ha sido el ganador del Premio a la Poesía Leonor y Gerardo Diego de Soria.

–¡Gustavo!. Toma esta lista y le solicitas al Juez que nos de autorización para intervenir sus teléfonos. La justificación es por ser sospechosos en el asesinato de Marta Fernández Domínguez y Villalba. Que la firme también el Comisario jefe. Él ya está avisado–.

–¡Ok! .

–¡Por cierto Gustavo!, ¿has revisado las grabaciones?.

–Sí. He visionado repetidamente las grabaciones de las calles que están cerca del puente de piedra, del hospital, y de la casa de la víctima, pero no he logrado identificar algún indicio que llamará la atención.

La Inspectora María ha quedado impactada por la conversación con el Catedrático y se ha puesto a estudiar e investigar sobre la vida del poeta. Ella piensa que la complicada vida del poeta, como le ha comentado Antonio, puede dar pistas sobre el asesino.

María se está convenciendo que el estudio del Poeta pueda ayudarla a identificar las claves del asesino, y del próximo asesinato, aunque meterse en la mente de este tipo de asesinos es difícil.

Estudia el desarrollo de la vida del poeta, por ver si esto le puede ayudar a identificar algunas características que pudieran estar relacionadas con el asesino.

Elabora un pequeño dosier que le permite ir desmenuzando la vida del poeta, y avanzar en el diseño del perfile del asesino.

Destaca en el dosier que está elaborando las características que deben de ser tenidas en cuenta en la búsqueda del asesino:

- Que la infancia y juventud quedó marcada por la muerte prematura de sus padres. Esto puede ser un indicio por el que podría estar identificado el asesino.
- La vida inicial pudo estar señalada por las estrecheces económicas que vivió, y que dieron lugar a que el poeta abandonara los estudios.

Algo muy normal en la época del siglo XIX. Pocos lograban desarrollar sus estudios a excepción de aquellos que eran pudientes. En esa época progresaban los autodidactas. Este es el caso del poeta. Podría también ser el caso del asesino.

- La fuerte relación con su hermano Valeriano, le pudo marcar su vida. Sin duda, otro punto para tener en cuenta en las características del asesino. El fuerte vínculo con algún ser querido.
- Otra característica del poeta es que se casó con una mujer ajena a los ambientes literarios. Esto le llevó a que su mujer no le comprendiera y se distanciara de él hasta el punto de serle infiel. Por ello, se separó de ella llevándose a sus dos hijos. Otro elemento que puede ser clave para la investigación y que pudiera desencadenar que el asesino no tenga hijos.

María, además, con el estudio del poeta, identifica las localizaciones geográficas en las que el poeta desarrolló su actividad. En concreto los lugares más importantes de Bécquer en Soria: Noviercas, Veruela, y Soria, la ciudad y sus alrededores. Quizás estos enclaves pueden ayudar a determinar dónde puede ocurrir el próximo asesinato.

En el estudio que lleva a cabo, le llama la atención que el poeta no haya estado en Burgos, pero, sin embargo, se llevó a cabo un asesinato en esa localidad.

Investigando, María se encuentra con un escrito del poeta cuyo título es "Solar de la casa del Cid en Burgos", y en el cual destaca la figura del Cid Campeador en Burgos.

Pero también, siendo periodista en el periódico de la época "El Contemporáneo", escribió un artículo con el nombre de "Caso de Ablativo". Este escrito hace referencia a la inauguración del tren entre Madrid y San Sebastián, y resaltando la conexión entre Madrid y el Norte del España.

En él, el poeta, escritor, y periodista, describe con todo detalle el viaje que realizó y en el cual hace referencia de su paso por Burgos capital. En ese artículo describe su llegada a Burgos.

Acabo de despertar, lleno de sobresalto, de uno de esos ensueños ligeros y nerviosos, únicos que pueden conciliarse en el ferrocarril. Consulto el reloj y son las dos y media de la madrugada. La luna permanece aún escondida entre las nubes, pero a intervalos su claridad ilumina el paisaje con un resplandor azulado y fantástico. Allí estaba Burgos. Burgos debe ser, porque entre esa masa compacta y oscura de techos puntiagudos, de torres almenadas y altos miradores, he visto destacarse, como dos fantasmas negros, las gigantes agujas de su catedral….

Día llegará en que, una vez soldados los rotos eslabones de la cadena, se reveles a los ojos del pensador la maravillosa y no interrumpida unidad de desenvolvimiento con que, empujados por la idea cristiana, hemos venido desde la catedral a la locomotora, para ir después desde la locomotora a quién sabe dónde.

Gustavo Adolfo Bécquer.

Para María, este escrito puede ser determinante para entender por qué el asesino ha llevado a cabo su asesinato en Burgos.

Sobre la obcecación del asesino de dejar a sus víctimas en la rivera de los ríos, María hace referencia a la rima XVI que dice:

Las palabras del dios se guardan y son estas: -Asesino marcado por Schiven son un sello de eterna infamia, sólo existe una penitencia con que puedes expiar tu crimen: sube por las orillas del Ganges, a través de los pueblos feroces que habitan sus riberas, hasta encontrar sus fuentes. El remoto país del Tibet, a quien defiende como un gigante muro la cordillera del Himalaya, es el término de tu viaje. Cuando llegues a él, lava tus manos en el más escondido de los manantiales, y a la hora en que el valiente Tippot cayó a tus plantas. Si en el discurso de tu peregrinación no conoces a tu esposa Siannag, que deberá acompañarte, la sangre desaparecerá de tus manos.

Es en la única rima del poeta donde aparece la palabra asesino y hace referencia a las riberas de un rio.

Esta rima está relacionada con la Leyenda 5: "El caudillo de las manos rojas".

Canto Quatro: XXIII

En aquel punto el sueño tiende las alas y abandona al príncipe; éste, convulso y pálido aún, despierta de su pesadilla, busca a su esposa, en cuyo seno se había dormido, y no la encuentra.

El sol, recostado en un lecho de púrpura y de oro como un rajá en su alfombra de colores, lanza a la tierra el último rayo de sus entreabiertos ojos. La Naturaleza comienza a despertarse de su sueño del mediodía. Las brisas de la parde, impregnadas en murmullos y perfumes, juguetean con el cáliz de las flores que se abren a sus besos. Las aguas del Ganges, copiando en sus linfas transparentes la vigorosa vegetación de sus riberas, alzan un himno melancólico, al que se unen las aladas y suaves notas de los pájaros que despiden al día con un dulcísimo y triste adiós.

Con todo lo estudiado, María ha hecho una pequeña descripción del perfil del asesino basándose en el método deductivo. Esto ayudará a disminuir al máximo el número de posibles culpables y enfocará la búsqueda del asesino.

- Compromiso con el asesinato. Obcecación.
- Gratificación por el asesinato que comenten.
- Poder.
- Altivo.
- Narcisista.
- Egoísta.
- Desean ser admirados por los que le rodean.
- Manipulador y persuasivo.
- Persona muy organizada.
- Evita confrontación.
- Sociable.
- Ambicioso.
- Destaca en el trabajo que realiza.
- Detallista.
- Escéptico. No le influencia las emociones de otros.
- Creativo.
- Innovador.
- Celoso de su libertad.
- Extrovertido.
- Planificador.

María tiene claro que existen profesiones donde algunas de estas características destacan, y por tanto profesionales que están muy especializados en materias complejas como pueden ser: abogados, jueces, notarios, médicos, y escritores. También el asesino puede ser una persona que se haya autoformado para desarrollar sus aptitudes personales, como el caso de Bécquer.

María sabe que a este perfil le falta posicionar al asesino en el nivel de maldad, tal y como determina la escala de Michel Stone. Sobre esta escala identifica tres posibles alternativas:

> **Nivel 8**: personas no psicópatas, pero con altos niveles de furia reprimida, llegan a matar cuando algún evento la desencadena o enciende.
>
> **Nivel 10**: asesinos que matan a gente que se interpone en su camino o testigos que pudieran delatarle. Tienen personalidad egocéntrica pero no psicopática claramente distinguible.
>
> **Nivel 11**: lo mismo que el nivel diez, pero esta vez con personalidad psicopática notable.

María le manda su extenso análisis a Ernesto para que lo revise, y les pueda servir para ir centrando el perfil del asesino.

–¡María!, me parece muy buen trabajo el que has realizado, pero quizás un poco pronto para ello.

–¡Ernesto!, yo creo que nos puede ayudar en un primer momento para evaluar la selección que tienes hecha.

–Puede ser María. Pero no me gustaría que esto nos pudiera estar condicionando sin antes tener más información del asesino. Como hemos visto, apenas tenemos información. Tenemos dos asesinatos con unas características determinadas, y similares. Eso no nos permite hacer un perfil del asesino.

–De todas maneras, lo que me has mandado es algo muy general en donde hasta tú puedes entrar.

–Bueno es una broma. No te lo tomes a mal María.

–Así lo hago Ernesto. – lo dice con la cara seria y mirando hacia otro lado. Sin duda le ha molestado el comentario de Ernesto.

María es una persona muy impulsiva, agitadora, su mente tiene que estar en permanente movimiento. Se obceca rápidamente con las cosas, y ha visto que está delante de uno de los casos más importantes que va a tener en su vida profesional. Seguramente este caso le marcará mucho en su trayectoria y en sus objetivos profesionales.

-V-

El Misterio

Fue hace ya muchos, muchos años

Pasados unos días desde la última video, María y Antonio -el Catedrático de la Universidad de Sevilla- mantienen una nueva video donde éste explica su entendimiento de las poesías facilitadas, y cuál es el posible motivo por el que el asesino podría estar actuando.

–¡María!, respecto a la rima IX, es una rima preciosa que identifica el beso como algo natural, y pone como ejemplo el comportamiento de la naturaleza.

–El tema del poema es el énfasis en la presencia del beso en el mundo natural; se presenta como una acción que se repite entre diversos elementos de la naturaleza.

–La idea fundamental del poema es la unión de los elementos de la naturaleza y como se relacionan entre ellos, como si estuvieran tratando de darse un beso. El beso es para el poeta, la unión extraordinaria de muchas circunstancias, deseos, y detalles.

–¡María!, esta rima es de naturaleza sentimental y sensual; la crítica ha hablado de ella haciendo referencia al "panerotismo" en cuanto a su tema. Este palabro fue definido por Freud "el ánima del mundo es la atracción del deseo". El poema aborda el beso como una realidad natural ubicua. De hecho, se ejemplifica con cuatro casos naturales: el "aura" (viento suave y apacible), el sol hace lo propio con la nube, la llama del fuego a otra llama y, finalmente, el sauce al río devolviéndole el beso previo de éste. No existe una conclusión explícita, pero la podemos sospechar: besarse es parte natural de la dinámica del mundo.

–El poema presenta una estructura cuatripartita. Cada uno de los besos ocupa dos versos de modo que el conjunto da ocho versos; un poema corto y denso para alabar o destacar la presencia del beso u ósculo en el mundo natural. Puede ser el motivo que lleve al asesino a poner el cuerpo en ese sitio dado que puede entender que falta un quinto elemento, la persona, que también está presente en el mundo natural.

–El asesino puede pensar que la poesía está inacabada, y por ello, actúa.

–Es curioso cuando el poeta nunca estuvo en Burgos verdad Antonio–. exclama María

–Cierto María. Él nunca vivió en Burgos, aunque tiene algunos escritos en los cuales menciona a Burgos capital y su provincia. Pero no te puedo indicar cuál es el motivo por el que el asesino elige la ciudad de Burgos para cometer el asesinato. Quizás el entorno le parece ideal para cometer su asesinato. Como sabes, la mente de un asesino es difícil de entender. Bueno, eso me parece a mí, tú eres la experta en eso.

–Respecto a Burgos, Bécquer escribió el "Solar de la Casa del Cid en Burgos", y el "Caso de Ablativo" -*EN, CON, POR, SIN, DE, SOBRE LA INNAUGURACIÓN DE LA LINEA COMPLETA DEL FERROCARRIL DEL NORTE DE ESPAÑA*- que publicó en el periódico "El Contemporáneo". Esta crónica del viaje inaugural y donde fue invitado Bécquer, hace referencia a las diferentes paradas que hizo el tren en su primer trayecto: Madrid, El Escorial, Ávila, Medina del Campo, Valladolid, Burgos, Miranda de Ebro, Olazagoitia, Beasain, y San Sebastián. El poeta hace una descripción preciosa del viaje inaugural.

–Te recomiendo que lo leas. Utiliza una prosa preciosa para describir el viaje y las paradas que va haciendo, así como, la finalización del viaje en San Sebastián.

–La otra poesía que me has facilitado María corresponde con la rima LXXIII. Es una rima que trata sobre la muerte. Es una rima muy bonita y muy bien trabajada por parte del poeta.

–Ésta hace referencia a que en una tarde de invierno el poeta piensa en la soledad de los muertos, y en el significado de la vida al rememorar la muerte de una niña. Esos recuerdos abarcan desde el fin de la agonía, cuando le cierran los ojos a la niña, y le tapan el rostro al amanecer el nuevo día y cuando, posteriormente, trasladan su cadáver a la capilla de una iglesia, donde al atardecer el cuerpo se queda solo hasta el día siguiente y por tanto remarca "la soledad de la muerte". Entonces se celebra el funeral. Su cuerpo lo introducen en un nicho, que un sepulturero tapa distraídamente, sin participar de la conmoción por esa muerte.

–Bajo mi punto de vista trata de mostrar el paso del cambio de la vida a la muerte y lo frío que es ese paso. La soledad que tiene la muerte. Quizás por ese motivo el cadáver está señalando "El Monte de las Ánimas" justo cuando se celebra la fiesta de las ánimas en Soria, y en la cual se ensalza la venida de las ánimas a lo que es terrenal.

–Yo pienso María, que es posible que el asesino trate de decir que la muerte no es el último trayecto de la vida, y que está tiene una segunda oportunidad, por ello busca un día señalado para cometer en asesinato.

–El poeta escribió una leyenda llamada "El Monte de las Ánimas" donde hace referencia a una protagonista "Ajorca" que es una mujer hermosa, y constituye una trampa para el hombre el cual está enamorado, enajenado, y sometido a los caprichos de ella.

María se está quedando impactada por el análisis que está haciendo Antonio de las poesías.

–Si te das cuenta María, las poesías elegidas por el asesino y su escenificación, están buscando una notoriedad para complementar, a mi entender, el significado de las poesías y por tanto, del asesinato.

–Hay un aspecto que creo puede ser interesante y que emana en algunas de las leyendas del poeta; es la separación entre el amor ideal y el amor sexual, lo cual le lleva a la agresividad hacia la mujer. Posiblemente este pueda ser el motivo por el cual elige a jóvenes para cometer los asesinatos. Muchos de sus trabajos están vinculados a la sexualidad. Por ejemplo, éste:

> Andando algún tiempo, decía yo,
> apretándome la cabeza con las manos,
> y como queriendo sujetar la razón que se me escapaba:
> «¿Por qué da vueltas esa mujer alrededor de mí?
> Yo no soy una llama y, sin embargo, puede abrasarse.
> Yo no la quiero matar,
> y, a pesar de todo, puedo matarla».
> Y después que hubo pasado todavía más tiempo,
> pensé, y creo que pensé bien:

–Esta podría ser mi conclusión.

–Gracias, profesor. Ha sido muy interesante su entendimiento del significado de la poesía y su relación con el asesino.

–Una pregunta que le quiero hacer, ¿existe relación entre las rimas y las leyendas que escribió el poeta?.

–¡Sí! ¡Así es! María. Hay algunas rimas que están relacionadas con leyendas.

–Si le parece Antonio, vamos avanzando en la investigación y seguramente, me pondré en contacto con Ud. para alguna aclaración que requiera.

–¡Muchas gracias! Profesor.

María. Con la información facilitada por el Catedrático, y con el estudio inicial que ha llevado a cabo, intenta entender el comportamiento del asesino. Tiene claro que éste es un perfeccionista, igual que lo era Bécquer que se pasó revisando constantemente sus poesías.

A su entender, interpreta que el asesino se siente incapaz de escribir unos versos que pudieran completar los escritos realizados por el poeta y por ello, busca un mecanismo macabro en el que él se siente cómodo para completar las poesías, para estenografiarlas.

Ella piensa que hay unos valores que hay que tener en cuenta si el asesino se identifica con el poeta, y es la personalidad que le atribuyen a éste -una personalidad compleja-, y que se corresponde con una persona que ha pasado muchos trances en su vida, esto puede ayudar a completar el perfil del asesino.

María sigue defendiendo la figura del narcisista tal y como refleja el perfil que está elaborando. Piensa que elige a jóvenes, y las relaciona con la poseía.

En el primer asesinato utilizó a la víctima para completar la obra.

En el segundo asesinato, reflejó el paso de la muerte hacia un nuevo estadio, y qué mejor que el de una joven mujer señalando así la belleza, y justo en el momento de una fiesta tan identificada con la muerte como la del 1 de noviembre.

María ha completado el informe preliminar sobre las características psicológicas del asesino, su perfil, el cual ha facilitado a Ernesto.

–Ernesto, creo que cuando se analice a los investigados tenemos que verificar su personalidad. Deberíamos de estudiar si la personalidad que tienen es compleja y si han pasado trances en su vida que les hayan podido marcar.

–Te paso las características adicionales al perfil que te pasé, y que bajo mi punto de vista puede tener el asesino después de estudiar con detalle a Bécquer, el poeta, y que podrían definir al asesino como:

- Mujeriego.
- Perfeccionista.
- Arrogante.
- Metódico.
- Amante de la belleza.
- Sufridor de la vida.

Ya han pasado cuatro meses desde el asesinato de Soria.

Los Investigadores han ido avanzando en la investigación de los seleccionados sospechosos, sobre su vida, su entorno, tanto profesional como personal.

Han analizado su comportamiento mediante un seguimiento persistente de los investigados, del uso del teléfono, sus movimientos a través de la geolocalización de los teléfonos móviles en los días anteriores al asesinato, el día del asesinato, y los días posteriores al asesinato.

Para Ernesto, de los investigados inicialmente, hay dos que presentan unas mayores sospechas según las investigaciones realizadas, y por ello determina seguir profundizando en la investigación sobre ellos.

Los seleccionados son:

Fernando Martin de Pedrezuela. Profesor literatura Instituto Antonio Machado de Soria, y Eugenio Vistahermosa Martínez (EVM). Director Museo Bécquer en Noviercas (Soria), y periodista del Heraldo de Soria.

En el caso del Profesor de Instituto, su selección viene porque pasó por un trance cuando su hermana se suicidó debido a un desamor. Esto ocurrió hace seis años. Fue atendido por los psicólogos de la Consejería dada la fuerte unión que tenía con su hermana, y estuvo de baja seis meses. Por la información obtenida del Servicio de Salud, sigue tomando medicamento contra el estrés postraumático que sufrió.

Según su historial médico, tuvo una reacción muy brusca con los médicos que le trataron en su momento. En el informe médico aparece como persona muy inestable y por ello, el médico de medicina general lo derivó a la consulta del psicoanalista para que fuera tratado.

En este momento, lo está supervisando la médico de medicina general quién cada tres meses le ve y le renueva las recetas de los medicamentos contra el estrés. Cada seis meses pasa consulta con el psicoanalista sin que éste le haya dado aun el alta.

Tiene 48 años, está casado, tiene una hija de 17 años que va al mismo instituto donde da clases. Su mujer trabaja en un colegio de EGB en Soria Capital.

El profesor está relacionado con otra profesora del Instituto. Tiene una relación muy cercana y por tanto cumple dos de los requisitos indicados por María: mujeriego, y ha pasado por un trauma.

Según aparece en su expediente en la Consejería de Educación, siempre quiso obtener una plaza en el Instituto Antonio Machado. Instituto en el cual estudió.

Es soriano de pro.

Estudió Lengua Castellana y Literatura en la Universidad de Valladolid, con buenas notas. Destacó sobre todo en el romanticismo, y en el contexto histórico y social de la literatura española del siglo XIX.

Su teléfono móvil estuvo por la zona donde vivía la víctima en los días previos a su asesinato.

Participa activamente en foros donde se habla de la época de los escritores y poetas del romanticismo español, y en las redes sociales donde sigue a varios escritores muy activos en ellas.

Respecto al otro investigado, Eugenio Vistahermosa Martínez director del Museo Bécquer en Noviercas, vive en Soria Capital. Ha nacido en Noviercas, estudió en el colegio de Noviercas, y en el instituto Antonio Machado de Soria.

Tiene 47 años y está separado. No tiene hijos.

Tuvo una separación complicada dado que su mujer le denunció por malos tratos psicológicos.

Es un acérrimo estudioso de Bécquer. No tiene estudios superiores. Es un autodidacta. Trabaja en el Heraldo Diario de Soria como periodista desde hace 30 años. Conoce muy bien el periódico dado que ha pasado por varios departamentos. En la actualidad es responsable de la tribuna de sociedad y sucesos.

Ha publicado varios tratados sobre Bécquer, su vida en Soria, y sus escritos realizados en Soria.

Dirigió la recogida de firmas para evitar la demolición de la antigua casa de Casta Esteban que llevaba en desuso más de 40 años; fue promotor de la iniciativa de adquirir la antigua casa donde vivió el poeta con su mujer Casta Esteban, y convertirlo en un Museo dedicado al poeta y su poesía.

Participa activamente en las Jornadas Bequerianas que se celebran todos los años en Noviercas, y en la ruta de senderismo "Ojos Verdes" que va desde el pueblo hasta el Pozo Román.

Este seleccionado también ha pasado por situaciones traumáticas como la separación complicada de su mujer, y que sin duda le han marcado en su vida, y además es un autodidacta como lo fue Bécquer.

Después de esos cuatro meses, la investigación ha avanzado poco, realmente poco, y se está empezando a entrar en esa fase oscura, monótona, y en donde la mente empieza a deprimirse por la falta de encontrar hilos que pudieran hacer posible el progreso.

No se trata de un episodio depresivo, pero sí de una etapa en la cual la mente se bloquea, no se ven indicios de marcha en la investigación, y siempre se llega a la misma conclusión.

María asimilaba la situación a esa primera sensación que el Poeta describió cuando experimentó el arrancar de un tren de la época la cual lee a Ernesto:

"una sensación que siempre es insoportable. Aquel confuso rechinar de ejes, aquel crujir de vidrios estremecidos, aquel fragor de ferretería ambulante. Con un continuo vaivén al compás del trote de la muías". (Bécquer).

–¡Cómo se nota el estudio que estás haciendo del poeta María!.

–Es cierto Ernesto. La verdad es que cuesta leer sus trabajos, sobre todo por el uso que hace de la lengua en la construcción de sus obras.

–Mi objetivo como te comenté, es poder entender al asesino, para responder a la pregunta: ¿qué ve en las obras del poeta para cometer los asesinatos?.

–Está claro que nos estamos encontrando con argamasa y guijarros de colores, y no logramos avanzar a la velocidad que deberíamos –. comenta Ernesto

–Me preocupa María que nos estemos obcecando demasiado en la relación entre el asesino y el poeta.

Ernesto se encuentra en el fondo de la gran sala donde trabajan los Inspectores y Agentes, junto a la gran pizarra donde los Inspectores anotan las acciones realizadas, sus resultados, y aquellas que aún les quedan por hacer; se pasa bastante tiempo caracoleando, con la cabeza baja, dubitativo, pensativo, moviendo la imaginación, mordiéndose las uñas, y encontrándose apurado e irresoluto en este trance. Pero sigue impávido su espíritu. Ese espíritu de lucha que no abandona y que le apercibe de todo, como buen Investigador.

De repente un airecillo agradable entra por la puerta entreabierta de la entrada a la gran sala, esa puerta de madera, de doble hoja, que cruje cuando se abre, y azota los vidrios de las ventanas como para despertar de ese letargo aparente que ronda la sala, y que afecta a la tristeza que emana de los Inspectores.

> Se abrió la puerta que tiene gonces en mi corazón y otra vez la galería de mi historia apareció (Bécquer)

–¡María! Deja de mirarme así. Estoy pensando en cómo debemos de acercarnos a los dos investigados seleccionados.

–¡No basta con tener una idea!, tenemos que ser capaces de vestirla para que el acercamiento no levante la sospecha de nuestro interés. Como has definido al asesino, este tiene un alto nivel de inteligencia y es arrogante. En ese acercamiento tenemos que ser convincentes.

–Estoy llamando a mi imaginación María, pero se ha debido de refugiar en lo más oscuro de mi mente.

Ernesto esta reflexionando en voz alta con el objetivo de hacer participar a María y Gustavo. Quizás más concretamente a María dado que Gustavo en muy novato.

–Está claro como el agua, que no debemos de hablar nada del Poeta Inspectores. ¡Se nos descubriría rápidamente!.

–Nuestro conocimiento del poeta es escaso, posiblemente tu hayas aprendido bastante en estos meses María, pero no creo que seas capaz de mantener una conversación para hablar de su obra literaria, ni de su entendimiento.

–¡Así es Ernesto! Yo creo que, en el caso del profesor de instituto, podríamos asistir a alguna conferencia en la que participe tanto como conferenciante como asistente, y aprovechar para hablar con él. Preguntarle sobre qué trabajos está haciendo, sobre sus alumnos en la asignatura de literatura. En la conversación que tengamos podremos sonsacar su comportamiento, su espíritu, su personalidad.

–Me parece bien la idea María. Mis hijas estudian en el Instituto Antonio Machado, les voy a preguntar por el profesor y los trabajos que manda hacer. También si utiliza pluma estilográfica en sus escritos.

–Podemos hacer ambas cosas Ernesto. Necesitamos conocer el perfil del profesor.

Gustavo desde su sillón giratorio de los años 70 enfundado en el skai, ese material sintético utilizado en esos años que mal imitaba el cuero y que tenía como ventaja el mantener la espalda y las posaderas permanentemente húmedas, presta gran atención a la conversación que mantienen los Inspectores.

–Hablemos con el Comisario a ver qué opina. – comenta Ernesto –Puede ser que se le ocurra algo al respecto –. Ernesto le responde fijamente con una fría mirada.

–El caso del periodista es distinto María. – responde Ernesto cambiando su mirada a María –Es más complejo dado que el conoce el asesinato, nos conoce a nosotros y, por tanto, el acercamiento a él no va a ser fácil.

–De todas maneras, – resalta María– en ambos casos, tenemos que hablar con la Unidad de Delitos Informáticos para que los investiguen con mayor profundidad por las RR.SS., y ver si son capaces de intervenir sus ordenadores.

–Quizás, no sea muy acertada mi idea, pero ¿tú que piensas Ernesto?.

–Podemos actuar como dices, seguir con el dispositivo de seguimiento y de control del uso de todos sus dispositivos electrónicos, y estar presentes en reuniones donde participen y hablen sobre Bécquer.

–En el caso del periodista, esto último va a levantar sospechas si éste fuera el asesino. Eso creo yo –. Responde Gustavo que está necesitado de participar de alguna manera en la conversación.

–Bueno no es malo que se ponga nervioso dado que pondría comete errores –. responde María.

Intervienen Ernesto rápidamente. —¡María! Respecto al equipo de investigación, tienen que lograr tomar alguno de los escritos realizados a mano por ambos sospechosos, independientemente que sea con bolígrafo, lápiz, o pluma, para contrarrestarlo con los escritos que tenemos y ver si ha podido ser escrito por alguno de ellos. Aunque hemos de tener en cuenta que el uso de la pluma es muy diferente al de otras herramientas de escritura, pero la caligrafía nos puede ayudar.

—¡Ernesto! En el estudio que estoy llevando a cabo del poeta, un lugar en el que el asesino podría llevar a cabo el próximo asesinato puede ser en Noviercas. Este pueblecito fue el destino principal de Gustavo Adolfo Bécquer en la provincia de Soria, debido a que la familia de su mujer, Casta Esteban, contaba con una vivienda en esa villa.

—Además, parte de su obra la escribió en ese pueblecito y donde tuvo a sus descendientes.

—¡Por cierto! Dentro de un mes, tendrá lugar en Noviercas las jornadas de homenaje a Bécquer y en la que, seguramente, tendrá un gran protagonismo el periodista, y posiblemente acuda también el profesor. Creo que deberíamos asistir Ernesto.

—En estas jornadas de homenaje a Bécquer se hace una ruta de senderismo denominada "de los ojos verdes", cuyo nombre se debe a la rima XII –.

Porque son, niña, tus ojos
verdes como el mar, te quejas;
verdes los tienen las náyades,
verdes los tuvo Minerva,
y verdes son las pupilas
de las hurís del Profeta.
El verde es gala y ornato
del bosque en la primavera;
entre sus siete colores
brillante el Iris lo ostenta,
las esmeraldas son verdes;
verde el color del que espera,
y las ondas del océano
y el laurel de los poetas.
Es tu mejilla temprana
rosa de escarcha cubierta,
en que el carmín de los pétalos
se ve al través de las perlas.
Y, sin embargo,
sé que te quejas

porque tus ojos
crees que la afean,
pues no lo creas.
Que parecen sus pupilas
húmedas, verdes e inquietas,
tempranas hojas de almendro
que al soplo del aire tiemblan.
Es tu boca de rubíes
purpúrea granada abierta
que en el estío convida
a apagar la sed con ella,
y, sin embargo,
sé que te quejas
porque tus ojos
crees que la afean,
pues no lo creas.

María describe con detalle la ruta donde se lleva a cabo el homenaje al poeta.

La ruta pasa por la ermita de Ntra. Señora de los Remedios y el Pozo Román. Según cuentan, es donde Bécquer se inspiró para escribir la Rima. Cuenta la tradición que en la ermita se encuentran decapitados los cuerpos de Siete Infantes de Lara.

El Pozo Román está en el Río Araviana y tiene un fácil acceso a través de la CL-101. Es una zona muy poblada vegetalmente y en donde se puede esconder un cuerpo.

–¡El asesino podría buscar que la víctima pudiera ser encontrada en esas fechas! –. resalta María

María sigue describiendo las zonas donde Bécquer llevó a cabo su trabajo.

–Existe otro lugar que marcó a Bécquer, es el Monasterio de Veruela que está a los pies del Moncayo, donde el poeta pasó una larga temporada debido a su enfermedad de tuberculosis y donde escribió "Cartas Desde mi Celda". Nueve cartas que transmiten la soledad y desarrollan la imaginación del poeta.

–En este lugar existe una cruz conocida como la Cruz Negra, que marca el lugar donde el poeta escribía, leía la correspondencia, y los periódicos que venían desde Madrid.

–Yo creo que puede ser conveniente que tengamos esos lugares vigilados –. resalta María

Ernesto que se encuentra mirando la ventana que está junto a la gran pizarra, y que le sirve de mecanismo de análisis mental, responde a María. –¡María! Va a ser difícil llevar a cabo un despliegue de medios sin tener nada concreto que lo justifique. Seguro que el Comisario lo va a cuestionar como cuando me dijo: "si teníamos alguna señal que justifique el gasto en la jornada de las ánimas".

–Ten en cuenta el tiempo que ha pasado entre los asesinatos de Burgos y Soria. No tenemos ningún indicio que se vaya a cometer un asesinato ahora.

–Tienes razón Ernesto, pero no perdemos nada en decírselo.

–¿Se lo dices tú?. ¡Que te llame la atención a ti!.

–Ja ja ja… Tu eres el Inspector jefe.

–También se lo puede decir Gustavo que es el novato. Seguro que con él tiene más cuidado en la contestación.

–¡Sí!, ¡claro!, el novato se echa al pozo. No voy a hacer el tonto al respecto porque además tendría toda la razón del mundo.

–Ja, ja, ja. Gustavo sí que te has puesto flamenco –. responde María con su sarcasmo.

–Si te das cuenta Ernesto, no tenemos nada a excepción de los dos posibles investigados.

–¡Cierto! Por ello, lo que tenemos que pedirle al Comisario es que nos dote de los recursos necesarios para seguir la investigación e ir avanzando un poco más.

–¡También María!, deberíamos de buscar si existen otros casos parecidos y ver si avanzamos en la droga utilizada.

–Eso ya lo hice al principio Ernesto. Cuando apareció el caso de Burgos y respecto a la droga, no he tenido avance en ello. Hablé con los laboratorios y no se ha suministrado esta droga en Soria.

–En relación con la posible existencia de alguna red sobre esta droga, hablé con la Unidad Central de Droga y Crimen Organizado y no tiene ninguna referencia de la existencia de la distribución de esa droga. Es más, les sonaba raro el nombre de la droga.

–¡Vaya!, por la droga no avanzamos María. Pero ¿buscaste en la BB.DD. sobre la información de casos similares a los datos que teníamos del asesinato de Soria?. Quizás deberíamos de ampliar esa búsqueda, puede que haya otros casos que no sean similares, pero tengan algo en común.

–¡Mira!, por ejemplo, la droga utilizada o una sobredosis de otra droga que pueda haber sido suministrada de forma extraña. O también la posición del cuerpo. Esto puede también marcarnos otros posibles asesinatos. También, que apareciera alguna carta o nota de despedida o de lo que fuera. Víctimas que estén en la rivera de un río. Acuérdate que el Comisario nos comentó algo al respecto.

–¡Ok!. Me pongo con ello a ver si nos toca la lotería y aparecen otros casos sin resolver que se puedan asimilar al de Burgos y Soria.

–¡María!, asistiremos a las jornadas becquerianas de Noviercas. Aunque el periodista nos reconozca y aproveche para preguntarnos sobre la investigación, pero nos puede ayudar en la investigación.

–¿También estaremos en la ruta de senderismo? –. pregunta María.

–¡Sí! –. responde Eugenio de forma vehemente– Prepararemos un equipo para esos dos días y que tomen fotos de los asistentes. Ese equipo lo controlaras tú Gustavo.

–Hablaré con el Comisario sobre los temas que hemos tratado. Espero que no me ponga inconvenientes al plan establecido.

Ernesto se dirige hacia la fortaleza para comentarle al Comisario las reflexiones que han realizado, y el interés que tiene para la investigación acudir a las jornadas que se van a realizar en Noviercas, y también pedirle los recursos necesarios.

En la reunión, como esperaba el Inspector, el Comisario muestra sus dudas a llevar a cabo el despliegue de medios para acudir a esas jornadas. Piensa, y así se lo dice a Ernesto, que por el tipo de asesinatos que se han llevado a cabo y su forma, el asesino no llevará a cabo ningún asesinato en esa época ni tampoco por la zona de Noviercas.

Eso lo haría un asesino en serie que busque notoriedad en sus asesinatos y este no es el caso. Esto lo resalta en varias ocasiones el Comisario.

Pese a ello, acepta la petición del Inspector para que utilice los medios necesarios para asistir a dicha jornada, y de vigilar y controlar a los asistentes.

—El tiempo nos dirá si esto tiene algún sentido Ernesto. Pero además de esto, deberías centrarte en investigar más sobre si hubiera más asesinatos parecidos y sobre la droga utilizada.

—No creo que el poeta y su poesía sea lo que mueve a este asesino a llevar a cabo sus actos.

—Creo que os estáis concentrando en exceso en la relación asesino-poeta.

—Gracias Comisario.

Ernesto sale de la fortaleza con cierta alegría, se dirige a la sala donde comenta con María y Gustavo lo hablado, y prepara el plan de trabajo y los agentes que van a necesitar.

Hay un gran nerviosismo en el equipo, Ernesto lo sabe, él mismo está muy preocupado dado que el tiempo va en su contra. Necesita que el equipo vea que hay avances, aunque estos sean pequeños avances. Aceptó la propuesta de María de ir a Noviercas para tener al equipo motivado, aunque piensa que no van a lograr ningún avance en la investigación.

Él está de acuerdo con el Comisario que los avances se van a producir si logran descubrir más asesinatos parecidos, si logran avanzar sobre la droga utilizada, o si se produce un nuevo asesinato.

De alguna manera, esto les traerían indicios que permitan unir los asesinatos, y de esta manera poder establecer líneas de investigación que sean claras y no como hasta ahora, meras ideas o sospechas.

-VI-

La sorpresa

Una sorpresa que viniste como un rayo de sol

Los Inspectores para comprender el pensamiento del asesino utilizan la lógica, en la cual el razonamiento se basa en la intuición.

María reflexiona sobre lo ya realizado en cinco meses y llega a una serie de conclusiones como que quizás, uno de los errores que pudieran estar cometiendo es basar la resolución del caso en la intuición, y no en el análisis de la información que hasta ese momento tienen. Las incongruencias pueden ser la base en la resolución del caso.

Se están basando en la experiencia, cuando claramente las premisas de este caso son, aparentemente, inadecuadas para su resolución.

El método utilizado para la determinación del perfil del asesino es el método deductivo, y María empieza a pensar que quizás no sea el correcto para la especificación del perfil psicológico del asesino.

Los dos asesinatos hasta ahora cometidos por el Asesino de las Ánimas, o que hasta ahora se conocen, les puede estar llevando a la confusión. Hasta cierto modo es lo normal, dado que se está produciendo un desequilibrio entre la información de la cual se dispone, y las ganas de resolver el caso.

¿Tu verdad?. No, la Verdad
y ven conmigo a buscarla.
La tuya, guárdatela.

Rima LXXXV. Gustavo Adolfo Bécquer

−¡Ernesto! Creo que el camino que estamos siguiendo no nos está conduciendo a nada y, es más, nos está bloqueando. Es posible que tengamos un pensamiento interceptado debido a que no estamos avanzando.

−¡María! Céntrate en llevar a cabo una nueva investigación en la BB.DD. Debemos averiguar si puede haber más casos que se puedan acercar a las características de los que estamos investigando.

Se observa ciertas tiranteces entre Ernesto y María. Diferencias debidas a su visión de cómo actuar en el caso y también, por los nervios que están empezando a aflorar debido al poquísimo avance en el caso.

Después de pasadas algunas semanas, María descubre dos casos de asesinatos parecidos, uno en Sevilla y otro en Toledo. Asesinatos que no se han solucionado, y que se encuentran en la situación de archivados por falta de pruebas contundentes y de presuntos sospechosos. En los informes de los Inspectores que llevaron los casos, solo se tienen apreciaciones. Ideas subjetivas que no aportaron nada para su esclarecimiento.

María llama por teléfono a uno de los Inspectores del caso de Sevilla quién le describe el contenido del informe con todo detalle: el asesinato ocurrió en abril de hace 17 años, se halló el cuerpo de una mujer joven cuyo nombre era Almudena Sánchez Robles, de 23 años, nacida y residente en Sevilla donde vivía con sus padres, y estudiaba Historia del Arte en la Universidad de Sevilla.

Hacía más de un mes que sus padres habían puesto una denuncia por desaparición, cuando se encontró el cadáver.

El cuerpo de la víctima fue encontrado en el cauce del rio Guadalquivir junto al puente de hierro de La Algaba, en el parque Almenara del Guadalquivir. Fue descubierto por unos paseantes que iban por el parque y su perro se abalanzo hacía donde estaba el cuerpo por el olor que desprendía. El cuerpo estaba en la orilla del rio, junto a los juncos y apoyada su espalda sobre el tronco de un sauce, con las manos abiertas, la cabeza girada hacia el rio, y el cuerpo también estaba mirando al rio.

La víctima era Caucasiana, rubia, ojos verdes. Vestida con una blusa blanca, pantalón vaquero, zapatillas de deporte, una mochila con objetos personales, datos de identificación, un monedero y dentro de éste, un sobre con una nota escrita a mano.

La nota se interpretó, en ese momento, como una forma de despedida a sus amigos más allegados y de su familia. Esto lo hacía con un verso escrito por el poeta John Kiats.

Estrella brillante, si fuera constante como tú, no en solitario esplendor colgada de lo alto de la noche y mirando, con eternos párpados abiertos, como de naturaleza paciente,

un insomne eremita, las móviles aguas en su religiosa tarea, de pura ablución alrededor
de tierra de humanas riberas, o de contemplación de las montañas y páramos.

No, aún todavía constante, todavía inamovible, recostado sobre el maduro corazón de
mi bello amor, para sentir para siempre su suave henchirse y caer, despierto por
siempre en una dulce inquietud. Silencioso, silencioso para escuchar su tierno respirar,
y así vivir por siempre o si no, desvanecerme en la muerte."

La escritura se había realizado sobre un papel cartulina de 300g A4 de color blanco, utilizando rotulador de trazo fino permanente, lumocolor. Éste era usado habitualmente para escribir sobre CD's dado que tiene un secado rápido y duradero.

El cuerpo de la víctima se encontró en la fase colicuativa dado que llevaba 35 días desde que falleció, según indicó la autopsia y concretamente, el estudio que realizaron los entomólogos.

Murió de una sobredosis de Tramadol inyectada por vía parental y administrada por forma intravenosa.

También la víctima tenía trazas de haber mezclado una benzodiacepina con alcohol, que sin duda la llevó a un estado de semiinconsciencia.

Junto al cadáver se encontró una jeringuilla con rastros de la droga utilizada. El brazo tenía una goma torniquete de caucho sintético con el ADN de la víctima.

Por las fechas que manejaban los Inspectores desde la denuncia hasta que el cadáver fue encontrado habían pasado en total 36 días, por lo que sospechan que la víctima debió de ser asesinada o se suicidó el mismo día de su desaparición.

El informe forense indica que la víctima tenía en su cuerpo benzodiacepina, que al ser mezclada con alcohol la produjo una amnesia anterógrada, y posteriormente, mediante una sobre dosis de la droga inyectada por vía intravenosa, murió. Este informe no establece asesinato.

Pese a que, como consecuencia de la denuncia por desaparición ya se había entrevistado a todo el entorno de la víctima, los Inspectores continuaron con el proceso de investigación, pero desde otro punto de vista, debido al descubrimiento del cadáver.

Los Inspectores volvieron a investigar el entorno familiar y de su amistades. No descubrieron nada nuevo. Las amistades de la víctima eran estudiantes en la Universidad de Sevilla en las ramas de: Filología, Historia del Arte, Literatura, Medicina, y Derecho.

La víctima acababa de romper con su novio por una infidelidad con una de sus amigas. Su novio estudiaba con ella Historia del Arte y llevaban 3 años juntos. Casi desde el inicio de sus estudios en la Universidad.

Se investigó al novio, y este tenía una buena coartada que hacía inviable que fuera participe del posible asesinato.

El día del fallecimiento de la víctima, un jueves según los investigadores, estuvo en la discoteca "Antique" junto con otras amigas. Éstas confirmaron que la víctima, Almudena, estaba un poco afectada por el alcohol que bebió.

El grupo de amigas acudían casi todos los jueves a bailar y a divertirse a esa discoteca. Era algo normal en esa época.

También destacaron los Inspectores, que las amigas comentaron que ese día habían ligado con otros estudiantes de la Universidad, bailando y bebiendo junto con ellos. Estudiantes que era la primera vez que los veían en la discoteca.

En el caso de Almudena, según testificaron las amigas, ligó con uno de ellos. El grupo de amigas testificó que apenas se fijaron en él.

A los estudiantes con los que estuvieron no los habían visto nunca en la discoteca. Eran cuatro estudiantes universitarios de: Lengua, Historia, y Medicina que llevaban ya cuatro años estudiando en la Universidad de Sevilla.

Las amigas comentaron que no eran andaluces, eso lo notaron rápidamente. Hablaron de la Universidad, su campus, y de lo divertido que es Sevilla y los andaluces.

Sobre las 4:00 de la mañana, salieron de la discoteca y se despidieron. Las amigas cogieron un taxi para que les fuera llevando a cada una a su casa, como hacían siempre que salían de copas.

Almudena, la víctima, se fue con uno de los estudiantes y les dijo que la llevaba a casa. Las amigas apenas vieron la cara del chico ni el coche en el que se subió. Hicieron un retrato robot, pero apenas sirvió para poder identificar al presunto asesino.

Se habló con los vigilantes y los camareros de la discoteca sin que pudieran obtener información. La discoteca no tenía cámaras que pudieran ayudar a reconocer a los asistentes a la discoteca.

Las amigas confirmaron que Almudena estaba en un estado de fuerte depresión debido al comportamiento de su novio y tuvo un comportamiento algo raro esa noche, pero no observaron nada que les pudiera advertir de una situación de suicidio. En ningún momento exclamó que quisiera quitarse la vida. Fue una de las vías que se llevó en la investigación y por ello, en el informe, se habla de suicidio o asesinato.

Se entrevisto a los taxistas que estuvieron por la zona, sin que se encontraran pruebas que ayudara a la investigación.

El grupo de amigas comentaron que sus amigos habituales de la Universidad venían de Sevilla, Huelva, Cádiz, y Badajoz, y en general muy pocos de fuera de Andalucía o Extremadura. Algunos de Albacete, Rebolledo, Sigüenza, Puertollano, Valdepeñas, Soria, Burgos, Valladolid, Madrid.

Se hizo una investigación sobre el grupo de amigos sin que diera resultado. En la investigación también preguntaron al círculo de amistades y si la víctima consumía algún tipo de droga. El entorno de amistades lo desmintió. No hubo manera de comprobar la realidad de esa afirmación. Era normal en esa época fumar algún cigarro de mariguana.

Se analizó el movimiento que tuvo su teléfono móvil en los días anterior y el mismo día de la desaparición. El teléfono móvil se encontró en una alcantarilla cerca de la discoteca donde presumiblemente desapareció la víctima, sin encontrar huellas a excepción de las de la propia víctima.

Al final el caso se archivó pasados dos años por falta de pruebas.

María, después de hablar con el Inspector de Sevilla y de leer el expediente del caso, ve que hay elementos que se pueden asimilar a los asesinatos de Burgos y Soria.

- Junto a un rio.

- Mirando al rio.
- Apoyada sobre un sauce y junto a los juncos del rio.
- Con las manos abiertas.
- Un sobre con una poesía.
- En el estado en el cual se encontró el cuerpo no permitía saber algo más como: hacia donde estaba mirando o la posición de la boca de la víctima.
- Muerte con una sobre dosis de droga.

María investigando la poesía, descubre que el poeta que la escribió murió de tuberculosis y que pertenece a la época del Romanticismo. Muy similar a Bécquer que tambien murió de tuberculosis.

María se pregunta: ¿Podría ser este el primer caso del asesino en serie?.

Para María este caso de Sevilla se parece en parte al asesinato de Soria y, por tanto, lo asigna al asesino en serie, al "Asesino de las Ánimas".

Sobre el otro caso ocurrido en Toledo. María accede al expediente donde indica que: en abril de hace 8 años se encontró el cadáver de una mujer de unos 22 años, en la Senda Ecológica cerca del Puente de San Martín, junto al pequeño salto de agua del rio Tajo y en la rivera de éste.

La mujer cuyo nombre era Maricarmen Fernández Padilla, estudiante de cuarto curso en la Universidad de Ciencias Veterinarias de Ciudad Real, estaba en Toledo en un seminario sobre sanidad animal.

La víctima fue encontrada tumbada en la base de un olmo y en la rivera derecha del rio Tajo. Tenía las palmas de las manos cerradas, la cabeza girada mirando al rio, la boca y los ojos cerrados. Caucasiana, morena, ojos marrones, pelo negro y corto. Vestida con camisa verde, jersey negro, cazadora corta negra, pantalón vaquero, botas negras, y una mochila con objetos personales en los que había: una cartera con sus datos de identificación, tarjetas de crédito, un monedero con sesenta euros, y un sobre con una nota escrita a mano.

Entre el discorde estruendo de la orgía
acarició mi oído,
como nota de música lejana,
el eco de un suspiro.
El eco de un suspiro que conozco,
formado de un aliento que he bebido,

La poesía estaba escrita con pluma estilográfica. La tinta era Pelikan 4001 azul negro, y el papel utilizado Rhodia blanco punteado de 80 gr.

María observa que este asesinato tiene una forma muy parecida al de Sevilla y en este caso, la poesía era del poeta Bécquer.

A la víctima se le suministro una droga de sumisión química, benzodiacepina, mezclada con alcohol, lo cual la produjo una amnesia anterógrada.

Lo que sí le llama la atención es que la droga utilizada para el asesinato fue "etorfina", que se suministró a través de una inyección en la espalda a la altura de los riñones, como en el asesinato de Soria.

La investigación se centró en los asistentes al seminario, huéspedes del hotel donde estaba alojada, del entorno familiar, de amigos, y de relaciones con otros universitarios en la Universidad de Ciudad Real. Se confirmó que la víctima no tenía ninguna relación íntima de amistad.

Durante los días del seminario al que asistió la víctima, había otros dos seminarios: uno de la Asociación Española de Cirujanos sobre Cirugía Mínimamente Invasiva, y otro sobre Tecnología al Servicio de la Logística, promovido por la Escuela de Ingenieros Industriales de Ciudad Real.

El Inspector encargado del caso solicitó la lista de asistentes a estas jornadas y se centró en los asistentes que eran de Ciudad Real, por si pudieran tener alguna relación con la víctima.

El resultado de la investigación en cuanto a las relaciones personales, conocidos, y compañeros, fue nulo.

Se repasaron los movimientos que llevó la víctima durante los días que estuvo en Toledo a través de su teléfono móvil, y preguntado a los asistentes.

Los asistentes comentaron que uno de los días salió con el grupo por la noche a cenar, y tomaron una copa final en el bar del hotel "Palacio Buena Vista", donde tenían su alojamiento. Estuvieron hablando con la víctima de lo bonito que era Toledo y del acierto a realizar las jornadas.

El día de autos, por la mañana, los asistentes recuerdan que Maricarmen no asistió a la jornada. Según las cámaras del hotel, la víctima salió del hotel a las ocho de la noche.

Ese mismo día, Maricarmen recibió una llamada sobre las 14:00 desde una tarjeta de teléfono de prepago, y otra a las 18:00 de esa misma tarjeta. El resto de las llamadas registradas en su teléfono móvil son números de teléfono de personas conocidas por la víctima, y que fueron revisadas sin que aportaran nada.

Sin duda, la víctima debía de conocer a la persona que la llamó desde la tarjeta de prepago dado que tuvo una conversación de 18 minutos en la primera llamada, y de 6 minutos en la segunda llamada, posiblemente con el presunto asesino.

Se revisaron las cámaras del hotel y de las zonas aledañas, sin que se pudieran encontrar imágenes que ayudaran en la investigación. Las imágenes mostraban que salió del hotel sola.

Los restaurantes de la zona fueron visitados por los Agentes de la Policía Judicial, siguiendo el movimiento del teléfono de la víctima, y concretamente en uno de ellos, donde la víctima estuvo 180 minutos y seguramente cenando.

En este restaurante se pidieron los registros de pago por tarjeta de crédito para su investigación sin obtener nada. El propietario del restaurante comentó que tenía registrado en esa noche dos pagos en metálico, por lo que pudiera ser que el asesino o presunto asesino pagará en esa modalidad para no dejar rastro.

Los Agentes requisaron las facturas de esos dos pagos metálicos para sacar pruebas de ADN, y tener la información sobre los gustos de los comensales, por si pudiera ser útil para la investigación. No hubo ningún resultado al respecto.

El restaurante no tenía cámaras, ni tampoco había cámaras por la zona por donde se encuentra éste. También se preguntó a los taxistas de la zona si habían visto algo extraño sin que se tuviera éxito.

En la zona del rio donde se encontró el cadáver, tampoco había cámaras de vigilancia.

El teléfono de la víctima no fue encontrado, marcando su última posición donde se halló el cadáver. El asesino debió deshacerse del teléfono tirándolo al rio.

Se supone que la víctima fue llevada en coche hasta la zona del rio.

La ropa que llevaba puesta el cadáver presentaba trazas de plástico, probablemente porque fue depositado en una base de plástico para su traslado. También se encontraron trazas de plástico alrededor del cuello que se supone fue para asfixiar a la víctima, aunque la muerte se originó por la droga suministrada.

Una vez leído el informe María piensa que, seguramente, el asesino, al igual que en el asesinato de Burgos, quiso garantizarse que la víctima falleciese por ahogamiento. No debía de estar seguro el asesino que con los miligramos introducidos de la droga suministrada lo hubiera logrado.

María comenta a Ernesto los detalles de los dos asesinatos.

–¡Ernesto! A mí me parece que tanto el asesinato de Sevilla como el de Toledo están relacionados con los de Burgos y Soria. Si te das cuenta, los asesinatos se llevan entre sí seis años, a no ser que haya más asesinatos que aún no se han resuelto y no hemos localizado en la BB.DD. Podría haber una periodicidad .

–El modus operandi es similar en los cuatro asesinatos. Yo creo que el asesino va avanzando en su forma de asesinar o perfeccionándola, y que los lugares donde lleva a cabo los asesinatos están relacionados directa o indirectamente con el poeta.

–Me llaman la atención algunas cosas ¡María! En el caso de Toledo, la poesía estaba escrita con pluma, igual que los casos de Burgos y Soria. Pero es diferente la tinta y el papel utilizado. La característica de la escritura podría ser la misma, por lo que el asesino es muy probable que sea el mismo.

–María, que los expertos en caligrafía comparen las cuatro escrituras a ver que nos dicen.

–Pero en el caso de Sevilla, no había pluma y tampoco coincide, aparentemente, la escritura, pero, no se escribe igual con pluma que con bolígrafo o rotulador–. resalta María.

–De todas maneras, ¡Ernesto!, para mí el caso empieza a tener "tintes" de asesino en serie. Pero no acaba de encajar la selección de las víctimas.

–¿Qué le mueve al asesino a elegir a sus víctimas? –. piensa en voz alta Ernesto.

–Puede ser que el asesino las elija aleatoriamente –. Se responde así mismo y en voz alta.

–¡Ernesto! Da la sensación de que en los asesinatos de Sevilla y de Toledo las víctimas conocían al asesino. Pero no se observa que en Burgos y Soria fuera así.

María se levanta de su mesa y si dirige hacia la mesa de Ernesto mirándole fijamente y comenta –pudiera ser que en los dos últimos asesinatos el asesino sintiera peligroso el acercamiento personal a las víctimas, como parece ser en los dos casos iniciales y por ese motivo, haya cambiado su estrategia, y ahora busca personas solitarias sobre las que actuar de forma rápida.

–Puedes tener razón. Sí te fijas María, en ninguno de los casos hay ensañamiento. Se acerca a ellas y las asesina, pero siempre sin que sufran ni física ni psicológicamente.

Ernesto, desde su mesa y mirando a María la cual se va acercando y esquivando las mesas de otros compañeros, le dice –Es muy probable que el asesino, en los dos primeros asesinatos, muestre un encanto especial que logre que las víctimas se sientan especiales con él, las cautive, y que irradien sexualidad.

–¡Ernesto! Los asesinatos de Sevilla, Toledo, y Burgos se llevaron a cabo en el mes de abril. Es posible que el asesino entre en crisis en ese mes y, por tanto, necesite llevar a cabo su acto.

–¡Sí!, en la primavera, pero en caso de Soria no es así. De momento eso no nos indica nada. Puede ser coincidencia.

Los Inspectores acuden a la jornada becqueriana de Noviercas. El día esta brumoso, pero la temperatura es agradable. La jornada comienza en la Plaza donde está el museo de Bécquer y en donde se leen una serie de discursos por diferentes seguidores del poeta. La jornada termina en el teleclub donde se lleva a cabo un ágape para los asistentes.

A esta jornada asiste, como era previsto, Eugenio Vistahermosa Martínez, el cual hace lectura de algunas de las poesías del poeta. Eugenio se siente soberbio al realizar la lectura. Sentimiento que transmite a los asistentes.

Más tarde, en el ágape que se da en el teleclub, Eugenio aprovecha para preguntar a los Inspectores.

–¡Qué tal Inspectores! – exclama Eugenio Vistahermosa. –No esperaba verlos aquí. ¿Cómo va la investigación?.

–Avanzando. – le responde Ernesto –Despacio dada la complejidad del caso.

Mientras Ernesto habla con Eugenio, María aprovecha para tomar las cuartillas donde Eugenio ha escrito a mano las poesías que ha recitado.

María se acerca Ernesto y entra en la conversación con Eugenio.

–¿Qué tal Eugenio?–. le pregunta María –¿Cómo van las crónicas de la sociedad?. La verdad es que en Soria me imagino que pocas actividades sociales se llevan a cabo.

–¡María! estas equivocada–. Eugenio se siente un poco ofendido por el comentario –En Soria Capital y en su provincia se llevan a cabo muchas actividades sociales muy interesantes, como por ejemplo la de hoy. Tanto la

Comunidad Autónoma, como la Diputación, y los Ayuntamientos, llevan a cabo continuos actos que buscan aunar a los Sorianos.

–Te sorprendería la cantidad de gente que va a esos actos en los que se tratan temas muy interesantes como el de hoy –.

–Si es cierto–. le responde Ernesto intentando apaciguar los ánimos –Yo suelo acudir a alguno de ellos y la verdad es que asiste bastante gente. ¡Eugenio!, una pregunta respecto a actos como el de hoy, ¿se hacen bastantes?.

–¿Te refieres a Bécquer? Ernesto.

–Sí claro.

–Pues menos de los que se deberían hacer siendo Bécquer un gran referente para Soria. A veces se hacen más actos en otras provincias sobre este espléndido poeta que en la región de Soria, que es donde más actividad literaria desarrolló el poeta y en la cual se casó y tuvo sus hijos.

–No sé si sabéis que los hermanos Bécquer: Gustavo y Valeriano, tuvieron un gran protagonismo en esta provincia. Como me imagino que habréis leído algo de los Bécquer, Valeriano fue un gran pintor en la época.

–¡Sí! –. le contesta María –Ya hemos leído algo de los Bécquer y de la fuerte relación que había entre ellos, y también de sus andanzas por varios lugares de España.

–La verdad amigos es que su vida literaria se desarrolló, principalmente, entre Soria, Madrid, y Toledo. Muy poquito en Sevilla, de donde era oriundo, pero porque se fue muy pronto de ella, aunque era un enamorado de Sevilla.

–¿Sabéis que Gustavo era también un gran dibujante?.

–La verdad es que no –. responde María. –Ernesto se mantiene callado en esta conversación, pero mirando a María dado que tiene miedo de que pueda dar mensajes equivocados a Ernesto.

–El principio de su vida fue precisamente el dibujo y la pintura. Él era descendiente de pintores. Pero fue su tía la que le introdujo en la poesía, más bien en la lectura, dado que era bibliotecaria en Sevilla.

–Escribió poquito en Sevilla, aunque era un amante de ella. Hizo un escrito que se llama "La Venta de los Gatos", y en la que critica a una Sevilla muy cambiada cuando volvió en un viaje. Os relato uno de sus párrafos más sonados:

> "Cuando el azar me condujo de nuevo a la gran ciudad que con tanta razón es llamada reina de Andalucía, una de las cosas que más llamaron mi atención fue el notable cambio erificado durante mi ausencia. Edificios, manzanas de casas y barrios enteros habían surgido al contacto mágico de la industria y el capital; por todas partes fábricas, jardines, posesiones de recreo, frondosas alamedas, pero por desgracia, muchas venerables antiguallas habían desaparecido. […]

–¡Bonito verdad! Amigos.

–Se ve que tienes un gran domino de la vida y obra del poeta –. destaca María

–¡Eugenio!, tú que piensas del asesinato –. le pregunta Ernesto.

–La verdad es que es extraño ese asesinato. Creo que un loco quiso llamar la atención en un día tan importante como es el día de las ánimas, el día de los difuntos, y en donde Bécquer es una referencia en esa noche.

–Así lo dije en la crónica. Si te das cuenta, no hubo nada más al respecto. Al público le llamó la atención el asesinato, pero todo ha quedado en eso. Han pasado ya cinco meses y el público se ha olvidado. ¡Espero que vosotros no!. Que sigáis con la investigación.

–¡Tú le pusiste el nombre al asesino!. ¿Por qué le llamaste el Asesino de las Ánimas?.

–Es fácil de entender Ernesto. Suena bien. Desde el punto de vista de un periodista, es fácil de recordar y, además, refleja donde fue encontrada la víctima –.

–Bueno!. ¿Pero cómo va la investigación? ¿Avanzáis?.

–¡Eugenio! La Policía nunca abandona –. responde Ernesto –Tardará más o menos en lograr descubrir al asesino, pero siempre resuelve los casos. Hoy en día la tecnología y las técnicas que empleamos nos ayuda.

Eugenio pone cara de asombro y le responde–¡Ernesto! está el caso de Helena Jubany. Una bibliotecaria cuyo caso aún está sin resolver. Se pensó que era su novio, pero no se logró demostrar nada –.

–Tiempo al tiempo Eugenio. La Policía siempre está pendiente. Los casos no se olvidan. Te pongo un ejemplo, recuerdas el crimen de Elisa Abruñedo, la vecina de Cabanas asesinada y violada al lado de su casa. Bueno, pues después de diez años se ha detenido a su asesino.

–Vale Ernesto. ¿Qué no me has contado nada del caso? ¡Te escapas!, ¿tenéis algo, algún avance?.

–Por mi parte, no he querido publicar nada dado que esto podría afectar a Noviercas. Tener en cuenta que este pueblecito vive principalmente de su referencia al poeta, algo de agricultura y ganadería, y ya está.

–Recordáis lo de la famosa macrogranja. Al final no se va a ejecutar.

–El pueblo está muy limitado en su futuro. Por ello, no nos interesa hablar de asesinatos relacionados con el poeta a no ser que el caso se resuelva o que haya avances significativos que no inquieten a las personas. Lo que menos nos interesa es crear miedos injustificados.

Ernesto le responde. –Siempre se tiene algo, algún indicio, alguna sospecha. Siempre estamos acechando. Pero ¿Por qué dices lo de Noviercas?.

–Pues por la nota que apareció en el cadáver. – resalta Eugenio –Bueno, me refiero a la poesía de Bécquer.

–¡Eugenio! La policía no ha dicho nada de ello –. le indica Ernesto en voz mal sonante

–Perdona Ernesto. Eso se sabe desde el principio. Otra cosa es que no se haya querido publicar nada al respecto.

–¡Me sorprende! la verdad.

–Ya sabes que Soria es muy pequeña. Mira Ernesto, te voy a recitar un fragmento del "Rayo de Luna" de Bécquer. Seguro que os encanta y os ayuda.

La media noche tocaba a su punto. La luna, que se había ido remontando lentamente, estaba ya en lo más alto del cielo, cuando al entrar en una oscura alameda que conducía desde el derruido claustro a la margen del Duero, Manrique exhaló un grito leve y ahogado, mezcla extraña de sorpresa, de temor y de júbilo.

En el fondo de la sombría alameda había visto agitarse una cosa blanca, que flotó un momento y desapareció en la oscuridad. La orla del traje de una mujer, de una mujer que había cruzado el sendero y se ocultaba entre el follaje, en el mismo instante en que el loco soñador de quimeras o imposibles penetraba en los jardines.

- ¡Una mujer desconocida!... ¡En este sitio!, ¡A estas horas! Esa, esa es la mujer que yo busco -exclamó Manrique; y se lanzó en su seguimiento, rápido como una saeta.

–¡Si mal no me equivoco está en el Capítulo II!.

–Muy bonito –. entra María en la conversación para intentar apaciguarla – ¿Pero tiene algo que ver con el asesinato Eugenio?.

–Eso no lo puedo decir yo. Os he recitado una parte de esta maravillosa leyenda escrita por el poeta y que me ha venido a la mente.

–Por cierto, Inspectores, he estado investigando en las crónicas de otros periódicos, y me han aparecido otros asesinatos sin resolver en Burgos, Toledo, y Pontevedra, y que tienen algo de similitud con este asesinato.

–He de indicaros que no he querido publicar nada hasta que no hablara con vosotros y cambiara impresiones.

–¿Qué pensáis?. ¿Estamos hablando del mismo asesino? ¿Tenemos un asesino en serie?.

–¡Evidentemente no Eugenio! –. responde Ernesto de forma muy cortante y mirando fijamente a Eugenio

–No tenemos nada que constate eso. Por cierto, el hecho que el asesino ponga una nota, una poesía, no significa que estemos hablando de un asesino en serie.

Ernesto ve que es necesario terminar con la conversación dado que no los lleva a ningún lugar y Ernesto les está llevando a su territorio.

–Gracias por el tiempo Eugenio. Mañana nos vemos en la ruta del senderismo a los Ojos Verdes, y en el vino español en la Casa de la Ermita –. Ernesto quiere cerrar la conversación.

—Bueno le llamamos ruta, pero es como si fuera una romería en Soria. Ja, ja, ja. Gracias a vosotros por venir. Mañana nos vemos Inspectores.

Ernesto y María salen del Teleclub y se dirigen a Soria Capital. Por el camino comentan la conversación mantenida con Eugenio. María piensa que no ve nada claro que pudiera ser el asesino, o estar relacionado con los asesinatos.

– Si fuera el asesino Ernesto, le gustaría tener notoriedad y hemos visto que no es el caso. A él le gusta ser un referente en la zona, que le valoren su compromiso con su pueblo y sobre el impulso que le está dando a la figura de Bécquer. El asesinato no le ayuda a eso.

—He cogido alguna de las cartulinas que ha utilizado. Están escritas a mano y con bolígrafo. Ya nos dirán algo al respecto los compañeros de grafología.

—¡Ya veremos María! Me ha sorprendido que conociera la existencia de la poesía y la búsqueda de asesinatos similares que ha llevado a cabo. Tenemos que investigar el asesinato de Pontevedra que ha comentado en la conversación. Ese no lo hemos identificado María ¿verdad?.

—Sí es cierto ¡Ernesto! En mi búsqueda, el de Pontevedra no salió, pero preguntaré directamente a la Central de Pontevedra.

—De todas maneras, es el prototipo del asesino en serie según la teoría. Has oído lo que nos ha recitado del poeta. Hace referencia precisamente a la zona del asesinato y a una mujer.

—María, yo creo que, si fuera el asesino, no habría ni comentado ni preguntado nada. El interés que ha puesto sobre la investigación es que realmente está preparando un artículo sobre estos asesinatos.

—Es probable lo que dices María. Es periodista, y ha intentado sonsacarnos.

—Los Agentes que le están siguiendo y el control que se está haciendo tanto del teléfono móvil como de su ordenador, no ha dado nada que llamara la atención. Todo es normal.

–Tú sabes que estos asesinos tienen una doble vida María.

–¡Ernesto!, no se ha localizado nada al respecto. Su vida es el periodismo y utilizar a Bécquer para promocionar su pueblo.

–Sin embargo, el profesor sí tiene una doble vida. Parece que tiene una relación con otra profesora del Instituto.

–¿Has visto los informes? –. le pregunta a Ernesto dirigiéndole su mirada mientras va conduciendo

–¡Sí!. Me ha parecido curioso que algunos fines de semana lleva a cabo viajes junto con la profesora. Alguno de ellos ha sido a Burgos y a Valladolid.

–También he leído que han localizado que en las redes sociales habla mucho de Bécquer, de su trascendencia en la historia española del romanticismo, y su impacto en la generación del 27 junto con Rosalía de Castro.

–Otro tema que nos indica que debemos de seguir investigando María, es que utiliza en alguna ocasión pluma estilográfica, pero los expertos han verificado que no utiliza la misma tinta que el asesino, y su caligrafía tampoco coincide con la del asesino.

–Hemos avanzado poco en la investigación Ernesto, dado que los presuntos investigados no cierran el ciclo para poder ser sospechosos. La verdad es que estoy un poco cansada por no avanzar nada.

–Tampoco se ha detectado que haya terceras personas implicadas. En el caso del profesor, la profesora con la que está relacionado está separada, y no presenta nada extraño según han indicado los agentes que la han investigado.

–¡María!, no podemos cansarnos en la investigación, ni estar decepcionados. Este proceso es complicado. Ya lo sabíamos desde el principio.

–Sinceramente, yo creo que sí hemos avanzado. Los investigados que elegimos al principio se nos han caído. Muy probablemente por nuestro error en el enfoque inicial.

–¿Piensas que nos hemos equivocado Ernesto?.

–Es evidente que hemos cometido un error de principiantes al centrar el caso en personas relacionadas con el mundo del poeta.

–María, tenemos que estudiar en detalle los asesinatos de Sevilla y Toledo. Lo que ha habido alrededor de esos asesinatos, y también, como te he comentado antes, el de Pontevedra por si tiene alguna similitud.

Ernesto exclama con virulencia. –¡María! como en toda investigación, al principio se hace un enfoque y según van saliendo nuevos indicios, datos, etc., las cosas cambian.

–Pero centrémonos María, ¿no te parece curioso que la víctima en Toledo sea una estudiante de veterinaria, y el asesino esté usando una droga empleada por los veterinarios?.

–Sí. Esto abre el abanico de sospechosos: veterinarios, médicos, farmacéuticos químicos, etc.–.

–Cierto. Pero creo que debemos abrir el espectro de posibles asesinos. Nos hemos centrado principalmente en gente de letras y quizás nos hemos equivocado. ¡Ahí es donde puede estar nuestro error!.

–Mañana en la romería, vamos a ver qué nos comenta Eugenio, y veremos que personas asisten a ella.

–Pues por eso te decía el error del enfoque inicial que hemos hecho .

–En la romería, como en la de hoy, tampoco hay invitados–destaca María –Todo el que quiera asistir es bien recibido. Por tanto, tenemos que estar atentos a quién asiste –.

–Los Agentes que van a ir de paisano, tienen la orden de grabar a todos los asistentes como han hecho hoy.

–De todas maneras, Ernesto, me parece que es un error asistir a la romería. No nos va a aportar nada.

–Puedes que tengas razón, pero ante la duda vamos a seguir con lo planificado.

–Yo creo que la información que podamos obtener de los otros asesinatos nos puede dar alguna pista sobre lo que buscamos–. Insiste María.

–Tenemos que revisarla a conciencia, hacer una reflexión, y ver qué conclusiones obtenemos. ¿No piensas lo mismo Ernesto?.

(Se observa una cierta tensión entre María y Ernesto).

Al día siguiente, 13 de mayo, los Inspectores van a la romería junto con el despliegue de agentes. Es un día típico de primavera. De esa primavera en Soria tan fresca, húmeda, y a la vez soleada, que permite disfrutar de este tipo de actividades.

La romería se lleva a cabo desde el pueblo a la Ermita de la Virgen de Remedio situada en las faldas del Toranzo, a 7 km del pueblo, y termina con un vino español en la casa de la ermita, donde se hace un picnic en la pradera, en un entorno relajado, amigable.

El recorrido de la romería es realmente espectacular, en un paraje de gran belleza natural y bañado por el histórico río Araviana o Torrambril. El itinerario es fácil de seguir, se pasa por las estribaciones del Monte Hacho y se va subiendo en altura. Según se va avanzando, se pueden apreciar a la lejanía la preciosa la sierra del Moncayo, techo de la provincia de Soria, y montaña venerada en la antigüedad dado que se pensaba que era una montaña mágica.

Los asistentes van en fila, disfrutando del paseo y de las vistas que les proporciona el sendero, van con alegría, con la alegría que les emana de la conmemoración que están llevando a cabo. Algunos son grandes seguidores de Bécquer y otros, les encanta disfrutar de la naturaleza y de estas actividades que les permiten ir en familia y pasar un día muy agradable.

En el recorrido, y casi al final, se pasa por el Pozo San Román, un sitio que inspiro a Bécquer en una de sus leyendas más preciadas, la Leyenda de los Ojos Verdes.

Durante el recorrido Ernesto y María van fijándose en los asistentes, y prestando atención a Eugenio y al Profesor. Gustavo, junto con dos Agentes, van tomando fotos y grabando para posteriormente verificar los asistentes a esta romería.

Sin duda Eugenio está feliz, expresa una alegría inconmensurable por la asistencia de gente tanto en el día anterior como en la romería de hoy. Para él es un éxito lograr que tanta multitud haya concurrido y además se la vea alegre, disfrutando del día. Va hablando con unos y otros, señal que conoce a mucha gente que está asistiendo a la romería.

–¡Ernesto! Se nos ha olvidado coger unos bocadillos para el picnic.

–Si es cierto María. Pero seguro que Eugenio lo tendrá todo preparado. Como estamos viendo, es un gran organizador de este tipo de eventos.

Durante la pequeña celebración del vino español y antes del picnic, se ve como Eugenio y el profesor se conocen desde hace bastante tiempo por la forma en la cual se saludan. Lo mismo ocurre con la acompañante del profesor a la cual Eugenio saluda efusivamente. Conversan alegremente, se ríen, y se ve como Eugenio señala a los Inspectores. Muy probablemente en relación con el asesinato.

Los Inspectores se acercan a ambos, y Eugenio les presenta al profesor y a su acompañante como los investigadores del asesinato de Soria.

–Encantado de conocerte –. responde Ernesto –¿Eres también un seguidor de la obra de Bécquer?.

–Sí. Muy seguidor. Para mí es un espléndido escritor y poeta del siglo XIX. Quizás a veces, complicado de leer, pero es un dominador de la lengua castellana, y de su uso. Algo que ahora es anormal en los estudiantes.

–Hemos perdido en ese aspecto cultura, – resalta el profesor –la cultura de las letras. Somos un país con una lengua increíble y unos escritores maravillosos. Pero, sin embargo, nos hemos olvidado de ello. Si fuéramos ingleses esto no sería así. El castellano lo hablan más de 500 millones de personas. Es el cuarto idioma más hablado del mundo y, por el contrario, en España, no lo cuidamos.

–Les recomiendo que lean a Bécquer, y verán cómo hay formas gramaticales y palabras que no las han visto en su vida. Es más, que necesitarán ir al diccionario de la gramática para entender su significado. Ya que estamos aquí, lean la Leyenda de los Ojos Verdes. Está inspirada en estos paisajes.

–Bueno profesor –. responde Eugenio –Tienes razón en lo que dices. El problema puede venir por el cambio cultural. No se hablaba igual en el siglo XV que en el siglo XIX o en el siglo XXI –.

–Como sabéis, el fuerte desarrollo de la lengua castellana se produjo en el siglo de oro de las letras.

–Bien Ernesto –. le responde el profesor –Veo que tienes buena información y formación. Es acertada tu reflexión. ¡Es cierto! Las letras y la humanística han ido perdiendo trascendencia en la formación desde hace algunos años.

–Pero Profesor, estarás de acuerdo conmigo que la pérdida de las letras, de su conocimiento, de su uso, es una pérdida de la identidad de un país.

–A veces leo unos escritos realizados por periodistas que son impresentables –. le responde el profesor y en ese momento mueve la cabeza Eugenio.

–¡Sí Eugenio! –. destaca el profesor –No pongas esa cara. No hablo por ti sino en general.

–Bueno, ha sido un placer habar con vosotros, pero ya nos tenemos que ir.

–¡Ya te vas profesor! Solo has tomado dos trocitos de jamón.

–Si Eugenio, hemos quedado en comer con unos amigos.

–Gracias, y darte la enhorabuena porque todo ha estado perfecto como en otros años.

El profesor abandona la ermita junto con su pareja. Transcurridos unos minutos, también Ernesto y María abandonan la romería.

En el coche de vuelta a Soria, Ernesto y María comentan lo extraño que es el profesor, dado que en ningún momento ha querido entrar en la investigación.

Comenta Ernesto –Me ha parecido extraño que el profesor no pregunté sobre el caso, y que rápidamente se retire de la improvisada reunión que hemos llevado a cabo.

–Yo creo Ernesto que probable la pareja esté incomoda y por ello se han ido con una cierta celeridad de la reunión.

–Es probable lo que dices.

–De todas maneras, María, en estos dos días lo que hemos obtenido ha sido nada. Yo creo que hemos herrado en nuestra investigación. Estos dos presuntos sospechosos se han caído de la lista. Me parece que la relación poeta-asesino es errónea. Debemos de replantearnos la investigación.

Los dos Inspectores hablan de lo bonito que ha sido la romería, el paseo por el camino, y de lo relajante que es. Les ha llamado mucho el entorno del Pozo San Román. Parece una Laguna Negra en pequeñito.

Al llegar a Soria, los Inspectores quedan para que en el día siguiente hablar, reflexionar, y preparar la reunión con el Comisario. Ambos coinciden en la necesidad de dar un nuevo enfoque a la investigación.

-VII-

Un giro en la investigación

La vida de hacer un gran trabajo es amar lo que haces

La poesía de Gustavo Adolfo Bécquer ha sido reconocida como una de las más representativas en la literatura hispana. Se caracteriza por rimas breves de tono íntimo, y el contenido por contradicciones y temas que van desde el sueño, la razón y la mujer, hasta lo popular y la aristocracia.

Rima XVI

Cuando me lo contaron sentí el frío
de una hoja de acero en las entrañas,
me apoyé contra el muro, y un instante
la conciencia perdí de dónde estaba.
Cayó sobre mi espíritu la noche
en ira y en piedad se anegó el alma
¡y entonces comprendí por qué se llora!
¡y entonces comprendí por qué se mata!
Pasó la nube de dolor... con pena
logré balbucear breves palabras...
¿Quién me dio la noticia?... Un fiel amigo...
Me hacía un gran favor... Le di las gracias.

Es lunes por la mañana, ya han pasado ocho meses desde el asesinato, el día está despejado con un espléndido sol rojizo de primeras horas de la mañana, corre un vientecito fresco típico del mes de julio a primera hora y producido por la humedad que emana del cercano rio Duero.

Ernesto va en su coche con la ventanilla abierta de par en par por donde entra ese fresquito aire, está pensativo, dubitativo, revisando en su mente todo el caso que le tiene enfurecido, ofuscado, carcomido. Sobre todo, con lo acontecido en el fin de semana. Él entiende que hay que coger fuerzas para afrontar el cambio en la investigación. Eso sí, va vestido de gala dado que el día es especial.

Es su primer caso de un asesino en serie realmente serio, complejo, difícil, complicado, y no lo está llevando nada bien. Su cara es un "poema", su mujer ya le ha preguntado en varias ocasiones sobre su comportamiento, que algunas veces se convierte en histérico. Él, que es una persona tranquila y sosegada, pero este caso le está poniendo nervioso y malhumorado, por no ser capaz de dar respuestas a las incógnitas que van apareciendo.

Se dirige a la comisaría donde a primera hora se reunirá con María, para preparar la reunión con el Comisario, y comentarle los avances realizados, y los nuevos asesinatos descubiertos.

Ernesto está agitado pese a su gran experiencia, pero siente que, en estos meses de trabajo el avance realizado es muy pequeño y, es más, se está complicando el caso.

Piensa que los recursos que tiene no son suficientes y tampoco los adecuados.

A María la ve como una buena Inspectora, pero muy técnica y poco resolutiva. Se pierde en la búsqueda de datos sobre la mentalidad del asesino. Está inmersa en un círculo de análisis para lograr identificar las características del asesino pensando que esa vía le permita relacionar los asesinatos, pero se está viendo que el asesino es muy meticuloso e inteligente, y ese camino no está siendo el correcto.

Esto le está llevando a un enfrentamiento con María.

Para Ernesto, las pruebas son las que ayudan en la búsqueda del asesino. Hasta ahora, las únicas contundentes son: la droga utilizada, la forma en la cual la suministra, la selección de las víctimas que siempre son jóvenes, la rapidez en el asesinato para evitar el dolor y sufrimiento en la víctima, y las poesías escritas con pluma estilográfica.

Él piensa que, si bien es cierto que el asesino está relacionado con el poeta, éste no comete los asesinatos por su identificación con él, sino que lo utiliza como su sello de asesino, el elemento que lo diferencia de otros asesinos.

La forma en la cual deja los cuerpos no tiene ninguna relación con el poeta. Ya se ha visto que no transmite nada. Para él, es también otro sello de identidad. Además, es una manera de despistar a los investigadores que pierden el tiempo deduciendo e interpretando el significado de la posición del cuerpo.

Él no duda que pueda haber un fuerte influjo del poeta y su poesía en el asesino, pero esto no le está marcando su ansia de asesinar.

Está de acuerdo con el perfil que ha establecido María, pero eso no vale para nada en este momento, es el momento de la búsqueda del asesino o de posibles candidatos a sospechosos.

María se va acercando a la nueva comisaría y al igual que Ernesto, también va vestida de gala. Hoy es un día especial.

Ella siente que después de estos meses el avance ha sido muy incierto si bien, han conseguido establecer un perfil, pero están estancados en la identificación de sospechosos.

Los dos sospechosos que podían tener una posible cercanía con el asesino, y por ello habían sido identificados como sospechosos, se han caído al haber aparecido dos nuevos casos que sin duda no les relaciona con los de Burgos y Soria.

Cada vez tiene más claro que, la presunción inicial que establecieron al principio de que el asesino fuera de letras, o hubiese estudiado letras y estuviera muy identificado con el poeta, ha dejado de tener sentido.

Ambos Inspectores llegan a la gran sala donde tienen sus mesas de trabajo, y mantienen una pequeña reunión donde ponen en común sus breves conclusiones después de lo avanzado en estos días. Es una sucinta reunión que les sirve para la reunión del día siguiente dado que hoy es un día donde el trabajo va a brillar por su ausencia.

–¡María! Que impactante estas así vestida. Vestida con tu uniforme de gala.

–Pues tu tampoco estas mal Ernesto. Ya sabes, no soy perfecta pero mis defectos son encantadores.

Por la puerta de la sala entra lentamente Gustavo, también vestido de gala y mirando a todos los Inspectores y Agentes. Las miradas de Ernesto y María se dirigen hacía el novato con una pequeña sonrisa en sus labios.

María de forma jocosa y con una amplia sonrisa le dice –¡Gustavo! Hoy todo va a salir bien. Conoces el dicho "puedes tener todo lo que quieras en la vida si te vistes adecuadamente para ello".

–Muy graciosa María. Eres muy simpática. Te voy a decir un chiste en ingles: ¿why did the man throw a clock out the window?. He wanted time to fly –.

Hoy es un día especial dado que se inaugura la mueva sede de la Policía en Soria. Un edificio de cuatro alturas que presenta una imagen de modernidad, y que intenta transmitir a la ciudadanía la evolución de la policía.

Por dentro, no desentona con la imagen del exterior con: grandes salas abiertas, despachos tipo pecera cuyo objetivo es lograr que los mandos estén más cerca de sus efectivos humanos, y una gran dotación de medios tecnológicos. Esto último preocupa a parte del personal dado que su formación en las últimas tecnologías es mínima.

Todo el personal adscrito a la Comisaria y del resto de la provincia de Soria van a la puesta de gala del nuevo edificio. Todos los participantes están nerviosos, principalmente el Comisario jefe quién tiene un claro protagonismo y que estará junto al ministro de Interior, sus jefes Superiores, y todas las personalidades oficiales de Soria y de la Comunidad de Castilla y León.

Como en estos acontecimientos, todos darán su correspondiente discurso los cuales serán, como no, totalmente políticos. Herminio ha preparado un discurso dirigido a sus compañeros, y en donde quiere destacar el trabajo que desarrollan en Soria capital y provincia.

El acto terminará con un desfile de los efectivos adscritos a la Comisaría, y un ágape a los participantes donde en los corrillos que se formen se hablará de todo y como no, seguramente del Asesino de las Ánimas.

Al día siguiente de la inauguración de la nueva comisaría María comenta con el equipo que –es evidente que el asesino está identificado con el poeta, y por ello la utilización de la poesía, pero el asesino no lo está utilizando para enviar mensajes.

Ernesto responde –Hasta ahora María no hemos logrado dar respuesta a: ¿por qué el asesinato?, ¿qué es lo que mueve al asesino a llevar a cabo el asesinato? El asesino no demuestra preocupación por el asesinato, y utiliza el lenguaje como medio para transmitir su realidad.

–También pienso que el asesinato expresa lo que el asesino no puede decir con las palabras, y por ello utiliza el verso del poeta.

–Es posible Ernesto –responde María –que el asesino cometa el asesinato cuanto se encuentra al borde del abismo, en una crisis mental, y por ello, el tiempo que transcurre entre los asesinatos.

María sigue defendiendo su evaluación del asesino.

–En mi análisis Inspectores, yo creo que necesita resolver su crisis mental. El proceso del asesinato lo aplaca, lo tranquiliza. Es como si hiciera un acopio de energía para volver a ser él mismo. Es un acto poético esencial en la crisis mental.

Gustavo sigue en su posición de escuchar y atender los debates abiertos y profundos que se producen entre Ernesto y María. Para él, estos debates empiezan a ser cansinos dado que ve que el avance es muy pequeño.

–¡Ernesto! muy probablemente, esto les ocurra a las personas que son muy estrictas, metódicas, excluyentes, líderes, y que destacan en su profesión.

Ernesto atiende con sumo interés las deducciones de María, su análisis profundo del asesino, de sus características, pero sigue pensando que es necesario buscar indicios, mensajes, que puedan ayudar en avanzar en la investigación. Determinar una línea clara para acercarse al asesino.

Los Inspectores, en su nueva y moderna sala donde se ha sustituido la antigua pizarra por una pizarra electrónica la cual se puede manejar a distancia conectándola con el ordenador personal o incluso con la tablet, ponen en común su diagnóstico, sus ideas, y sus propuestas para hablar con el Comisario, y así poder establecer los siguientes pasos a seguir. Primero lo hace Ernesto, de una forma quizás un poco vehemente, y luego María de una forma más metódica.

Gustavo está prestando una gran atención, y es quién apunta en la pizarra a través de su tablet, la confluencia de opiniones que en algunas cosas tienen los dos Inspectores.

Ambos coinciden que hay que cambiar el enfoque para poder buscar al culpable, y también, que necesitan algún golpe de suerte para avanzar en la investigación.

–¡Vamos allá! A la nueva fortaleza. Gustavo tú también vienes a la reunión –. Exclama Ernesto.

María abre la puerta que conduce al pasillo que va a la nueva fortaleza, Ernesto va con la intención de pulsar el botón de las luces que iluminan esa majestuosidad del alargado pasillo en el que mientras se recorre da tiempo a pensar de todo. Pero, ahora todo está automatizado y, por tanto, falla en pulsar el botón, este no existe.

María lleva una camisa de color negro, representando el luto, y andando como si fuera en la procesión del "Encuentro", va delante ejerciendo de jefa de la procesión. Ernesto parece un cofrade llevando en la mano derecha y doblado en forma de cirilo el manifiesto que van a leer al Comisario y detrás, cerrando la procesión, Gustavo que hace de penitente, lleva su tablet a modo de reliquia.

Comenta Ernesto con tintes irónicos. –¡Si os fijáis!, somos la imagen de una pequeña procesión de la cofradía de los Inspectores desolados, pero nos falta algo que es clave, el color morado que indica esperanza y el espíritu de la penitencia.

–Pues debería de ser la procesión de los Inspectores Esperanzados! –. Exclama Gustavo –Por ejemplo, María podría llevar la cruz del Cristo de los Esperanzados, y yo ir golpeando el tambor para marcar el paso. ¿Qué os parece?.

–Es una pena que este maravilloso pasillo no tenga el eco que tenía en antiguo, dado que daría un mayor acto de esperanza el redoble de tambor –. indica María.

El silencio se apodera de los Inspectores según van andando por el pasillo. Es evidente que los nervios les afloran. Les preocupa la respuesta que les pueda dar el Comisario.

La procesión llega a la puerta del nuevo despacho del Comisario. La puerta vintage de los pequeños cristales opacos ha sido sustituida por una puerta de cristal opaco, con un cierto tinte verde para que no se vea el interior del despacho.

Gustavo pregunta a Ernesto de forma jocosa- –¿Tenemos que hacer una reverencia cuando entremos en la nueva fortaleza?.

María gira la cabeza para mirar a Ernesto. –Ernesto ¿por qué le llamamos la nueva fortaleza?.

–¡María! Yo creo que está muy claro, tenemos que seguir manteniendo el protagonismo de las cosas. El hecho que hayamos cambiado de edificio no quita para cambiar las costumbres. Debemos de modernizarlas y por eso la nueva fortaleza.

–María, Gustavo ¿tenemos todo claro para hablar con el Comisario verdad?.

–Sí claro –. Contestan ambos.

–Pues vamos allá.

Ernesto llama a la puerta con sumo cuidado como si se tratara de la vieja puerta vintage con los cristales opacos.

–Pasad inspectores a mi nuevo y maravilloso despacho. Sentaros en la mesa de reuniones.

Los Inspectores entran en la nueva fortaleza y hacen su entrada de forma "solemne" desde el "secretarium" hasta el altar.

–Cómo veis Inspectores, hemos cambiado la antigüedad por la modernidad, hasta hay una pizarra electrónica para presentar las cosas y poder hacer videoconferencias–. El comisario lo dice de forma jocosa y alegre por su nuevo despacho.

El Comisario está vestido con un pantalón gris oscuro, camisa blanca de sport con cuello de botones, manga corta, y zapatos mocasines. A finales de julio en Soria ya empieza a hacer calor.

Junto a la lámpara de pie que hay al final del despacho, un perchero erguido, donde hay una camisa blanca de traje, una chaqueta de traje azul oscura, y dos corbatas, una azul marino y otra negra. Sin duda, el vestuario colgado par ser utilizado por el Comisario si es llamado por alguna autoridad y le requiere tener una buena presencia.

–¿Qué tal Inspectores? –. Pregunta el Comisario mientras va a sentarse a su sillón de la cabecera de la mesa, de la nueva y moderna gran mesa de reuniones.

Se sienta de forma cómoda, de lado para poder cruzar las piernas y recostado en el sillón. Coge un bolígrafo y unas hojas para tomar notas.

–¡Comentarme los avances! Inspectores.

–Si queréis presentar algo utilizar la pizarra electrónica.

Ernesto toma la palabra, le pide a Gustavo que conecte la tablet con la pizarra electrónica, y describe todas las acciones que han llevado a cabo, y los dos nuevos asesinatos que han aparecido.

También le comenta la conversación que ha tenido con Eugenio destacando el conocimiento que tenía de la existencia de la poesía. Algo que le sorprendió dado que esa noticia no fue dada en ningún momento.

–Con lo que me habéis contado, estamos como al principio. Bueno, ¡peor! –. exclama fuertemente y con ofuscación.

–¡Inspectores!, han pasado algo más de ocho meses desde el asesinato y no hemos avanzado nada, ni en el motivo que conduce al asesino a llevar a cabo los asesinatos, ni en la localización de sospechosos.

–Los sospechosos que teníamos identificados se han caído con estos dos nuevos asesinatos. Evidente, por un mal enfoque inicial que se ha realizado –. Se dirige a Ernesto con la mirada fijada en sus ojos.

–Lo único que tenemos como línea de investigación a seguir es la droga y tampoco hemos avanzado nada sobre ello.

–No tenemos elementos para inicialmente sacar conclusiones claras.

Los Inspectores se miran entre ellos sabiendo que el Comisario tiene razón en lo que está diciendo.

–¡Inspectores! ha pasado mucho tiempo para volver a investigar los asesinatos de Sevilla y Toledo desde un enfoque diferente.

–Para mí, el asesinato de la estudiante de veterinaria le ha podido abrir al asesino la vía de la utilización de la droga. ¡La etorfina esa!.

–Quizás, habría que estudiar si hay un mercado negro de esta droga en la Universidad de Castilla la Mancha. Hablar con Inspectores de Ciudad Real. Les explicáis el caso que estáis investigando con los detalles de los asesinatos.

–Otra línea de investigación puede ser, en el asesinato de Toledo, los asistentes a las diferentes jornadas que se produjeron en la misma fecha del asesinato.

–Tener en cuenta que Toledo es una ciudad pequeña y principalmente turística. Tiene una gran diferencia con Sevilla, Burgos, o Soria.

Ernesto toma la palabra. –Según consta en el informe, hubo dos seminarios impulsados por la Asociación Española de Cirujanos sobre Cirugía Mínimamente Invasiva, y la Escuela de Ingenieros Industriales de Ciudad Real. Tenemos la relación de asistentes.

–¡Ernesto!, es probable que esto sea "un tiro al aire", pero quizás nos pueda aportar algo. Investigarlo. – El comisario se dirige directamente a Ernesto plantándole una mirada fija a sus ojos. Es evidente que expresa su enfado.

–Hablar también con los Inspectores de Burgos a ver si la semana que se produjo el asesinato había algún otro congreso o seminario. Aunque también ha pasado tiempo y posiblemente no se tenga información.

–Por cierto, preguntar a los organizadores de los dos seminarios en Toledo si han realizado algún seminario más en estos años y dónde se han realizado. El objetivo es verificar si se hubiera producido algún asesinato semejante.

–Me habéis contagiado la lectura de Bécquer, esperar que os cito una de sus rimas que os he seleccionado:

Como la brisa que la sangre orea sobre el oscuro campo de batalla, cargada de
perfumes y armonías en el silencio de la noche vaga; símbolo del dolor y la
ternura, del bardo inglés en el horrible drama, la dulce Ofelia, la razón perdida
cogiendo flores y cantando pasa.

Es la rima VI, es la única que me he aprendido de memoria.

–¿Os gusta?. Seguro que sí.

Los Inspectores se miran entre ellos diciéndose todo con los ojos.

–Otro tema que te queremos comentar Comisario–. indica Ernesto –es que creo que necesitamos que las investigaciones de los casos de asesinato que hemos identificado las centralicemos en esta comisaría.

–Me parece correcto. Hablo con la Central y solicito que se concentren en esta comisaria por ser un posible caso de asesino en serie. Les diré que la persona de contacto seas tu Ernesto.

Comisario mira fijamente a los ojos de Ernesto –Para ello, necesito que me prepares un dossier con un informe de todos los casos que hasta ahora habéis identificado, y su relación, para introducirlo en el sistema como posible caso de asesino en serie.

–Por favor, os reitero inspectores, que no se comunica nada a la prensa de la existencia de este caso. Seguimos tratándolo como hasta ahora.

–Una vez que nos den la autorización desde la central del alta de este asesino en serie y de la centralización en esta comisaría, os ponéis en relación con los Inspectores de Sevilla, Toledo, y Burgos, para pedir la información y la colaboración que necesitéis.

–¡Ernesto o tu María! pedir al Rectorado de la Universidad de Sevilla los alumnos inscritos que sean de Soria en el año del asesinato, y de todas las licenciaturas que se cursaban en dicha Universidad. Que también indiquen si han terminado sus estudios y las calificaciones que han tenido.

–Con ello, ver cuales volvieron a Soria e investigarlos en profundidad.

–Vamos a seguir pensando que el asesino está en Soria. Si vemos que por esta vía no avanzamos, nos volvemos a reunir y pensamos otra alternativa.

–Comisario, ¿qué hacemos con Eugenio? –. Pregunta Ernesto.

–No os preocupéis, yo me encargo de él. Me está pidiendo todos los días una reunión. Le citaré para tener una conversación.

Pasados dos meses desde la reunión con el Comisario, los Inspectores han recibido desde la Central la asignación del caso a la Unidad de Delitos y Desaparecidos de Soria lo que, sin duda, les va a facilitar la colaboración de otras comisarias.

María se pone en contacto con los Inspectores de la Comisaría de Ciudad Real, y estos le indican que están investigando una posible trama de venta de drogas desde la Universidad, y en la que pudiera estar implicados personal y alumnos de la Facultad de Veterinaria.

Estos Inspectores están analizando la cadena de posibles implicados en la distribución y venta de las drogas.

Gustavo habla con el Inspector que llevó el caso del asesinato de Toledo para ver si obtenían más información respecto a los asistentes a las jornadas de Toledo. Según le informa, no han podido tener más información debido a que ha pasado mucho tiempo y los promotores de las jornadas no tienen información.

En el caso de la Universidad de Sevilla, el Rectorado sí ha facilitado la información e incluso aquellos estudiantes que han finalizado los estudios, con sus respectivas notas.

De los 27 estudiantes de Soria que fueron a estudiar a esta Universidad, todos terminaron sus estudios.

Nueve estudiaron Derecho, cinco Filosofía y Letras, seis Ingeniería Industrial, tres Medicina, dos Historia, y dos Psicología.

Se ha recabado información de los 27 estudiantes, y de estos, solamente ocho están viviendo en la actualidad en Soria; Cuatro Licenciados en Derecho: tres abogados están trabajando en diferentes bufetes de abogados, y uno en una notario; dos médicos que trabajan en el Hospital Santa Bárbara, en el hospital Virgen del Mirón, y en el Hospital La Torre, un farmacéutico que tiene su propia farmacia en la Avda. de la Constitución, un Licenciado en Historia que trabaja en el Instituto de Secundaria Superior Castilla, y un licenciado en Psicología que trabaja en el Instituto de Secundaria Antonio Machado y tiene además un consultorio privado donde trata problemas de bullying.

De los seleccionados, no se ha podido conseguir autorización del Juez para intervenir los teléfonos y ordenadores personales.

El Juez (un tanto enfadado), le ha comentado a Ernesto que no hay hechos claros que justifiquen esa acción. Le puso como ejemplo la intervención que se hizo en los sospechosos anteriores, y que se llevó a cabo por la suposición de los Inspectores. En este caso no ha accedido dado que las sospechas también son infundadas.

Los Inspectores solo disponen de la información personal, laboral, familiar, y económica de cada uno de ellos. Información a la que pueden acceder a través de sus sistemas informáticos.

No se le ha puesto a ninguno equipo de seguimiento hasta que no se hable con el Comisario.

Herminio recibe una llamada del Juez al que se le ha pedido la intervención de las comunicaciones de los nueve presuntos investigados.

–¡Buenos días, Herminio! ¿Qué tal estás?.

–¡Hola Juez! ¡Bien! ¡Que sorpresa esta llamada! ¿Qué tal todo?.

–¡Bien! Herminio. Te llamó por la petición que ha hecho tu Inspector Ernesto referente a los asesinatos de... Espera que vea la petición: Sevilla, Toledo, Burgos, y Soria.

–¡Herminio! Yo no puedo autorizar está intervención de las comunicaciones con la información que me habéis pasado, que por cierto tiene tu firma.

–Si te has estudiado la petición, se basa en supuestos que están infundados. No hay nada que justifique esta acción.

–Te en cuenta que la investigación de alguno de los delitos previstos en el art. 588 ter. no resultará suficiente para colmar las exigencias del principio de proporcionalidad en las medidas de interceptación de comunicaciones telefónicas o telemáticas, sino que será preciso, además, justificar en la resolución que la acuerde que la medida resulta proporcionada en atención a la trascendencia social y ámbito tecnológico de producción del delito investigado, intensidad de los indicios existentes y relevancia del resultado perseguido.

–Yo no puedo llevar a cabo la autorización con apreciaciones personales, sin que haya alguna prueba de los hechos que se suponen.

–¡Juez! Tienes razón.

–Lo que pasa es que estamos intentando centrar la investigación y por ello, hemos establecido una vía de investigación focalizada en que el asesino está viviendo en Soria y es Soriano.

–¡Herminio! ¿sobre qué base de información o de pruebas determináis esa conclusión?.

–Ninguna. Mera intuición que nos ha aparecido al identificar que el primer asesinado del posible asesino se produjo en Sevilla.

–Pues ese es el problema. Con una simple mera intuición no es suficiente. ¿Y si el asesino está en Soria, pero no es de Soria? ¡También vale! ¿no?.

–Creo que tenéis que avanzar más en la investigación y encontrar hechos, información, y presumibles pruebas, que justifique esta acción.

–Entiendo lo complicado que es identificar sospechosos en un caso como éste, sobre todo, cuando no hay pruebas o indicios. Pero es parte de vuestro trabajo encontrar estas pruebas, o hechos significativos que ayuden a tomar decisiones como la que me pides.

–Yo sé que la intuición es muchas veces clave para encontrar o identificar a sospechosos. En este punto los investigadores suelen tener ese sentimiento que les da la experiencia y gracias a ella, logran resolver muchos casos.

–¡Tienes razón Juez!. Pero a veces la desesperación en un caso como éste, tiende a tomar decisiones que se salen un poco de las normas. Por ello, se establecen mecanismos que ayuden en la búsqueda de pruebas.

–¡Herminio, pero las cosas se tienen que justificar!. Te repito, no hay ningún indicio de sospecha en estas personas que habéis seleccionado.

–Esto luego puede significar un problema en el proceso judicial.

–Además, estoy seguro de que el Fiscal del caso tampoco lo admitiría.

–Por cierto, ¿el Fiscal está totalmente informado de o los casos verdad?.

–Sí. Claro. Así es.

–Iremos avanzando. Gracias Juez.

–Perfecto Herminio. Si te parece, me vas informando de los avances en este proceso. Siempre contarás con mi colaboración. Gracias.

Herminio, después de la conversación con el Juez, llama a Ernesto para hablar de la conversación que ha mantenido.

Ernesto toma la dirección del pasillo que le lleva a la nueva fortaleza.

Llama a la puerta con sumo cuidado, como siempre, para evitar la caída de uno de los cuarterones de cristal. Él sigue teniendo en su mente la puerta vintage.

–Pasa Ernesto y siéntate.

Ernesto va hacía la mesa de trabajo del Comisario y se sienta en uno de los sillones frente al Comisario.

–¿Qué tal Comisario?.

–Bien.

–Ernesto, he recibido la llamada del Juez y me ha dicho que no autoriza la intervención de los teléfonos y los ordenadores de los siete investigados.

–Lo ha justificado con razones técnicas y no técnicas. Bueno por razones jurídicas.

–La verdad, como ya os comenté en la última reunión, es que no tenemos nada que justifiqué esa acción y solo tenemos intuiciones para llevar a cabo la investigación.

–Es cierto Comisario. Estamos siguiendo una línea de investigación basada en solo una idea. Una suposición que tiene muchas lagunas. Pero no tenemos ninguna prueba. Nada que nos pueda conducir al asesino.

–Por este motivo, le quería pedir que me facilitara medios para realizar un seguimiento de los presuntos sospechosos.

–Tienes que entender que no se pueden asignar otros recursos y dejar otras investigaciones, a excepción de los tres que estáis ahora trabajando. De momento seguir María, Gustavo, y tú en este caso. No tiene sentido con la información que tenemos avanzar más rápido sin hechos que lo justifiquen ni implicar a otras Comisarías.

–Tendremos que ir lentamente, y ver si aparecen pruebas que determinen un cambio Ernesto.

–Dime Ernesto ¿tenemos algo nuevo al respecto?.

–No. ¡Es la verdad!.

–Hemos recibido los datos del Rectorado de la Universidad de Sevilla, pero no de las empresas que organizaron los seminarios en Toledo y Burgos. Según nos han informado, no los tienen dado que ha pasado mucho tiempo.

–Esto no nos ha permitido cruzar los datos de los asistentes con los estudiantes seleccionados, bueno ahora licenciados.

–Estamos pendientes del avance sobre la investigación que se está haciendo sobre la venta de droga en la Universidad de Ciudad Real.

–María ha pedido información sobre el posible caso de Pontevedra.

–Pues como te he dicho Ernesto, seguir con la investigación y esperemos recibir más información. Por cierto, informar de todo lo que estáis haciendo al Fiscal.

Ernesto sale de la nueva fortaleza y se dirige a la sala donde están los inspectores.

−¡María!, ¡Gustavo! Acabo de estar con el Comisario. Nos restringe un poco los medios a utilizar. Justifica que no tenemos datos suficientes para asignar más recursos.

−Ha recibido una llamada del Juez para justificarle la no autorización de la intervención de los teléfonos, y ordenadores de los ocho seleccionados para la investigación.

−Me da la sensación de que han hablado sobre la investigación, y sobre su avance. También ha comentado que cuando tengamos alguna prueba se la comentemos para entonces tomar decisiones.

−¿Cómo has visto al Comisario? −. pregunta María.

−Me imagino que la conversación con el Juez no le ha gustado −. responde Ernesto con mucha seriedad.

−¿Entonces qué hacemos? −. pregunta Gustavo.

−Vamos a seguir indagando sobre los nueve elegidos a ver si logramos obtener información que nos permita avanzar en la investigación.

−De todas maneras, ¡María! vuelve a buscar en la BB.DD. si pudiera haber otros asesinatos. A mí me cuesta creer que haya pasado tanto tiempo entre los asesinatos que hemos identificado.

−Vale. Ya estoy con el caso de Pontevedra. De todas formas, vuelvo a investigar, pero creo que ya hice la investigación en profundidad.

−¿Yo qué hago? −. pregunta Gustavo.

−Tú y yo vamos a seguir investigando sobre los datos de los seleccionados y ver si encontramos algo que los relacione con los casos que investigamos.

−Tiremos de las BB.DD. y fuentes de información a las que tenemos acceso y realicemos algo de seguimiento.

–¡María! cuando acabes tu búsqueda en la BB.DD., ponte en contacto con los Inspectores de Ciudad Real para ver si han avanzado algo sobre la droga, vuelve a hablar con los laboratorios que suministran "Etorfina" en Soria, y te acercas a los centros que la han recibido. Habla otra vez con el Colegio de Veterinarios por si ellos te pueden ayudar, y pregúntales si puede haber tráfico ilegal de esta droga.

–¡Gustavo! Coge la lista de las personas que se levantaron en las investigaciones de Sevilla y Toledo, y la cruzas con la lista de los estudiantes de Soria que nos facilitó el Rectorado de la Universidad de Sevilla.

–¡Inspectores! Sigamos. Vamos a ver si empezamos a tener resultados que nos ayuden a desenmascarar a este asesino.

–No debemos de desesperar. Estos casos son muy complicados. Ya lo sabíamos desde el principio al tratarse de un caso de asesino en serie.

-VIII-

El Nido

Unidos en un mismo lugar, con lazos que no pueden separar, la comunidad forma una malla, que conecta corazones sin ataduras.

A principios del año 2000, un grupo de doctores alemanes: psiquiatras y psicólogos forenses cuya especialidad es tratar asesinos en serie, deciden crear un Hospital Psiquiátrico Virtual y especializado en enfermos psicópatas que tienen unas características determinadas.

A este Hospital Virtual lo denominaron "El Nido", atendiendo a la famosa película -Alguien voló sobre el nido del cuco-, y que justamente hace referencia a un hospital psiquiátrico con una altísima disciplina, y que lo que produce es precisamente el levantamiento de los enfermos y el personal.

Este hospital virtual ha sido creado a través de la sociedad "SN&EI" Soziales Netzwerk mit hohem Verständnis und europäischer Intelligenz (Red Social de Alto Entendimiento e Inteligencia Europea), y que fue creada por el doctor alemán Franz Schmidt, siendo actualmente su presidente.

En esta sociedad, los pacientes que son tratados han sido víctimas de algún hecho que los ha llevado a convertirse en asesinos.

Se sabe que los asesinos en serie priorizan las recompensas en la toma de decisiones. Las consecuencias tienen poco o ningún valor para ellos. Los psiquiatras sugieren que los cerebros y la actividad neuronal de las personas con esta psicopatía, son diferentes de los de personas típicas.

Este grupo de doctores se marcó un cambio en la forma en que se debería de examinar la causalidad de la violencia en la mente de un asesino en serie, así como, su tratamiento. El comportamiento violento de los psicópatas surge no solo por la falta de empatía y emoción, sino que también resulta directamente de un análisis sesgado de riesgo/recompensa en la mente del asesino, el cual valora mucho la recompensa interna y no da importancia a los efectos de su acción.

El grupo de expertos llegó a una conclusión: para corregir, curar, a estos enfermos, es necesario trabajar con ellos desde otro punto de vista, con otros patrones médicos, eso impulsó la creación de este Hospital Psiquiátrico Virtual "El Nido" y es que, a lo largo de la historia, la prisión ha sido un impedimento para el crimen normal pero para los asesinos en serie la prisión no es un impedimento, y por ello, la creación de "El Nido", en donde se desarrolla un mecanismo de interrelación entre estos psicópatas y cuyo objetivo es: cambiar o rehacer su mente, prestando apoyo y colaborando en su rehabilitación a través de actividades terapéuticas que favorecen que, las personas afectadas, tomen un papel activo en su propio proceso de recuperación.

Los fundadores de "El Nido" buscan asesinos en serie, pacientes, que aún no han sido identificados por la policía para atraerlos al hospital virtual. Estos asesinos en serie deben tener unas características muy determinadas para poder participar en él.

Los psicópatas que se buscan están en la clasificación de instrumental-cognitivo en donde el asesino es racional, y el asesinato es premeditado, planificado, con intencionalidad, y para la obtención de un objetivo. Suele ser asesinatos planeados y en los que no suele haber muchas evidencias forenses debido a: la experiencia delictiva del agresor, y a su alto coeficiente intelectual.

Nunca son considerados posibles pacientes psicópatas de "El Nido" aquellos que llevan a cabo sus actos con: abusos sexuales, asesinatos en masa, desorganizados, donde haya tortura, que descuarticen los cuerpos, donde la víctima sufra, y que el asesino disfrute del asesinato.

Los doctores saben que "El Nido" encubre los crímenes de estos asesinos en serie, pero por su experiencia si este tipo de psicópatas es identificado por la sociedad a través de su detención policial, el nivel de éxito para su recuperación desaparece en su totalidad, es por ello por lo que buscan "carne fresca" sobre la que trabajar y para ello, la privacidad, y confidencialidad es fundamental.

La psicopatía es un trastorno de personalidad caracterizado por: la falta de empatía, la manipulación del comportamiento socialmente irresponsable, el desprecio por los derechos de los demás, y la ausencia de remordimientos. Este trastorno puede manifestarse en la infancia o adolescencia, aunque suele diagnosticarse en la edad adulta. Las causas de la psicopatía no están bien definidas, pero se cree que tiene una base biológica, genética, y ambiental.

Estos psicópatas suelen ser encantadores y manipuladores, pero pueden ser peligrosos si se sienten amenazados o aburridos. Aunque la psicopatía puede ser difícil de tratar, existen opciones dependiendo del tipo de psicópata, donde a través de la terapia cognitivo-conductual se logra reducir los comportamientos problemáticos e incluso sanar al paciente.

"El Nido" se rige en un entorno de total secretismo, como si fuera una secta, dado que la información que manejan es totalmente confidencial y no puede ser divulgada por su peligrosidad. Los pacientes no se conocen entre ellos y nunca lo harán. Solamente los doctores son conocedores de los pacientes. A los pacientes se les numera y se dirigen a ellos a través del número que se les asigna.

El Hospital Virtual se compone de dos tipos de personas: los enfermos o pacientes, y los colaboradores. Es una organización muy cerrada, y para entrar en ella se requiere una serie de requisitos muy estrictos, entre los que está: una investigación en profundidad de la persona y su entorno familiar, y pasar por un grupo de doctores que determinan si la persona, psicópata o colaborador, pueden entrar en esta sociedad secreta y en qué condiciones entra.

Los miembros de "El Nido", doctores, y colaboradores, saben que están incurriendo en un delito al admitir a asesinos y encubrir sus asesinatos.

Las reglas para participar en esta sociedad son muy rígidas enfrentándose, aquel que las eluda, a una acción de riesgo contra su persona y entorno.

Ni los pacientes, ni colaboradores, pueden saltarse dichas normas, en ambos casos, están permanentemente vigilados por la sociedad a través de un área SIT formada por expertos en: cibertecnología, técnica operativa de vigilancia y seguimientos, métodos de investigación de análisis de datos, y métodos de investigación cualitativas y cuantitativas, además, son los supervisores del uso de la Dark Web. Esta área tiene también la misión de levantar la información con el máximo detalle de los posibles casos de asesinos en serie en los países objetivo de la sociedad, y proponerlos al Consejo para que valore si se procede a la investigación.

La sociedad se mueve en la Dark Web y en un entorno de total clandestinidad, su acceso está muy restringido y controlado. Disponen de una página web "elnido.onion" y para la mensajería electrónica se utiliza Protonmail y TOR Mail.

Los colaboradores son doctores en psiquiatría, principalmente forenses, en los países objetivos del Hospital Virtual quienes, cuando se identifica algún asesinato que pudiera estar relacionado con un asesino en serie, avisan al área SIT para determinar si se avanza en la investigación.

La identificación de los colaboradores la lleva a cabo directamente Franz dado que éste participa activamente en jornadas médicas especializadas, y en las cuales mantiene reuniones profesionales donde le permite identificar al posible candidato a colaborador.

Para ello, Franz desarrolla una relación personal done explora las habilidades del profesional, y su interés en los casos que son tratados en "El Nido". Si Franz ve que el psiquiatra forense podría convertirse en colaborador, informa al área SIT para que lleve a cabo sus oportunas investigaciones.

Con toda la información levantada, así como, del análisis conductual realizado por Franz, es él, el propio Franz, el que se acerca al colaborador para ofrecerle participar en el "El Nido", presentándole las ventajas profesionales que le dará a cambio de aportar posibles pacientes. También le informará de las particularidades de participar en el Hospital Virtual.

En el caso de los pacientes, al psicópata identificado se le hace una primera investigación sobre su: vida, entorno, personalidad, y si se le puede considerar como un psicópata que sigue el perfil de un asesino en serie definido por la sociedad.

La investigación se centra en una combinación de características como son: un nivel intelectual superior al 120, un entorno familiar estable, haber padecido algún acontecimiento entre los 5 y 20 años que le hubieran marcado su personalidad, llevar a cabo una profesión en la que destaque, ser reconocido dentro de su entorno profesional, gran capacidad verbal, egocéntrico, organizado, alto poder adquisitivo, dominio del idioma inglés, y asesinatos motivados por emoción, en los cuales no hay tortura, y la víctima no sufre dado que el enfermo no percibe que está llevando a cabo el asesinato.

Aquel que no cumpla con este requisito no se le contacta para que entre en "El Nido".

Una vez realizado el análisis y estudio preliminar, se contacta con el enfermo y se le propone participar en "El Nido". El posible paciente seleccionado debe tener una característica común, debe ser consciente de su enfermedad. Si el posible paciente acepta, éste pasa a tener una serie de reuniones privadas donde se le psicoanaliza para determinar que pautas debe seguir y de esta manera, establecer los objetivos que se deben lograr, así como, a qué grupos de trabajo debe de asistir.

La finalidad es lograr la recuperación del enfermo, establecer el camino adecuado para combatir esos sentimientos, esos trastornos sobrevenidos, y cómo mediante el autocontrol pueden hacer frente a la necesidad de llevar a cabo el acto.

Todos los pacientes que asisten al "El Nido" tienen el mismo diagnóstico, éste pude ser de dos tipos:

- El tipo psicópata solapado que se caracteriza especialmente por su falsedad, con una conducta aparentemente sociable y amigable que, en realidad, oculta una gran frialdad y deseo de manipulación. Son personas resentidas por algún incidente que han tenido en su vida que les marco profundamente, que tienen una vida social amplia en la que buscan satisfacer su necesidad de atención, pero, para ellos, las relaciones son superficiales y no dudan en obtener beneficio de aquellos que forman parte de su círculo.

- El tipo psicópata tomador de riesgos, que se caracteriza por tener una personalidad tremendamente impulsiva y temeraria, pone su vida en peligro para sentirse vivo. No siente miedo al realizar actos que para cualquier otra persona serian de alto riesgo. No les importan las consecuencias de sus actos, solo se preocupan por su disciplina y por la constante necesidad de estimulación.

Evidentemente, todo ello va ligado a una insensibilidad que se traslada a muchos ámbitos de su vida.

En las reuniones que se llevan a cabo, siempre de forma telemática y nunca con presencia física, los pacientes se confiesan, comentan como les viene la necesidad del acto, cómo lo llevan a cabo, y cuáles han sido sus sentimientos.

En los grupos de trabajo se habla mucho de la psicopatía para que los enfermos entiendan que se trata de una enfermedad que tiene cura, que es un trastorno de la personalidad complejo y a menudo incomprendido, y que afecta a la capacidad de una persona para conectar con los demás a nivel emocional. Comprender este trastorno es crucial para que el paciente vea que existe cura y evitar que cause más daño a los demás.

En estos grupos se tratan de poner en relación con los distintos pacientes para que entre ellos hablen, comente su situación, experiencias, acciones, y cuál es el deseo que les mueve a llevar a cabo el acto. También para que aquellos que han logrado curarse, comuniquen a los demás cuál ha sido el camino que han seguido.

Los psicópatas que participan son conscientes que hacen el mal, por ello es necesario atacar en profundidad el origen de tal mal. La terapia psicológica es un elemento fundamental del proceso, con intervenciones dirigidas a fomentar la regulación emocional, la simpatía, las capacidades sociales, y actuar sobre el paciente, sobre su mente.

Una de las características principales de estos enfermos es la falta de empatía.

En "El Nido" se trabaja sobre técnicas de prevención de recaídas y se hace hincapié en la asunción de responsabilidades. Así mismo, se insiste en el concepto de "empatía emocional", que es lograr el desarrollo de la capacidad de sentir los efectos de su comportamiento.

El programa que se desarrolla en "El Nido" se caracteriza por ser muy intensivo y trabaja sobre un modelo cognitivo-conductual actuando sobre: las habilidades de pensamiento y razonamiento, la resolución de problemas interpersonales, el control emocional, las actitudes y perspectivas sociales, y los valores de las personas, cubriendo de esta manera las necesidades criminogénicas.

Dentro de este programa, una particularidad que establecen los doctores es que el paciente establezca un mecanismo de escenificación, el cual es similar para todos, aunque cada paciente puede realizar alguna variación. Esa escenificación permite al paciente meditar sobre su acto. También, otra recomendación que se hace es la escritura de una poesía. Esta debe de realizarse como elemento de reflexión una vez se haya decidido llevar a cabo el acto. Es la manera en la que la mente busca expresar sus sentimientos: alegría, tristeza, dolor, nostalgia, y amor. Los doctores recomiendan que copien poesías de la época del romanticismo, un movimiento artístico y literario que surgió en toda Europa entre finales del siglo XVIII y el siglo XIX. Un movimiento del pensamiento en el cual se relacionó fuertemente la vida y la muerte.

Los doctores saben que los pacientes deben de tener algún rasgo que les identifique como su signo de identidad, y esto lo logran con la escenificación del acto y con la poesía elegida.

Además, los doctores recomiendan a los pacientes la utilización de una droga cuya actuación sobre el cuerpo humano sea muy rápida para que la víctima no sufra. La droga propuesta es la etorfina y su manera de suministrarla es a través de una pistola anestésica.

El área SIT es la encargada de suministrar la droga que los pacientes utilizarán para su acto. Para ello, el área tiene establecidos acuerdos con intermediarios de diferentes países para el acceso a esta droga. Estos intermediarios son también, al igual que los pacientes y colaboradores, permanentemente supervisados y en el caso de observar alguna anomalía actúan rigurosamente.

Los pacientes participantes en los grupos de trabajo llevan cubierta la cara con un pasamontaña negro, y tienen asignado un número que les identifica para siempre. Tanto entre los doctores como entre los pacientes se dirigen utilizando el número que tienen asignados. Los doctores llevan la cara cubierta con un pasamontaña blanco y también tienen asignado un carácter "P" o "S" según su especialidad. De esta manera se logra la clandestinidad entre los participantes.

En alguna de estas reuniones participan pacientes que fueron dados de alta para que comenten cual ha sido su proceso. En este caso el paciente recuperado asiste con un pasamontaña rojo.

También pueden acudir a estas reuniones los colaboradores previa autorización por parte de los doctores".

Los colaboradores llevan un pasamontaña blanco.

Este mecanismo es fundamental para que los pacientes se abran mentalmente al resto, y para que florezca la confianza entre el grupo. El objetivo final es lograr que el paciente logre controlar su estado emocional y, por tanto, lograr salirse del mal que le acecha.

Los grupos de trabajo se reúnen una vez al mes. También hay consultas privadas que son solicitadas por los pacientes cuando requieren una acción puntual.

Para los pacientes es fundamental subir sus fotos de la realización o consumición del acto, dado que es como reconocer su éxito.

La red social dispone de un amplio repositorio con todas las fotos que los pacientes han depositan de sus "actos", y para que otros pacientes y colaboradores puedan verlas. Las fotos no se pueden descargar ni tampoco copiar. Están totalmente protegidas.

En la actualidad hay pacientes de diferentes países: Holanda, Francia, Alemania, Italia, Bélgica, Luxemburgo, Finlandia, Noruega, y España.

Los países que aportan más pacientes a "El Nido" son los del Norte de Europa, esto es debido a las características ambientales de esos países, y en donde la vida está muy limitada por el entorno climático: muchos días oscuros, frio intenso, y por las relaciones interpersonales la cuales son muy cerradas, en definitiva, viven en un entorno muy hermético.

Asimismo, también destacan los profesionales que en estos países se producen mayores traumas en la época inicial de adolescente.

Actualmente, la sociedad la conforman: 23 pacientes, 45 colaboradores, y seis médicos formados por: tres psiquiatras forenses, entre ellos el presidente, y tres psicoanalistas.

Los pacientes del "El Nido" son: médicos, abogados, y directores generales de grandes corporaciones.

El índice de éxito del hospital virtual es del 43%. En los 15 años que lleva en funcionamiento, más de 26 pacientes han sido recuperados y no han vuelto a llevar a cabo el acto.

Los pacientes pagan una cuota de entrada, y hacen un ingreso por cada conexión que llevan a cabo. Estos pagan grandes cantidades de dinero para su tratamiento.

Los colaboradores pagan una cuota de entrada por pertenecer a la sociedad y facilitar contactos, obtienen como beneficio acceder a los informes anónimos de la evolución de los pacientes, y participar en algunas reuniones. Para ellos es muy interesante pertenecer a esta sociedad dado que aprenden de los trabajos que se llevan a cabo con este tipo de psicópatas.

En general, los colaboradores son psiquiatras forenses asignados a centros penitenciarios para el tratamiento de enfermos mentales.

Todos los pagos siempre se realizan a través de una cuenta en un paraíso fiscal, y los pagos se realizan con criptomoneda.

Hay que destacar, que la red está muy protegida para garantizar la total confidencialidad y secretismo. El área SIT está permanentemente vigilando tanto a los pacientes como a los colaboradores de tal manera que, si observan algún acto o actitud sospechosa, actúan drásticamente.

Los participantes en la sociedad saben que nunca dejaran de estar relacionados con ella, y están sujetos a la acción que la sociedad estime oportuna si no siguen las reglas establecidas. Es un compromiso de vida.

Ya se han dado varios casos. Se podría decir que cuando esto ocurre la sociedad actúa como un asesino en serie con la diferencia que, generalmente, se hace desaparecer el cadáver. Es necesario proteger la sociedad y a sus participantes.

Esto ha pasado recientemente con el paciente N.º 2753 de Países Bajos, y que cometió varios errores por los que la policía estaba a punto de detenerle, en ese momento el Área SIT actuó e hizo desaparecer el cadáver y todas las pruebas que pudieran relacionarle con "El Nido".

También últimamente, a un colaborador suizo se le hizo desaparecer dado que se observó que quería publicar unos tratados médicos psiquiátricos sobre los enfermos que son tratados en "El Nido", y en donde hacía referencia al Hospital Virtual.

Uno de los requisitos de los colaboradores es que éstos no pueden publicar los casos que son tratados en "El Nido", ni hacer referencia directamente a ellos.

Cualquier tratado que el colaborador desee publicar, debe de ser validado por el grupo de médicos de "El Nido".

-IX-

El paciente. El Asesino de las Ánimas.

*Cuando la trémula mando tienda a expirar
buscando una mano amiga
¿quién la estrechará?*

Gustavo Adolfo Béquer (Rima LVIII)

El asesino en serie tiene una personalidad definida por los expertos como la triada oscura: narcisismo, maquiavelismo, y psicopatía.

Quienes presentan estos rasgos tienen tendencias insensibles, egoístas, y malévolas. Suelen aburrirse con la rutina y están muy afectados por el entorno.

El enfermo es consciente de su trastorno de personalidad caracterizado por la falta de empatía, la manipulación y la ausencia de remordimientos

Recientemente al Asesino de las Ánimas le ha vuelto a aparecer de nuevo un sentimiento que le preocupa, se encuentra despechado, siente que su pareja no le ama como él quiere. Llevan tres años juntos, viven en la misma casa, llevan una vida muy unidos pero la mente del asesino entiende y percibe que la relación se está enfriando.

Un sentimiento que desde que tiene la relación con su pareja nunca le había aparecido hasta ahora. Siente una gran preocupación.

Desde hace unos días duerme poco, está incómodo por la situación personal y, además, muy estresado con su trabajo. Es médico cirujano urológico y está teniendo algunas operaciones complejas que le requieren una gran concentración y estudio. Pero sabe que el sentimiento que le ha surgido no está derivado del estrés del trabajo.

Su madre le conoce bien, y el último domingo que estuvieron comiendo con ella, en su casa, le preguntó si estaba bien, que lo veía cansado, que no tenía la alegría que acostumbraba a tener. En varias ocasiones le dijo "hijo estas muy callado". Su pareja indicó que estaba teniendo complejas y dificultosas operaciones y por ello estaba un poco serio.

Ella, su madre, sabe de las crisis que tiene desde que su padre murió de una manera súbita cuando tenía 16 años. Una muerte no esperada, y que le causó un fuerte trauma por la sólida unión que tenía con su padre. Un trauma que en su momento fue tratado químicamente con antidepresivos y ansiolíticos, y con la ayuda de un psicólogo.

Tal fue el impacto, que decidió irse lo más lejos de Soria para estudiar y con ello, salir del ambiente familiar, de los recursos que había en la casa, y romper con sus amigos. Decidió ir a aprender inglés un año y luego irse a estudiar medicina a Sevilla.

Su pareja actual vivió ese momento dado que entonces estaban teniendo una pequeña relación amorosa, la cual terminó de forma súbita debido al incidente. Lo que ella nunca ha sabido es el impacto del trauma que sufrió. Sabe que lo pasó muy mal por la relación con su padre y tuvo un fuerte cambio de carácter.

Ahora él está pasando un momento de tensión interna, donde por un lado se está enfrentando a unas complejas operaciones que le requieren un gran esfuerzo mental y por el otro, su sentimiento hacia su pareja. Siente que se está distanciando de ella y que viene propiciado por el entorno de trabajo de su prometida, de sus relaciones de amistad las cuales él no comparte, no le gustan, no las entiende. Todo esto le está conduciendo a una situación de estado temporal de agitación, trastorno, y desorden mental, por el cual se ve desbordado a la hora de afrontar esa situación. Ve que el esfuerzo empleado no es suficiente y por ello, tiene que hacer algo que libere a su mente. Él sabe que no son celos, es parte de la enfermedad que arrastra.

Está entrando en una crisis emocional y siente la necesidad de realizar "el acto". Un acto que le permita transferir su estado de desánimo mental mediante un intercambio subterráneo de la emoción que le invade. Necesita desprenderse de ese desánimo, trasferir esa carga a otra persona, a su víctima.

Tiene que sentir un trato diferenciado y ve que su pareja, en los últimos tiempos, tiene otras prioridades que emanan de su trabajo. Necesita de ella una alianza especial y lo que recibe es una llamada de atención por hacer comentarios sobre sus amistades. Esto le está llevando a esa crisis emocional.

En la última cena que tuvieron con dos parejas amigas del trabajo de ella, él se sintió desplazado porque no le prestaron atención al complicado trabajo que realiza como médico especialista en cirugía. Por el contrario, hablaron de seguridad informática, de la cantidad de hacker que están rompiendo las barreras de la seguridad, de cómo los expertos en seguridad informática se están posicionando en el mercado tecnológico siendo en estos momentos las personas mejor valoradas y pagadas de la profesión.

Comentaron también que la empresa donde trabaja su pareja ha abierto una unidad de negocio especializada en seguridad informática por la que su mujer siente un gran interés.

Su pareja nunca le había hablado de ello, lo cual para él una ingrata sorpresa.

En las diferentes conversaciones que mantuvieron en la cena él apenas intervino, y esto le generó una gran incomodidad al ver que no podía participar en la discusión de los temas que estaban tratando.

Para intentar despuntar en la cena lanzó para el debate la visión sobre la evolución que se está llevando a cabo en la cirugía, la cirugía robotizada, del fuerte impacto que tendrá ésta en la medicina y el gran desarrollo que se está produciendo. Quiso destacar que él estaba empezando a estudiarlo para posicionarse en esta compleja tecnología. Ninguno de los participantes le prestó atención. Probablemente porque no tenían ni idea y por ello, eludieron hablar del tema. Se sintió incomprendido lo cual le afectó a su capacidad para conectar con los demás a nivel emocional.

Al final la cena le resultó poco reconfortante desde el punto de vista emocional, y le generó un gran malestar. Su pareja se dio cuenta, y volviendo a su casa en el coche, le comentó que la cena fue un poco pesadita porque solo había un tema del que se habló sin hacer participar a los demás comensales como, por ejemplo, los acompañantes de sus compañeros. Ella intentó restarle importancia y darle la razón a él, pero éste, se había sentido muy incómodo, desplazado. Estaba realmente afectado dado que vio a su pareja a gusto en los temas que se trataron en la cena.

A él, las emociones le impulsan a la agresividad instrumental la cual tiene una meta, un propósito, y por ello su mente siente la necesidad de buscar a una víctima que le permita recomponer su ego, resarcirse, despreciar el derecho a la vida de los demás. Ese acto le ayuda a llenarse de energía, a descargar su desánimo, y aumentar su autoestima al sentirse un controlador de la vida de otra persona. En este caso de la víctima.

Al igual que cuando realiza una operación de cirugía, él controla la situación, y en su mano está el éxito. El equipo que trabaja con él en las operaciones depende de sus órdenes, actúa según su necesidad en cada una de las acciones que va llevando a cabo. Funcionan como una máquina perfecta que él dirige de una forma excelente, como una orquesta. Cada participante entra cuando él lo indica a través de una mirada, o de un gesto con sus manos, e incluso con un resoplido.

Siempre, antes de realizar una operación quirúrgica, se reúne con el equipo de médicos y enfermeras que van a participar y les transmite la manera que hay que afrontar la operación, los puntos críticos con los que se van a encontrar, cómo hay que reaccionar y actuar en ese momento, y que no debe de haber miedo o contagiarse del miedo en las circunstancias complejas.

Él es el primero que tiene que transmitir esa tranquilidad al equipo. No puede haber fallos. Él es el máximo responsable.

En una de las operaciones más arriesgadas que tuvo hace un año, una de las enfermeras que participaba en la intervención tuvo dos fallos que casi llevan a que el paciente muriera en la intervención. Gracias a su rápida actuación logró salvar al paciente.

Al finalizar la intervención, y delante del resto de profesionales, la llamó la atención de forma muy vehemente, e incluso la indicó que esto no es la primera vez que la había pasado y que, si no estaba concentrada al cien por cien, lo mejor que tenía que hacer era irse.

La enfermera salió corriendo de la sala de intervención llorando y muy afectada por las palabras mal sonantes que le trasmitió el cirujano, quizás un poco fuera de contexto y no medidas, pero él es así. Un perfeccionista.

El resto de los compañeros quedaron callados, pero él les dijo que lo que se está jugando en la mesa es muy importante, es la vida de una persona, y que no se pueden permitir errores humanos en las intervenciones y, es más, sí son errores por la falta de atención en el trabajo.

Cuando él entra en esta fase de indignación, necesita liberarse de ese sentimiento para seguir adelante y reconfigurar su mente.

Esta situación vivida le llevó a realizar una acción de agresividad instrumental contra la enfermera, y que le condujo a llevar a cabo "el acto" como fórmula para canalizar su emoción egodistónica.

Se encuentra ahora en una situación parecida, su sentimiento requiere una acción. Reflexiona, se autoanaliza, e identifica sus procesos disfuncionales de su sistema psíquico como le han enseñado en las reuniones de "El Nido", y empieza un proceso de introspección profunda que le requiere un compromiso.

En ese momento de introspección le viene a la cabeza la rima XLVIII de su gran poeta Bécquer:

> Como se arranca el hierro de una herida
> su amor de las entrañas me arranqué,
> aunque sentí al hacerlo que la vida
> me arrancaba con él.
>
> Del altar que le alcé en el alma mía
> la voluntad su imagen arrojó,
> y la luz de la fe que en ella ardía
> ante el ara desierta se apagó.
>
> Aún para combatir mi firme empeño
> viene a mi mente su visión tenaz…
> ¡Cuándo podré dormir con ese sueño
> en que acaba el soñar!

Está decidido a llevar a cabo "el acto" y por ello empieza a pensar en su realización. Este proceso de planificación le relaja, le distrae, y le aplana mentalmente. Piensa que es capaz de mantenerse unos meses sin caer en una fuerte depresión que le afecte a su relación con su pareja, y a su trabajo.

Es muy metódico, y por ello se encierra en su despacho para estudiar y preparar tanto sus complicadas operaciones, como la planificación del acto. Esto le hace laxar, reflexionar, meditar. Es el desarrollo para el auto entendimiento de sus procesos internos que le regala libertad e independencia.

Es un gran analista, todo lo hace con el más mínimo detalle. Entiende que no puede fracasar ni en las operaciones ni en el proceso del acto.

Su pareja sabe que cuando se encierra en su despacho no se le puede molestar. Él organiza su tiempo a la perfección y controla cuándo tiene que salir del despacho para descansar, comer, cenar, o cualquier otra necesidad.

Tiene claro que Soria no es el mejor lugar donde cometer otro acto como el de hace casi un año por ello, debe buscar un lugar alejado de donde reside.

Dentro de dos meses, a finales de octubre, tiene unas jornadas de tres días sobre Endourología en Zaragoza, y en noviembre un curso de Cirugía Protésica y Reconstructiva Urogenital en Barcelona. Va a asistir a las dos. Además, ya habrá hecho las complejas operaciones que tiene en la agenda y, por tanto, tendrá menos presión psicológica.

Sin duda la asistencia a estas jornadas le permite justificar su salida y le encubrirá de toda sospecha.

En su análisis ve que Barcelona es un lugar complicado para llevar a cabo el acto. Es una ciudad con mucha gente, muchas cámaras, mucho riesgo para reaccionar ante posibles complicaciones. En definitiva, el grado de peligro es muy elevado.

Por el contrario, el caso de la jornada de Zaragoza es distinto, es una ciudad más pequeña, aunque no le gusta dado que él prefiere un entorno mucho más pequeño y que le sea fácil controlarlo, pero Zaragoza le puede permitir acercarse a una zona algo alejada, y que esté a las orillas del río Ebro.

La selección del lugar es clave para él. La relación agua, arboleda, montaña, le enamora. Le gusta que la víctima repose en la rivera de un rio. Le da igual uno grande que uno pequeño. Él quiere que la naturaleza participe en la escena. La mitificación es clave para él "convertir en mito un hecho natural". Así lo hace siempre.

Lo primero que busca es si Bécquer escribió algo sobre Zaragoza. El recuerda que no, que no hay nada ni sobre Zaragoza ni sobre el rio Ebro, a excepción de cuando estuvo en el Monasterio de Veruela que le inspiró en alguna de sus leyendas y la realización del famoso escrito "Cartas desde mi celda".

Una primera alternativa es llevar la acción desde Zaragoza. Esto podría ser una alternativa. Le gusta.

La otra alterativa para llevar a cabo "el acto" sería cerca del Monasterio de Veruela, donde hay un pueblo que es Trasmoz. Un pueblo excomulgado por la Iglesia y que tiene un simbolismo para Bécquer, el cual lo refleja en uno de sus pasajes en "Cartas desde mi celda", y en donde habla de las brujas. Este pueblo goza de una larga tradición de brujas y hechiceras en el medievo.

En su reflexión llega a una decisión, llevar a cabo el acto en Zaragoza, pero residir en las cercanías del Monasterio de Veruela desde donde llevar a cabo el acto.

El problema de esta alternativa es la distancia a Zaragoza que es de ochenta kilómetros, lo cual no le gusta por la lejanía.

Decidido desde donde llevar a cabo el acto, investiga el lugar más adecuado desde donde realizarlo. Un lugar que esté cerca de Zaragoza y junto al rio Ebro. Estudiando la zona, identifica un camino que llega a la Playa de Juslibol, y que va por la orilla del rio Ebro, un paraje que está a las afueras de Zaragoza.

Esta es una zona de poco tránsito. Es un camino de tierra muy utilizado por ciclistas y corredores principalmente los fines de semana.

En la zona no hay cámaras de seguridad dado que es un camino de tierra, y la entrada y salida al camino es fácil y sin control.

Piensa que puede ser un lugar adecuado para el episodio que necesita realizar. Además, las fechas son propicias debido al frio y a la poca luz que habrá.

Otro tema que tiene que analizar es la elección de la víctima. Una buena zona puede ser alrededor de la Avda. Puerta de Sancho.

Ya tiene decidido tanto el lugar donde residirá como el lugar donde realizar el acto. Sin duda, la decisión tomada mitiga el riesgo.

En su análisis, piensa que lo mejor es ir dos días antes para: estudiar la zona, comprobar la existencia de cámaras de video, el lugar donde poder seleccionar a la víctima, y la hora adecuada para llevar a cabo el acto la cual debería de ser entre las 21:00 y las 24:00.

Entiende que la forma para mitigar el riesgo es diferenciar el hotel desde donde va a cometer la acción, del hotel donde va a llevar a cabo las jornadas.

La opción que ha tomado le ayuda a justificar la decisión de ir dos días antes de las jornadas a Vera del Moncayo, y desde este lugar ir a Zaragoza para llevar a cabo el acto.

Reflexiona sobre cómo hacerlo. De cuál es la mejor manera de llevar a cabo el proceso y establece un protocolo de actuación.

Dos días antes de las jornadas alquilaría un coche con un permiso falso que tiene.

El pago del coche de alquiler lo haría con efectivo.

Este coche es el que utilizaría para llevar a cabo el acto, y lo dejaría aparcado cerca de la zona donde realizaría la acción. Le cambiaría las matrículas por unas falsas que también tiene.

El día de las jornadas dejaría su coche personal en el aparcamiento del hotel, y así quedará registrada su llegada junto con el check-ing del hotel.

En principio el plan general estaría definido. Ahora Jorge tiene que empezar a estudiar que riesgos pueden aparecer. Es necesario para él tenerlos muy bien identificados, para ver cómo los puede minimizar o mitigar.

Durante los dos días del acto, los días previos a las jornadas:

- Llevará una bolsa de viaje con las necesidades para los dos días.
- Irá vestido con cazadora de cuero negro, polo negro, jersey gris oscuro, pantalón vaquero, y zapatillas de deporte oscuras, gorra gris oscura, y gafas de sol.
- Utilizará un móvil de prepago y cuyo número será el que facilitaría a la compañía de alquiler de coches.
- Tanto el teléfono como la vestimenta se deshará de ellos transcurridos una vez llevado a cabo el acto.
- Reservará los dos días del acto en la Casa Rural la Portaza en Vera del Moncayo, con su nombre verdadero. Lo justificará para visitar la ruta de Bécquer por la zona del Moncayo donde iría a ver el castillo de Trasmoz y el mural de Bécquer.

- Visitará el Monasterio de Veruela, y comerá en el Molino de Veruela esos dos días.
- Dejará su teléfono móvil en la Casa Rural cuando vaya a Zaragoza por la tarde, y encenderá el móvil con la tarjeta de prepago.
- Hará todo lo posible para que se le vea durante el día por la zona de Vera de Moncayo, y dejará rastros de ello en los restaurantes y en los bares de la zona. Hablará con la gente del lugar para que le recuerden de su paso por la zona.

Siguiendo con el plan que tiene establecido, el primer día, a primera hora:

- recogerá el coche de alquiler, le cambiará las placas, y lo aparcará cerca de la zona elegida para buscar a la víctima. En caso necesario, utilizará el transporte público para moverse en Zaragoza.
- Una vez aparcado el coche, irá con su coche a Vera del Moncayo, donde se registrará y se moverá por la zona.
- Comerá para después ir a Zaragoza sobre las 18:00 donde dejará su coche y cogerá el de alquiler al cual le habrá traspasado el material que empleará para el acto: el plástico en el maletero para depositar a la víctima, la pistola para lanzar el dardo con la droga, los guantes de goma que utilizará, y la bolsa de plástico que enrollará en la cabeza de la víctima para asegurarse de su muerte.
- El primer día por la tarde noche paseará con el coche de alquiler por la zona para ver el lugar, y fijarse qué personas sobre las 21:00 están andando o paseando por la zona.
- Si en ese momento ve la posibilidad de consumar el acto lo hará. En caso contrario esperará al día siguiente.
- En el caso en que ninguno de los dos días puede consumar el acto, parará el proceso y esperará a otra oportunidad.

Durante los dos meses que le separan hasta la jornada de Zaragoza, repasa varias veces el plan de forma concienzuda, accede a Google Maps para revisar las zonas por donde va a buscar a la víctima y donde la dejará. Establece los tiempos de recorrido con el coche.

No quiere que se le escape ningún detalle. Sabe que de la perfección se obtiene el éxito. Un error por mínimo que sea desencadenaría un riesgo. Un riesgo que es posible que no pueda solventar.

Su objetivo, la víctima, es que sea una joven entre 22 y 26 años, buscará un momento de descuido para poder disparar el dardo sedante, cuya acción de la droga es inmediata, y la introducirá en el coche para llevarla al camino de la playa de Juslibol.

La dejará recostada sobre un árbol, con la cabeza girada y mirando al rio Ebro, con una mueca agradable, con sus brazos estirados, y las manos abiertas que significa generosidad, e introducirá en el bolso el sobre con la poesía elegida. Para él es fundamental la escenografía, la foto final del acto y la cual compartirá con los pacientes de "El Nido".

Tiene que revisar la cantidad de droga etorfina que aún tiene, y buscar el poema adecuado para este acto.

Cree que tiene suficiente "Etorfina" para este episodio, pero para el próximo tendrá que buscar más. Bueno ahora es un tema que no le preocupa, pero le ocupará una vez finalice esta acción.

Después de varias semanas de repasar los poemas de Bécquer, decide que la poesía más adecuada para el acto es:

> Yo sé cuál el objeto de tus suspiros es;
> yo conozco la causa de tu dulce
> secreta languidez.
> ¿Te ríes?...
> Algún día sabrás, niña, por qué:
> tú lo sabes apenas y yo lo sé.
> Yo sé cuándo tu sueñas,
> y lo que en sueños ves;
> como en un libro puedo
> lo que callas en tu frente leer.
> ¿Te ríes?...
> Algún día sabrás, niña, por qué:
> tú lo sabes apenas y yo lo sé.
> Yo sé por qué sonríes
> y lloras a la vez.

Yo penetro en los senos misteriosos
de tu alma de mujer.
¿Te ríes?...
Algún día sabrás, niña, por qué: mientras
tu sientes mucho y nada sabes, yo que no
siento ya, todo lo sé.

Le ha costado mucho escoger la poesía dado que le tiene que transmitir mucha emoción sentimental, y con ello matar la agresividad instrumental que le ha aflorado.

Saca de uno de sus cajones del escritorio la pluma estilográfica que solo utiliza para estas acciones. Una pluma heredada de su padre al cual le encantaba escribir con pluma. Una pluma Parker antigua, de esas que utilizan un embolo para cargar la tinta.

A continuación, se pone los guantes de látex y saca del mismo cajón el tintero de tinta azul negro, y el papel.

Sigue utilizando la misma marca de tinta que también utilizaba su padre, y un papel especial para escribir con pluma. Un papel que tiene que ser suave, absorbente, resistente, y opaco. Papel muji.

Hace sitio encima de la mesa para que no le estorbe nada en el desarrollo del trazo, ese delicado trazo que utiliza en el proceso de escritura con pluma. Es un proceso complejo donde él transmite su personalidad, su emoción, y donde la mano la pone con una exquisita inclinación de 45 grados para que el trazo sea lo más continuo posible, y la tinta no se desplace de forma descontrolada generando un borrón.

Antes de empezar, hace varias pruebas para comprobar que el plumín de la pluma está limpio y preparado para la escritura.

Es un momento que le pone muy nervioso, que le altera. Es como cuando introduce el bisturí para hacer la primera incisión, utiliza la misma delicadeza. Necesita una gran atención para transmitir su sensibilidad, llevar a cabo el buen trazo, la correcta presión, la adecuada velocidad, y la perfecta unión de las letras.

Ya está todo preparado y empieza a escribir la poesía elegida. Es una de sus fases del proceso de apaciguamiento consigo mismo. Sus sentimientos afloran en el proceso "sin gozo ni dolor" como decía el Poeta.

Cuando termina de escribir la poesía, la lee y relee. Necesita apreciar su trabajo, su buen trabajo, Para él es un momento de éxtasis, un momento de iluminación mística, de claridad espiritual.

Es un momento en el cual Jorge pierde la conciencia del mundo exterior, y le aparece un repentino sentimiento de alegría, placer, y admiración hacia él, hacia su perfección.

Una vez finalizado, necesita llevar a cabo un acercamiento físico a través del sexo. Él la conoce muy bien, sabe de sus gustos en la práctica del sexo y por ello, se va a la habitación y se prepara, la llama con una voz intensa y profunda.

Quiere que todo ese malestar que ha tenido en la cena lo satisfaga con un sexo del que salga totalmente satisfecho y cansado.

Está en un momento de explosión y el sexo en ese momento es para el transcendental, necesario. Es el clímax de su acto.

Después de cometer sus dos primeros actos en Sevilla y Jerez de la Frontera, le contactó una sociedad terapéutica un tanto especial y que gestionaba un hospital psiquiátrico virtual llamado "El Nido".

Tuvo una serie de reuniones con los doctores y vio que su enfermedad tenía un origen y podría tener cura. Le explicaron claramente la forma de actuar, y también le dijeron que el proceso de cura es lento, muy lento, pero el éxito es elevado.

También le transmitieron la importancia del proceso de autoanálisis para la lograr la cura. Un proceso que tiene que llevar a cabo cuando cometa el acto, así como, su escenificación.

Cuando tuvo las reuniones con los Doctores, se sorprendió y se identificó cuando estos le hablaron de la escenificación. Sin saberlo, él ya lo había hecho.

La escenificación que llevó a cabo en sus dos primeros actos, sinceramente, fue algo que le salió de su mente y que le llevó a realizarlas de una forma y manera muy determinadas, quizás por su enamoramiento al poeta Bécquer y a la época del romanticismo. Confluía que él es soriano y además estaba estudiando en Sevilla.

Desde que está participando activamente en "El Nido" siente que su necesidad del acto, gracias a la terapia grupal y a los ejercicios mentales que realiza, la tiene más controlada. Estos ejercicios buscan potenciar su autoestima y su autocontrol.

-X-

El cambio

Un muerto en España está más vivo como muerto que en ningún sitio del mundo.

Lorca

Finales de agosto; los Inspectores han tomado unos días de vacaciones que sin duda les ha ayudado a relajar sus mentes. Teóricamente a fortalecerlas, pero la realidad no ha sido esa.

Ernesto llama a los Inspectores a tener una primera reunión de cambio de impresiones, y para retomar el caso después de los días de descanso.

En la reunión se aprecia qué, cómo no podía ser de otra manera, están muy inmersos en el asesino. Todo lo que se habla es sobre el asesino, nadie habla de sus vacaciones. María busca constantemente identificar el perfil del asesino. Es su obsesión.

Se sienten mal, algo abatidos, tienen un cierto sentimiento de culpa por no avanzar en la resolución del caso a la velocidad que les gustaría.

Siguen pensando que el asesino vive en Soria y que desde luego se trata de un asesino en serie. Piensan que existe un nexo entre Sevilla y Soria.

María tienen muy claro que este asesino en serie se mueve por impulsos mentales que le obligan a la culminación del asesinato, pero aún no han podido descubrir que es lo que le incita al Asesino de las Ánimas a cometer el asesinato.

Quizás están demasiado obcecados en la forma en la cual el ejecutor lleva a cabo los asesinatos.

María dibuja en la pizarra el cronograma de los asesinatos hasta ahora descubiertos, y esquematiza el periodo de tiempo que ha pasado entre cada asesinato. Entre Sevilla y Toledo seis años, entre Toledo y Burgos también han pasado seis años, y entre Burgos y Soria dos años. ¿Algo ha cambiado en el asesino?.

María exclama. –¡Está tomando confianza!.

También refleja en el esquema la droga utilizada en los diferentes asesinatos. A excepción del primero, en el resto que han identificado ha utilizado etorfina.

Escribe en la pizarra las siguientes cuestiones que están aún pendientes de respuesta: ¿cómo ha accedido a la droga utilizada?, ¿cómo la ha comprado?, ¿por qué asesina?, ¿qué ve en el asesinato?, ¿cómo elige a sus víctimas?, ¿qué ve en ellas?, ¿por qué la disminución del tiempo entre los dos últimos asesinatos? ¿está cambiando su proceso mental?.

–Creo que la droga también nos está diciendo algo. – Comenta Gustavo – No es muy normal esta droga. Su selección la ha tenido que realizar alguien con conocimientos de medicina o de medicamentos.

–Es cierto. – Responde Ernesto con tono elevado –Pero hoy en día con el uso de internet uno aprende muchas cosas. ¡No hace falta ser experto en nada, solo un buen lector y saber manejar las herramientas tecnológicas!. En este momento tenemos ocho seleccionados como posibles sospechosos y que cubren el nexo Sevilla y Soria.

–Ya sé que me vais a decir que este nexo es muy fino, – se dirige al resto de Inspectores girando su mirada a cada uno de ellos –muy débil, pero hasta ahora no tenemos nada más. Bueno también la droga.

Gustavo se levanta y escribe en la pizarra el nombre de los ocho posibles sospechosos y su profesión.

María toma un rotulador rojo y señala los que a su entender pueden ser más sospechosos. Propone un orden de prioridad donde el primero es el psicólogo, después los dos médicos, el farmacéutico, los tres licenciados en derecho donde el último que señala es el Notario, el Licenciado en Historia, y el de Letras.

–Bajo mi punto de vista, – dice María con voz elevada –es importante el conocimiento de la mente humana y el conocimiento de la droga. Es por ello por lo que priorizo de esta manera los seleccionados. Veo un poco complicado que los sospechosos que han estudiado letras tengan ese conocimiento, aunque,

no los rechazó, pero tienen menos capacidades para llevar a cabo el asesinato.
–

–¡Yo estoy contigo!. – exclama Gustavo.

Ernesto sigue teniendo dudas con la información que hasta ahora manejan. Pone una cara rara, de extrañeza. Él aún no tiene la capacidad de hacer una hipótesis lógica. Incluso pone dudas sobre la íntima relación entre el asesino y el poeta. Ya cometieron un error en la selección anterior. Una pérdida de tiempo.

–Tenemos otro nexo entre la víctima de Soria y el Hospital Universitario de Santa Barbara. – comenta Gustavo– Puede ser una casualidad. Pero debemos de resaltarlo.

–¡Ponlo en la pizarra María!. – exclama Ernesto – Prioricemos entonces a los médicos y al farmacéutico. En el caso del Hospital Universitario de Santa Bárbara, volvamos a hablar con los compañeros de trabajo de la víctima de Soria.

Los Inspectores preparan las citaciones que comprenden unas cuarenta para que les sean enviadas a los seleccionados entre médicos/as, enfermeras/os, ayudantes de enfermería, y la Dirección del Centro Hospitalario donde trabajaba la víctima.

Saben perfectamente que cuando les llegue esa citación, se producirá un intercambio de información entre ellos y, por lo tanto, las reuniones no serán tan productivas y resolutivas como desearían, pero quieren conocer el comportamiento de los citados más que la información que les puedan transmitir.

En el caso de los médicos, van a centrarse en los dos que estuvieron estudiando en Sevilla. Las relaciones que tenían, y si conocían algo del asesinato que se produjo cuando estuvieron allí estudiando. También si conocían a la victima de Soria y cuál era su relación con ella. Uno de los médicos trabaja en el mismo Hospital Universitario donde la víctima.

Su objetivo es lograr en los tres próximos meses haber realizados estas reuniones.

María recibe un informe confidencial de los Investigadores de Ciudad Real sobre la posible red de venta de droga en la Universidad. El informe declara que la red utiliza a estudiantes como camellos dentro de la Universidad para la distribución de las drogas: hachís, cocaína, y marihuana. Parece también que esta red podría recibir encargos para poder robar drogas de opiáceos de las Facultades de Veterinaria y de Farmacia y dentro de estos opiáceos, podría estar la etórfina. ¿Por qué no?.

–¡Ernesto!. – exclama María –he estado hablando con los Inspectores de Ciudad Real y me han informado del avance de la investigación sobre la distribución de la droga. Es un buen avance dado que es posible que tengamos identificada la fuente de suministro de la droga utilizada en los asesinatos.

–¡Perfecto! María. De todas maneras, sigue con tú investigación en la BB.DD. para ver si descubres más asesinatos sin resolver que tengan algún parecido, y prioriza en la búsqueda del asesinato indicado por el periodista Eugenio Vistahermosa.

María llama a la Comisaria Central de Pontevedra dado que no encuentra nada en la BB.DD. La pasan con la Inspectora Lúa Vázquez Gil.

–¿Qué tal Lúa?. Soy la Inspectora María Fernández de la Unidad de Delitos y Desaparecidos de la Comisaría de Soria.

María le cuenta sobre la investigación que están realizando acerca de unos asesinatos sin resolver en Soria y Burgos. Se los describe con todo detalle, indicándole que también han identificado otros dos asesinatos muy parecidos ocurridos en Sevilla y Toledo. Piensan que están ante un asesino en serie.

Resalta que el asesino deja una poesía junto a la víctima, y en los casos que le ha comentado, ha utilizado la poesía de Bécquer a excepción del primer asesinato.

Durante la conversación telefónica, se entabla un diálogo muy amistoso y cercano entre las Inspectoras dado que las dos son psicólogas criminalísticas, y de una edad muy similar.

–¡María!. Los asesinatos que hay en Pontevedra están principalmente relacionados con los clanes de la droga. Suelen ser por ajustes de cuentas. Es posible que algunos de los no identificados se hayan sobreseído por este motivo.

–De todas maneras, María, voy a revisar los casos que están sobreseídos, y ver si alguno tiene algún parecido a los asesinatos de Burgos y Soria que me has comentado.

Así quedan ambas.

María sigue en su búsqueda de casos de asesinatos o suicidios sin resolver con una antigüedad de más de cinco años, en donde la víctima hay aparecido con una nota o una poesía, y se haya utilizado una inyección o ingesta de algún tipo de droga.

Herminio concede una reunión al periodista Eugenio Vistahermosa. Ya han pasado más de ocho meses desde el asesinato y no se ha publicado nada sobre el hecho a excepción de, la publicación que se hizo al día siguiente del descubrimiento del asesinato.

Herminio conoce a Eugenio desde hace tiempo, ha tenido bastantes reuniones con él y coincidido en diversos actos oficiales.

Por lo comentado por los Inspectores cuando le vieron en Noviercas, es muy probable que esté preparando algún artículo sobre el asesinato, y eso ahora no interesa a la Policía.

Para Herminio es importante esta reunión para ver cómo puede retrasar el posible artículo sobre el avance del asesinato.

Eugenio avanza por el pasillo de la nueva fortaleza. Un pasillo que no tiene nada que ver con el de la antigua fortaleza: un pasillo oscuro, con un suelo de tarima sobre el que cada paso que se daba sonaba por el crujir de la madera, con grietas en la madera, y con una superficie golpeada por el paso de los tiempos, y que llegaba a la puerta de cuarterones con cristales opacos, los cuales se veía que se sujetan por la iluminación del más allá, del tiempo, los cristales no se sabían si estaban sucios o era por el roce del tiempo que había pasado por ellos.

Ahora todo eso ha cambiado, en el nuevo edificio aparece el esplendor del modernismo. Luminosidad por todas partes que emana alegría y sin duda, facilita el trabajo en equipo.

Eugenio llega a la puerta del Comisario y llama con delicadeza aplicando la mínima fuerza con sus nudillos, como si estuviera en la antigua fortaleza.

Se oye la voz en la lejanía que dice "entra Eugenio".

El periodista entra en la nueva fortaleza, despacio, mirando de arriba abajo y de derecha a izquierda, ese gran despacho moderno, esplendoroso despacho, con grandes ventanales, con un olor que viene de la nada como si se tratara de una advertencia de la presencia de un espíritu que ha sido traído de la antigua fortaleza.

Él, Eugenio, es un creyente en la espiritualidad como Bécquer era un espiritista y lo demostró en "Rimas y Leyendas".

–¡Impresionante esto!. – exclama Eugenio girando la cabeza para observar la maravillosa estancia –No hay palabras en el diccionario para describirlo. Que pena el esplendor de tu antiguo despacho ¿no? Quizás, una poesía nos ayude–:

> Al borde del sendero un día nos sentamos.
> Ya nuestra vida es tiempo, y nuestra sola cuita
> son las desesperantes posturas que tomamos
> para aguardar … Mas Ella no faltará a la cita.

–Es la poesía XXXV de las Poesías Completas de Antonio Machado.

–¿Qué te gusta?. Quizás pueda reflejar hacia donde vamos.

–¿Qué tal Eugenio?. ¿Cómo estás?. Tú siempre igual. ¿Como van las noticias de la sociedad de Soria?.

–Habrás visto la gran mejora con el cambio. Lo estaba deseando. Se hacía muy pesado el cambio.

–Venga ¡Herminio!, no me vengas con delicadezas. Ya sabes cómo somos los periodistas de pueblo. Vamos al grano.

−¡Eugenio!, primero la finura. Hay que ser elegantes, políticamente correctos. ¡Eso dicen!.

−Bueno, ¡tú sabes que eso ya no se lleva!. – contesta Eugenio con una sonrisa forzada y mirando fijamente a Herminio.

−Por favor ¡Eugenio!, ya estamos un poco pasados, un poco mayores. Tenemos que mantener unos principios ¿no?.

−Vale... ¡Sí…!, unos tienen más pelo que otros. Ja ja... Tienes razón. Pero como tu tiempo es muy limitado, por eso me he tirado a la piscina. Venga. ¿Cómo estás amigo?. Entiendo que el caso del Asesino de las Ánimas te tiene bastante entretenido.

−La verdad es que sí. Es un asesinato complejo, dificultoso, y la verdad es que hemos avanzado muy poco en la investigación. Por cierto, enhorabuena por el nombre. Aquí todo el mundo ya lo utiliza. ¡Incluso en la Central de Madrid!.

−Ja, Ja, Me vino a la mente por Bécquer. Por dónde estaba el cuerpo, y por la fecha en la que se produjo.

−¡Ya te pediré derechos de autor! Je je je...

−Yo también estoy investigando sobre el caso y ya les dije a tus Inspectores que había uno parecido en Pontevedra. Bueno según la información que manejo. Hablé con un amigo periodista de la Voz de Galicia y me comentó sobre ese caso sin resolver. Un caso raro me dijo, dado que no se correspondía con la forma en la cual actúan los clanes de la droga.

−Tenemos que verlo Eugenio, pero sabes que la mayoría de los asesinatos en esa zona son por los clanes de la droga. Los Inspectores ya lo están analizando.

−A mí lo que me pareció muy extraño del Asesino de las Ánimas fue la poesía. No es muy normal en un asesinato. Quizás en asesinos en serie. ¿No…?. ¿Tú que piensas Herminio?.

−¡Eugenio!. Es muy pronto para hablar de un asesino en serie por una poesía. – Contesta el Comisario con un cierto tono mal sonante. Sin duda le ha sentado muy mal la pregunta de medio afirmación del periodista.

—Es evidente que es extraño, pero puede ser un asesinato por violencia de género y se despidiera así de su víctima.

¡Sí!. También es posible...– contesta Eugenio con una medio risa –¿Habéis avanzado algo? ¿Cómo murió?.

—La verdad es que el avance está siendo lento, poco te puedo contar. Ya sabes que está bajo secreto de sumario, y por cómo va la investigación, seguirá así durante tiempo.

—El primer desesperado soy yo dado que desde la Central de Madrid me están pidiendo explicaciones sobre el avance de la investigación. M están presionando mucho.

—¡Eugenio! Entonces dime qué escribo sobre este tema. Lo que me dijeron es que la mujer no tenía signos de violencia. ¿Murió por envenenamiento?.

—¡Eugenio de verdad…!, no tengo nada en este momento. ¿Espera un poco a que avancemos algo?.

—¡Herminio...!. ¡Sé que murió por envenenamiento! Sabes que mis brazos son muy largos. Son muchos años aquí, y en Soria todos somos amigos y conocidos.

—Tengo identificados otros tres asesinatos similares a éste, el de Pontevedra, Burgos, y Toledo. Los tres sin resolver según me han indicado mis compañeros periodistas.

—No me hagas trabajar con hipótesis Herminio. Con burdas hipótesis. ¿Quieres que escriba un artículo basándome en meras suposiciones?.

—Periodísticamente puedo establecer una relación entre estos casos y elaborar un artículo perfectamente armado, en el que hable de un asesino en serie.

—¡Amigo!, creo que eso no sería lo correcto, y tampoco ni bueno para ti ni para el periódico. Espera un cierto tiempo a que tengamos avances y hablamos.

—Ok. Venga lo hacemos así. En un mes volvemos a hablar. Pero me tienes que dar algo. Ten en cuenta que ya ha pasado mucho tiempo, casi un año. Lo que sí te aseguro es que publicaré algo al respecto dentro de un mes, y no me gustaría que fuera en contra de la investigación.

–¡Eugenio!. Te lo agradezco. Quedamos así. En un mes me llamas y hablamos sobre el caso. Venga amigo. Nos vemos.

Herminio acompaña a Eugenio a la puerta del despacho y se despiden efusivamente y le repite que se lo agradece.

A primeros de septiembre Herminio recibe la llamada de Ricardo Federico, Comisario jefe de la Brigada Central de Investigación de Delitos contra las Personas.

–¿Qué tal Ricardo?.

–Hola Herminio. ¿Qué tal todo?. A ver…, te llamo por el caso del asesino en serie, bueno del Asesino de las Ánimas.

–Hemos estado mirando los expedientes que me enviaste donde están los casos de Sevilla, Toledo, Burgos, y Soria. He puesto a una persona para que también los revise y me dé su opinión. Lo tengo aquí delante de mí, escuchando la conversación. Es Antonio Sánchez, Inspector jefe de la Brigada Central de Investigación de Delitos contra las Personas.

–Estamos también de acuerdo con vosotros que nos encontramos ante un asesino en serie, ¡pero se sale bastante de los casos que hasta ahora hemos manejado! Vemos que este caso tiene una gran complejidad, que va a requerir más recursos, y otra visión, otra perspectiva que nos permita avanzar.

–¿Qué tal Comisario? –. entra Antonio en la conversación – Hemos apreciado en el caso que existen una serie de características que hacen que la resolución sea bastante complicada. Es evidente que el asesino tiene un elevado coeficiente intelectual. Por ejemplo: en la elección de la droga que emplea para los asesinatos, la forma en la cual la suministra, la parte del cuerpo donde la introduce para que ésta sea lo más efectiva posible, la zona donde deja los cuerpos, y su posición, la poesía que elige. Todo muy meticuloso, muy bien preparado.

—Esto nos lleva a pensar Herminio, en la necesidad de asignar más agentes que revisen todos los expedientes para ver si se pueden encontrar nuevas pistas, indicios, algo que pueda relacionar los casos, y que nos sirvan para poder avanzar en la investigación.

—¡Ricardo! ¿En qué estáis pensando?. – contesta Herminio con voz seca. Sin duda no le ha sentado bien la entrada de Antonio en la conversación.

—Vamos a crear un grupo de trabajo centrado en Madrid dirigido por Antonio y en el cual asignaremos, además de tus Inspectores, algún agente más.

—No hará falta que se desplacen aquí tus Inspectores, hoy en día la tecnología lo permite todo. Pero tienen que trabajar muy coordinados y alineados.

—Quiero destacarte que esto no está significando que tus Inspectores hayan hecho un mal trabajo por avanzar poco en este tiempo. No quiero que lo veas así Herminio, ni que lo vean así tus Inspectores.

Interviene Antonio –La verdad es que, en este tiempo, han avanzado mucho. Pero el caso es difícil. Es posible que puedan aparecer más casos. Este tipo de asesinos van progresando en el tiempo e incluso, nunca se sabe cuándo empezaron el proceso de asesinato. En algunos casos, empiezan desde muy pronto. Tienen unas habilidades increíbles y se mueven por impulsos. No asesinan premeditadamente, es todo lo contrario. Lo planifican al detalle y, además, van aprendiendo de un asesinato a otro. Van mejorando lo que hace que sea difícil identificarlos.

—¡Siempre suelen ir por delante de los Investigadores! –.

—¡Perfecto Ricardo!. Si te parece hablo con los Inspectores que llevan el caso para que lo preparen todo, y se pongan en contacto contigo Antonio.

—Quizás sería bueno que la primera reunión fuera con presencia física y se hiciera aquí en Soria.

—¡Herminio!. – responde Ricardo –Las tecnologías sirven para algo. Desplazar al equipo de Madrid no me parece correcto ni tampoco necesario. Es un gasto inútil.

–¡Herminio!. – interviene Antonio –A María y a Ernesto los conozco cuando estuvieron en Madrid. Son buenos profesionales.

–¡Ok! Perfecto. Eso sin duda facilitará las cosas. Hablo con ellos y que te llamen para coordinaros.

–De todas maneras, el responsable del caso sigues siendo tú. Antonio te reportará a ti. El caso sigue estando en la Comisaria de Soria, aunque se centralice en Madrid. Tú ya me reportarás a mi como hasta ahora. – Puntualiza el Comisario jefe con cierta vehemencia.

–Perfecto. Quedamos así. –

Herminio llama a Ernesto para comentarle la conversación con el Comisario jefe de la Central.

–¿La Central ha dudado de nuestro trabajo?. – pregunta Ernesto muy enfadado –Hemos avanzado bastante en estos meses (Ernesto le recuerda todo el trabajo realizado de forma vehemente).

–Entiende la preocupación de la Central ¡Ernesto!. Es lógica la decisión que han tomado de incrementar el equipo. El caso se está complicando bastante, alargándose en el tiempo, y se necesitan más medios especializados que la comisaria de Soria no tiene, y posiblemente otro enfoque.

–Hay que verlo desde otro punto de vista Ernesto, es necesario que otros Inspectores, con mayor experiencia en este tipo de casos, participen.

Ernesto sale del despacho algo acalorado, enfadado, vilipendiado, él es muy altivo, y siente que ha fracasado.

Va rápidamente por el pasillo hacia la sala donde están los Inspectores para comentar con el equipo el cambio que se ha decidido.

A lo largo del pasillo Ernesto piensa en como contar el cambio, sobre todo por la reacción que pueda tener María. Ella es muy visceral, como él.

Ernesto empieza su explicación, y para ello traduce lo indicado por el Comisario en palabras bien sonantes para que afecten lo menos posible al equipo y no lo vean como un fracaso, sino como un impulso a la investigación.

María, se acalora y con gesto muy serio, expresa su opinión contraria a la orden dada, pero indicando que Antonio es muy buen profesional, destacando que está muy bien valorado en la Central. Ha resuelto casos muy enmarañados. Además, es una persona que trabaja muy bien en equipo.

Lo que María no dice es que fue con él con quién tuvo el problema que la llevó a la comisaría de Soria. Entiende que no es momento de comentar nada al respecto. No sería conveniente y podría ser un problema para el equipo. Sí Antonio no ha mencionado nada, no será ella quién lo haga.

El equipo de Soria mantiene el primer video con el equipo de Madrid.

Desde el primer momento, Antonio toma la palabra, y hace una reflexión de todo lo realizado hasta ese momento.

En la esquematización que presenta del asesino lo define desde el primer momento como asesino en serie, pero no lo caracteriza, no muestra cuál es su opinión de él.

Comenta al equipo que hay que centrarse primeramente en los datos que se tienen hasta ese momento. Luego se hará una descripción de la personalidad del asesino, y se llevará a cabo el perfil.

Le pide a Ernesto que esquematice las características de cada asesinato en la pizarra electrónica.

Ernesto (resopla… le cuesta la utilización de los medios electrónicos) empieza por el asesinato de Sevilla, con una pequeña descripción, y siguiendo por cada uno de los asesinatos identificados hasta ese momento. Lo va haciendo, poniendo el orden cronológico de cada uno de los asesinatos.

–¿Veis algo que os parezca significativo?. – Antonio pregunta al grupo.

María rápidamente contesta, le gusta ser la primera. –Yo creo que el asesino va avanzando en su manera de asesinar. El asesinato de Sevilla fue su primer asesinato, quizás era joven, sin los conocimientos que ha ido adquiriendo con el tiempo y por ello, ha ido perfeccionando el proceso, pero manteniendo un esquema muy bien definido. Me refiero a la forma del asesinato, a como coloca a las víctimas, la poesía, al escrito de la poesía.

Ernesto interrumpe a María. –Es cierto que siempre el asesino deja a sus víctimas en la ribera de un rio, con su cara mirando al rio, y sus manos abiertas como entregándose al asesino. Es un ritual y la poesía es su signo de identidad.

–Muy bien Inspectores. – responde Antonio –Pero si os fijáis no habéis comentado nada sobre datos que nos permitan acercarnos al asesino.

–Tenemos que cambiar la manera de ver estos crímenes. Tenemos que centrarnos en el crimen. En cómo lo ejecuta.

–Lo primero que me llama la atención es que son jóvenes menores de 25 años a excepción del último asesinato. Lo que me da que pensar: ¿el último crimen descubierto se mueve por otras circunstancias diferentes a las anteriores?.

–El asesino selecciona a sus víctimas. No son mera casualidad, las busca, encuentra, y asesina. Tiene un perfil predefinido de su víctima. Luego tiene un prototipo en su mente. Esto indica que está planificado. No son crímenes premeditados.

En ese momento interviene Gustavo –¡Sí es cierto!. Pero no se mueve por su físico. Todas son diferentes.

–Cierto ¡Gustavo!. Puede ser que el asesino se siente cómodo acercándose a estas víctimas.

–Si os fijáis Inspectores, el asesino solamente se ha acercado a dos víctimas con las que ha entablado conversación. En los otros dos asesinatos las ha abordado.

¡Perdona Antonio!–. Interviene María– en el asesinato de Toledo parece que la víctima conocía al asesino. Según nos ha informado el Inspector de Toledo, cenaron juntos el día de autos.

–Bueno María. Eso está aún por confirmar.

–También Inspectores, otro hecho que debemos tener en cuenta es que el asesino lleva a cabo sus crímenes en lugares diferentes. Esto puede ser por varios motivos. Uno porque se desplaza a propósito para llevar a cabo el crimen y otro, porque se desplaza por algún motivo relacionado con su trabajo. Es una manera de encubrirse, de protegerse.

–Si os parece, os propongo que nos pongamos en el segundo motivo. Planifica sus asesinatos aprovechando que se desplaza por motivos profesionales a ese lugar. A priori, bajo mi punto de vista, las víctimas no están relacionadas con su profesión. Esto lo hace a propósito. Es muy listo y no quiere que se le pueda identificar por esa vía.

–Siguiendo esa teoría. – responde Ernesto –Hemos estado preguntando a los Inspectores que llevaron a cabo las investigaciones en los diferentes asesinatos, sí sabían que se hubieran llevado a cabo jornadas profesionales en esos lugares. Esta investigación ha sido un cierto fracaso dado que no habían investigado esa posibilidad. Nosotros hemos preguntado a alguno de los colegios profesionales relacionados con las víctimas, y no hemos logrado información debido a que ha pasado bastante tiempo.

–¡Bien!. – responde Antonio –Eso es lógico dado que en ningún momento ellos pensaron que el asesino pudiera ser un asesino en serie.

–Hay algo que el asesino nos está diciendo Inspectores. Comete el asesinato sabiendo como se inyecta una droga, y el tipo de droga para llevar a cabo el asesinato sin que la víctima se dé cuenta de ello.

–Esto nos puede estar diciendo algo: que el asesino es muy probable que esté relacionado con ramas sanitarias. ¡No os dais cuenta de que evita que sufra la víctima!. A un médico no le gusta que sus pacientes padezcan.

–Por lo tanto, lo que os planteo es que nos centremos en ello, en esta vía. Vamos a hablar con los Colegios Profesionales de las ramas relacionadas con la medicina para ver dónde han llevado a cabo jornadas y seminarios en las zonas de los asesinatos, y solicitemos las listas de asistentes.

–Se que esto va a ser un trabajo arduo. Solamente en medicina hay 60 ramas y, por tanto, un montón de Colegios Especializados. Os propongo una priorización, primero los Colegios Profesionales de Medicina, luego Farmacia, y al final Veterinaria.

–Debemos de cruzar las listas de asistentes para ver coincidencias.

–En paralelo ¡María!, sigue con el caso de Pontevedra y con la línea de investigación que has abierto en Ciudad Real sobre la droga, la etorfina.

–Por resumir Inspectores.

–Las vías de investigación son Colegios Profesionales, la droga, y buscar sí hay otros asesinatos parecidos a los que tenemos hasta ahora.

–Paralizamos de momento la acción que ibais a llevar a cabo en los hospitales de Soria. No es momento aún de llevarlo a cabo hasta que tengamos más información. Y si tenéis razón, con esas reuniones estaríamos enviando una señal al asesino, y en estos momentos no debemos hacerlo hasta que avancemos más en el proceso.

–Tener en cuenta que el asesino puede ser de Soria, de Madrid, o de Burgos. Ahora, con la información que manejamos no podemos determinar que exista un nexo entre Sevilla y Soria.

–¡Pero Antonio!. – exclama Ernesto haciendo valer su papel hasta ese momento de responsable de la investigación –Nos estas diciendo que esperemos a que haya otro asesinato.

¡Ernesto!. –Antonio exclama con un cierto tono de enfado. ¡No puedes decir eso!, no sé si habrá otro asesinato, pero lo que sí sé, es que es necesario tener más información que nos aproxime al asesino, y ahora no la tenemos porque no la hemos buscado correctamente. No tenemos sospechosos, ni candidatos a sospechosos.

–Mira ¡Ernesto!. – lo dice con un tono elevado, mostrando su enfado a la forma en la cual ha hecho la pregunta –Os habéis centrado en la poesía, en el poeta, como sí eso fuera el hilo conductor del asesino y los asesinatos, y eso es erróneo. Nada demuestra que el asesino este siguiendo los pasos del poeta. Se ha perdido tiempo en ello. Por lo tanto, hemos de cambiar la visión del caso. Eso es lo que os propongo. ¡Me da lo mismo la poesía!.

–¡Inspectores!. Vamos a actuar desde este nuevo punto de vista- Esperemos con ello avanzar.

Termina la video y Ernesto le propone a María hablar de la reunión.

–¡Quizás Antonio, tenga razón María!. Nos hemos centrado en demasía sobre la relación poeta y poesía. También es cierto, que cuando empezamos este proceso no teníamos nada. Ahora han cambiado las cosas. Se ha avanzado.

–Es fácil para Antonio decir que hay que cambiar.– responde María con cara seria y mirando fijamente a Ernesto –Ahora que hemos levantado información, decir que el camino seguido era erróneo es fácil. Es evidente que ahora se puede orientar la investigación desde otro punto de vista. A mí me ha molestado que no haya apreciado el trabajo realizado.

–Ya conoces a Antonio María. Quiere dejar su impronta.

–Eso es lo que me molesta Ernesto.

–Hemos trabajado durante más de nueve meses para que no se le diga al equipo que el trabajo realizado ha sido correcto. Estos casos son complicados, complejos, difíciles. No estamos hablando de un asesino en serie que actúa de forma desorganizada, sino todo lo contrario, es organizado. Planifica sus actos.

–Estos son precisamente los más difíciles de localizar.

–¡María!. Pero sí tiene razón Antonio, y eso lo hemos comentado entre nosotros, hemos errado al principio en el camino a seguir en la investigación. Nos centramos en el poeta y en la poesía, y hemos visto que no era correcto.

–De todas maneras, sigamos adelante sin cuestionar lo ya realizado. Para mí el trabajo realizado ha sido positivo si no, no hubiéramos identificados los otros asesinatos y el modus operandi del asesino.

-XI-

El asesinato de Pontevedra

Con lo que sueña despierto,
dormido vuelve a soñar.

Rosalía de Castro

La Inspectora Lúa llama a María y le comenta que tiene un expediente de un caso sobreseído de manera provisional, el cual se refiere a la muerte de una mujer de 24 años por una sobredosis de heroína, y que tenía un sobre con una poesía de Rosalía de Castro.

Del rumor cadencioso de la onda
y el viendo que muge del incierto reflejo que alumbra
a selva o la nube;
del piar de alguna ave de paso;
del agreste ignorado perfume
que el céfiro roba
al valle o a la cumbre,
mundos hay donde encuentran asilo
las almas que al peso
del mundo sucumben

–María, te paso a leer el informe –.

El asesinato ocurrió en mayo del 2019, y el cadáver fue encontrado en la playa de Lourido que pertenece al termino municipal de Muxía, en la Ría de Pontevedra.

La víctima, Iolanda Vázquez, de 23 años, caucasiana, morena, ojos verdes, pelo largo negro teñido de rojo. Vestida con camiseta blanca, jersey largo de color marrón, chubasquero largo y de color negro, pantalón vaquero, botas marrones, algunos abalorios en cuello y manos, y una mochila con objetos personales en los que había: una cartera con los datos de identificación, una tarjeta de crédito, un monedero con 50 euros, y un sobre con la poesía escrita a mano.

La víctima estaba con la espalda recostada en unas piedras, y aparentemente escondida entre ellas, con la cabeza mirando al mar, los ojos entreabiertos, las manos abiertas, y las piernas estiradas.

La heroína fue inyectada en el brazo izquierdo mediante una inyección intravenosa. En la jeringa y en la goma compresora solo había ADN de la víctima. En el análisis que se realizó, había trazas de haber mezclado una benzodiacepina con alcohol, lo cual sin duda la llevó a un estado de semiinconsciencia, por lo que es posible fuera llevada a la zona de la playa donde la inyectaron la heroína para asesinarla.

En el informe del forense se resaltó que no había signos de más pinchazos en otras partes del cuerpo, por lo que se dedujo que la víctima no era una adicta a las drogas. Tampoco había signos de violencia en el cuerpo.

En el sobre había una poesía que estaba escrita con pluma estilográfica, y la tinta utilizada era Parker azul negro con código 723532. Se identificó el papel como papel Muji, de color crema, liso, y de un gramaje de 90 Gr/m2.

La mujer es nacida en Villagarcía de Arousa, vivía y trabajaba en una peluquería en esta localidad desde los 17 años.

En la investigación que se llevó a cabo, se confirmó que estaba relacionada con personas del narcotráfico. Esto es algo bastante normal en esta zona de las Rías Baixas, como me imagino sabrás. Según indicó la investigación, podría tener relación con el Clan de los Marines. Es un Clan que se mueve bastante en esta zona.

Cinco días antes de encontrar a la víctima, se interpuso una denuncia por desaparición por parte de sus padres.

El sábado anterior a la denuncia, la víctima estuvo en una zona de discotecas en Pontevedra Capital.

Se revisó su teléfono móvil para ver que llamadas había recibido y por donde se había movido. El teléfono de la víctima marcaba que se dirigió a la playa donde fue encontrada, y a las 4:27 del día de su asesinato, el teléfono dejó de emitir señal. Gracias a los movimientos registrados del teléfono se encontró el cadáver.

El informe del forense establece que la víctima murió sobre las 5:00 de la mañana.

La investigación se centró en las relaciones con su entorno directo y con posibles sospechosos cercanos al narcotráfico sin que esto, diera algún resultado que permitiera avanzar en el proceso.

Las amigas que estuvieron con ella en la discoteca no transmitieron nada, solo que bailaron con otros amigos y tomaron copas. Comentaron que la víctima estuvo bailando con un chico mayor que ella y que no lo habían visto nunca. Los vieron acaramelados en un apartado de la discoteca.

Se habló con los camareros por si recordaban algo, pero dijeron que no, que pasa mucha gente por el local y no se fijan a no ser que se produzca algún incidente. Esto es algo muy normal dada la gente que va por esas discotecas. Nadie quiere hablar por si le compromete. La gente es muy cuidadosa con quién habla y de lo que habla.

Las amigas comentaron que estaba un poco mareada cuando salió de la discoteca, una de ellas se ofreció a acompañarla a casa, pero la víctima le insistió que no, que había quedado.

El coche de la víctima se encontró cerca de la discoteca donde estuvo la noche en que la asesinaron. Dentro del coche no se encontró nada extraño. Se tomaron diversas muestras del interior del coche, y los ADN que se encontraron pertenecían tanto a la víctima, como amigos y familiares relacionadas con ella.

El informe indica que se visionó la cámara de video del exterior de la discoteca y se vio como la víctima salía de la discoteca sobre las 02:14 y detrás de ella, una persona con una gorra oscura, cazadora de piel negra, pantalones vaqueros, gafas de sol, y zapatillas de deportes de color blanco, pero no se le pudo ver la cara. En ese momento se les pierde la vista.

La discoteca no tenía cámaras interiores que pudieran ayudar en la investigación.

Las amigas hicieron un retrato robot del acompañante, pero sirvió de muy poco.

Se revisaron otras cámaras de la zona y se vio un coche de la marca Audi modelo A3 sobre las 02:30 que circulaba con dos personas y tomaba la dirección hacía Ponte do Barca, otras cámaras registran el paso del mismo coche por la Avda. Peirao Besada sobre las 02:40 y por la Avda. Praia con dirección a la playa de Lourido a las 03:05. En estos registros se aprecia que iban dos personas, pero no se las pudo identificar.

Ese mismo coche vuelve a pasar por las cámaras quedando registrado a las 05:30 por la Avda. Praia y a las 06:10 en la Avda. Peirao Besada.

En el registro de las cámaras de vuelta solo se aprecia un pasajero con una gorra, pero no se le pudo identificar.

Se investigó la matrícula del coche y esta era falsa. También se preguntó a las compañías de alquiler de coches si se había alquilado ese modelo de coche en los últimos cinco días antes del asesinato. El alquiler del coche se llevó a cabo en Vigo, pero con un permiso de circulación falso. Se analizó el coche que se había alquilado, pero este había sido totalmente limpiado, desinfectado, y no había rastros de nada.

El coche se devolvió en Santiago el día siguiente del asesinato. Se dejaron las llaves en el buzón que tiene la compañía de alquiler, pero no se logró identificar la persona que dejó las llaves.

Lúa comenta que esto sí es un poco extraño, dado que los asesinatos de la mafia de la droga no tienen tanto cuidado en ocultar las pruebas.

–Lúa, perdona. ¿En esas fechas hubo jornadas de algún tipo en Pontevedra o en la zona, por ejemplo, en Santiago?.

–En el dossier de la investigación no pone nada al respecto María. Quizás eso no se investigó.

–Espera que te sigo comentando lo que dice el dossier.

En el entorno familiar de la víctima hay un primo que es miembro de la Guardia Civil y adscrito al Puesto de Villagarcía de Arousa. El Agente de la Guardia Civil comentó que la única relación que tenía con la víctima era que, una o dos veces al año, la familia hace una fiesta del mejillón, y en ella se reúnen todos los familiares y solían coincidir. También, que alguna vez se han cruzado por el pueblo.

Se habló con el Equipo de Delincuencia Organizada y Antidroga (EDOA) por si sabían algo al respecto, y si tenían identificada a la víctima, pero no tenían nada sobre ella. Lo que sí comentaron es que es la discoteca a la que van jóvenes relacionados con el narcotráfico. Pero no es una discoteca donde haya tráfico de droga.

Con la información que lograron levantar en la investigación el caso apuntaba a un asesinato premeditado, y al final se cerró por no haber pruebas concluyentes atribuyéndolo a un presunto caso de ajuste de cuentas.

–¡María!, aquí los clanes de la droga son muy particulares, tienen un férreo control de las zonas donde actúan y de las personas con las que se relacionan. Suele haber diez o doce asesinatos al año por: enfrentamiento entre los clanes, por sospechosos de ser confidentes, por errores en los procesos de descarga de la droga. Bueno puede haber un sinfín de posibilidades.

–Lo que sí es extraño, es que nunca han aparecido con una poesía. Han podido aparecer con una nota indicando "por ser confidente". ¡Tanta cultura no tienen, y tampoco tanta delicadeza para poner el cadáver donde y como apareció! Ja, ja.

–Lúa, ¿piensas que se podría volver a abrir el caso?.

–No te lo puedo decir María. Eso depende del Comisario jefe.

–Piensa que hace ya cuatro años del caso. Quizás esto tiene que ser hablado entre los Comisarios. ¡Ya sabes cómo se ponen!, desde luego lo que sí puedo hacer es hablar con el Comisario y ver qué opina.

–¡No!. Mejor no. – responde María –Hablo primero con el responsable de la investigación y hablamos luego Lúa. Creo que tienes razón. No debemos de remover esto sin que haya acuerdo entre los jefes, no vaya a ser que nos metamos en un fango del cual luego no podamos salir.

–Le pasaré toda la información y que me diga el responsable de la investigación.

–Ok. Pues quedamos así María. Ha sido fenomenal hablar contigo. A ver si tenemos suerte y seguimos.

María habla con Ernesto, le cuenta la conversación con Lúa y le enseña el informe que ésta le ha mandado.

–María, este asesinato tiene algo de parecido con el primero, el de Sevilla. Una discoteca, un ligue, un asesinato, y la misma droga, heroína. Pero difiere a la droga utilizada en los últimos asesinatos.

–Sí, tienes razón, pero la droga es la que utilizó en el asesinato de Sevilla, y estamos pensando que fue el primer asesinato del Asesino de las Ánimas.

–¡María!, a lo mejor el asesino quiso disfrazarlo de ajuste de cuentas de clanes de droga. Todo el mundo sabe que en esa zona de las Rías Baixas se mueve mucha droga. Es más, la discoteca a la que fue para buscar a la víctima es utilizada por gente relacionada con el narcotráfico. ¿Eso pone el informe no?.

–¡Bueno es una suposición!. Pero estoy contigo y con Lúa que es raro que dejaran una poesía en el cadáver. No es normal en los asesinatos de la mafia de la droga. Es más, en estas zonas no suelen dejar los cuerpos a no ser que quieran mandar un mensaje, y este no es el caso. Desde luego la poesía no deja ningún mensaje. En los ajustes de cuentas, suele deshacerse de los cuerpos tirándolos y hundiéndolos en el mar para que no los encuentren.

Ernesto habla con Antonio y le comenta el asesinato de Pontevedra.

–Por lo que me comentas Ernesto, este asesinato se parece muchísimo al de Sevilla. Al primer asesinato. Además, la víctima fue captada en una discoteca.

–Es muy probable que estemos hablando del mismo asesino.

–La droga ha cambiado en relación con los últimos asesinatos y la posición del cuerpo. Bueno, una pequeña parte. Probablemente porque trata de despistar y que no se relacionen los casos.

–Investigar si se ha producido alguna jornada relacionada con la medicina en esas fechas, tanto en Pontevedra, como en Santiago, o Vigo. Las distancias son cortas entre estas ciudades.

–¡Ernesto!. Dile a María que se centre en este asesinato. Que busque si en esas fechas hubo congresos o jornadas de medicina y si es así, que pida la relación de los asistentes.

Ernesto habla con María y le indica lo comentado por Antonio con el objetivo de mantener una reunión con los Comisarios e impulsar la investigación.

María habla con los Colegios de: Médicos, Farmacéuticos, y Veterinarios de Galicia, y les pregunta si hubo algún congreso o jornada en esas fechas en las tres ciudades que le marcó Ernesto.

El Colegio de Médicos le indica que hubo dos jornadas: la de Médicos de Familia en el Balneario de la Toja, y la de Cirugía Robotizada para Próstata en el Parador de los Reyes Católicos.

Les solicita si le pueden mandar la lista de asistentes a lo que le responden que necesitan una orden judicial para ello.

Quedan en mandársela.

María habla con Ernesto y Antonio y les comenta lo avanzado en la investigación.

–Hemos identificado dos jornadas, pero necesitamos la orden judicial para pedir la relación de asistentes.

–Ok. – responde Antonio –Vamos a poner a nuestros Agentes de Madrid a que llamen al Balneario y a los hoteles de cuatro y cinco estrellas de Santiago, Vigo y Pontevedra.

–Informo a Herminio de esta decisión para que solicite al Juez la orden pertinente. De todas maneras, que María supervise a los Agentes que van a efectuar la investigación y les diga que es lo que tienen que buscar.

María tiene una reunión con los Agentes de Madrid asignados al equipo, y les comenta el objetivo de la investigación en los hoteles.

–Agentes, seleccionar hoteles entre cuatro y cinco estrellas en Santiago, Vigo, Pontevedra, y buscar grupos que hayan reservado en esas fechas. También si estos grupos eran de amigos o de profesionales, y si fueran de profesionales, de que materia. Priorizar la materia sanitaria.

–En esta primera acción, solo interesa posibles grupos de profesionales.

María. Indica a los Agentes que tienen que pedir a los hoteles que les pasen la lista de los huéspedes de los asistentes. En breve les enviará la orden del Juez para llevar a cabo la investigación.

–¡Agentes!. Hace más de tres años que ocurrió el asesinato de Pontevedra, y es posible que algunos hoteles no tengan esa información, pero otros suelen tener la lista dado que les vale para alimentar sus bases de datos, sobre todo si se trata de grupos hoteleros.

–Insistamos en poder reclamar esa información, puede ser clave para la investigación.

–Yo me encargo del Balneario de la Toja.

Para llevar a cabo esta investigación, Herminio habla con el Juez y le explica la evolución del proceso de investigación.

–¿Qué tal Juez?.

–Hola Herminio. ¿Qué tal tú?. Me imagino que me llamas por algo relacionado con el caso del asesino en serie, del Asesino de las Ánimas.

–¡Claro!, te cuento cómo va el avance y lo que necesito.

Herminio le explica al Juez el cambio que se ha producido con la intervención de la Central de Madrid, y la necesidad de acceder a una información que es confidencial dada las peticiones que van a realizar a los hoteles seleccionados.

–Ok, Herminio. Pásame la solicitud que te la firmo inmediatamente.

–Veo que se están haciendo avances. Parece que estáis empezando a cerrar el ciclo.

–¡Sí!, la verdad es que se ha establecido un nuevo enfoque y se han puesto más medios. Esto sin duda ayudará en el avance del proceso de investigación.

–Gracias por tu ayuda Juez. Un abrazo.

Herminio llama a su hijo Guardia Civil que está destinado en el puesto de Villagarcía de Arousa para ver si puede obtener más información del asesinato de Pontevedra. La víctima era de esa localidad.

–Hola Manuel. ¿Cómo estás?.

–Hola papa. ¿Qué tal?. ¿Pasa algo?.

–No hijo. Es una llamada para ver si me puedes informar sobre un asesinato que ocurrió hace cuatro años en Pontevedra. La víctima era de Villagarcía de Arousa.

–Ok. Vale. Dime.

–Mira, la víctima es Iolanda Vázquez. Según parece fue asesinada en la playa de Lourido. Murió por una sobredosis de heroína, y dejaron el cadáver con una poesía.

–¡Sí!, lo recuerdo. Fue un caso extraño dado que no es normal ese tipo de asesinatos aquí. Bueno, no es normal que dejen a la víctima con una poesía. De todas maneras, ese caso no se llevó desde esta comisaria.

–¿Qué necesitas papa?.

–Mira, estamos detrás de un asesino en serie que deja a sus víctimas con una poesía. Hemos descubierto en la BB.DD. el asesinato de Pontevedra, y vemos que tiene bastantes semejanzas con los otros asesinatos de este asesino.

–Estamos hablando con la inspectora Lúa de la Comisaria Central de Pontevedra que nos está ayudando, pero como tu estas destinado en Villagarcía de Arousa, quería ver si me puedes obtener alguna información sobre el caso y sobre la visión que podéis tener del asesinato.

–Aquí tenemos alguna duda que pudiera tratarse de otro asesinato del asesino en serie. Le hemos puesto el nombre del Asesino de las Ánimas.

–Tu ya sabes, que entre los Agentes manejáis información que muchas veces no aparece en los expedientes de investigación. Según parece, además la víctima tiene un primo en esa comandancia.

–¡Sí!, es cierto lo que dices. Creo recordar que la víctima estaba relacionada con una persona del cartel. No sé si una relación formal o no.

–Pero no te preocupes, pregunto por aquí y te digo en unos días sobre este tema. Tú ya sabes cómo se mueven los carteles de la droga. Las decisiones que toman son sin pensar, solo por sospechas. No investigan sobre la realidad de los hechos. Actúan y se acabó.

–¡Ya hijo!. Pero este caso es un poco extraño. Los asesinatos de los carteles no suelen llevar ninguna nota, a no ser que sea un confidente y quieran mandar un mensaje al resto. En este caso es una poesía. ¿Algo raro?.

–La verdad es que el caso está sobreseído, pero me parece que se cerró por falta de pruebas claras.

–Por eso te pido a ver si me puedes indagar algo sobre el tema para ver si lo incorporamos al expediente o no.

–Ok. Quedamos así. Besos.

María sigue avanzando con los Agentes sobre posibles jornadas y/o grupos que hayan estado en esas fechas, y ver si podrían estar relacionados con el asesinato.

Investigan la jornada del Balneario de la Toja, donde hubo un encuentro de Médicos de Familia que duro cinco días y que coincidió con la semana que se produjo el asesinato.

Acudieron sesenta médicos junto con sus acompañantes. Todos los asistentes se alojaron en el hotel del Balneario.

Algunos de los asistentes aprovecharon y se quedaron el fin de semana que se produjo el asesinato.

Han solicitado la lista para cruzarla con las listas de asistentes a otros encuentros.

Otro de los Agentes ha levantado la lista de médicos que asistieron a la jornada sobre cirugía robotizada para próstata, que se organizó en el Parador de los Reyes Católicos.

La jornada duró tres días y terminó dos días antes del asesinato de Pontevedra. Asistieron unos treinta médicos. Algunos médicos estuvieron en el Parador de los Reyes Católicos y otros no.

Rápidamente los Agentes empiezan a cruzar las listas y también analizan la procedencia de los asistentes.

Buscan en los hoteles de cuatro y cinco estrellas, para ver donde estaban alojados aquellos que no lo estuvieron en el Parador.

Ya tienen las listas totalmente completas con los hoteles donde estuvieron alojados los asistentes a la jornada de Santiago.

Manuel llama a su padre para comentarle lo que ha podido averiguar sobre el caso del asesinato de Pontevedra.

— Papa. ¿Qué tal?. Te llamo para comentarte alguna cosa del caso del asesinato de Pontevedra.

–Hola, hijo. Cuéntame.

–Parece que la víctima estaba relacionada con un colaborador muy directo del Clan de los Marines. Este Clan tiene un fuerte control en la zona de la Ria de Pontevedra.

–No sé si este colaborador era un traficante o un intermediario. Parece ser que podría tratarse de una "mula".

–Unos meses antes de la fecha en las que ocurrió el asesinato, según me han informado, la víctima se distanció de este colaborador. Por lo que me han dicho aquí, fue decisión de la víctima y podría no haber sido muy bien asimilado por el colaborador

–Ya sabes que estas personas tienen un carácter muy especial, son muy intransigentes, no admiten que estas decisiones las tomen otros que no sean ellos. Son inflexibles, se sienten por encima de los demás.

–Estuvo acosándola un tiempo, e incluso la víctima presentó una denuncia por acoso en la comisaria que luego retiró.

–Durante la investigación del asesinato, se tuvo en cuenta esta situación y se investigó al colaborador: sus movimientos, y sus actos en el día del asesinato, sin que se llegará a la conclusión que pudiera demostrar haber tenido alguna relación, directa o indirecta, con el asesinato. Es más, el colaborador no estuvo nada cerca de la discoteca donde fue la víctima ni en la zona donde se encontró el cadáver. Según el movimiento de su teléfono móvil, estaba en la zona de la Ria de Arousa y no en la de Pontevedra.

–Por ese motivo, fue descartado de la investigación.

–También te digo, que estas personas encargan las acciones a otros, a sicarios. Eso podría haber pasado, pero no se tiene información al respecto.

–Se investigó en la discoteca, pero no se logró obtener información ni se identificó a posibles sicarios.

–Como sabes, esto es bastante difícil, pero no es descartable.

–Sí se sabe, que la víctima no era confidente de la policía. Eso está confirmado.

–Para mí papa, el asesinato es extraño. Es más, yo te diría no se ha realizado por alguien de aquí. No es la forma en la cual se llevan a cabo asesinatos en esta zona, ni por sicarios, y tampoco parece un asesinato por una relación tóxica o por víctima de género.

–La verdad es que es raro. Podría estar relacionado con el asesino en serie que estáis buscando.

–La verdad es que sí hijo. Por lo que me has comentado, me decanto que pudiera ser una víctima del asesino en serie.

–Oye. Gracias, hijo. Me ha servido de mucho.

–¿Qué tal allí, en la comandancia de Villagarcía? ¿Estas contento?.

–¡Sí!, la verdad es que sí. Estoy metido en casos de investigación de traficantes de droga. Ya sabes, es lo que aquí se lleva.

–Pero es muy complicado dado que el entorno no favorece. Parece que estamos en la época cuando aquí se traficaba con tabaco, y el pueblo entero lo sabe y lo encubre.

–Se tienen identificadas a las personas, pero es complicado detenerlas. Tenemos hasta los talleres donde las planeadoras son preparadas.

–Las planeadoras recogen la droga en altamar y luego la descargan en la costa, ¡como en Algeciras!. Pero es muy difícil detenerlos en el momento de la descarga. Tienen un gran dominio en el uso de las planeadoras, y un brutal conocimiento de la situación de las bateas para esquivarlas y esconderse entre ellas.

–A veces, incluso descargan en las bateas, esconden la mercancía, y luego es recogida por los barcos de los pueblos de la costa cuando van a recoger los mejillones.

–¡Ya has oído hablar de los minisubmarinos!. He estado en uno de ellos, es increíble como pueden atravesar el atlántico con ese cacharro y vivir para contarlo.

–Estoy convencido que muchos se han quedado por el camino. Las rías deben de estar inundadas de ellos.

–Ahora estamos haciendo un férreo control marítimo y les cuesta bastante poder acceder a la costa, pero parece que tienen más facilidad entrando por el norte de Portugal.

—Fenomenal Manuel. Te dejo. Me alegro mucho de que todo vaya bien. Seguimos en contacto. Un beso.

María parece que ha descubierto algo. En el cruce de la información que están recopilando, aparece que uno de los médicos que asistió a la jornada del Parador de los Reyes Católicos, estudió en Sevilla, y por su edad pudiera que fuera en la época del asesinato de Sevilla y, además, es médico en el Hospital Universitario Santa Barbara de Soria. Pero no aparece en las listas que se han cruzado con los asesinatos de Toledo y Burgos.

En el registro de salida del Parador de los Reyes Católicos, figura que hizo el registro de salida el mismo día de finalización de la jornada. Es decir, dos días antes del asesinato.

Otros cuatro médicos tienen el registro de salida del Parador de los Reyes Católicos tres días después de la finalización de la jornada. Estos cuatro médicos son: dos de Madrid, uno de Valencia, y otro de Sevilla.

De estos médicos, uno de Madrid, estuvo en la jornada de Toledo, y el de Sevilla, por la edad, coincide en su época de estudiante en la Universidad de Sevilla con el primer asesinato.

Los otros dos médicos: de Madrid y de Valencia no coinciden con la lista de asistentes a las jornadas de Burgos y Toledo.

Por ello, María les dice a los Agentes que profundicen en la investigación de los cinco médicos donde hay esas coincidencias. Que investiguen cómo regresaron a sus ciudades, cuál fue su medio de transporte, si hubiera relación entre ellos, datos familiares, en definitiva, toda información que puedan obtener de las BB.DD.

Le va a pedir permiso al Juez para que intervengan sus teléfonos móviles.

-XII-

El acto

Sólo hay dos palancas que muevan a los hombres: el miedo y el interés.

Napoleón I

Han pasado unos meses desde que el Asesino paso la fase áurea debido a esa crisis con el entorno en el cual estaba, y que le llevó a la necesidad de tener que cometer el acto.

También ha pasado la fase de pesca: aquella que le ha relajado durante estos meses planificando su acto mediante la elección de donde quiere llevar a su término, y la zona donde elegirá a su víctima.

Esto le ha ayudado a disminuir su estado de ansiedad, de crisis mental, y de mejorar el entendimiento sobre lo que le rodea, principalmente su pareja, su amada, y en la cual el Asesino de las Ánimas aprecia su gran esfuerzo por entenderle.

Él se conoce bien, sabe que es una persona compleja, y que tiene una enfermedad curable. Su mente es complicada de entender, y no solo debido a su profesión.

Su participación en los grupos de trabajo de "El Nido" le han llevado a pensar y asegurarse que su enfermedad tiene curación y, es más, siente que ya la tiene cerca. Quiere terminar con el impacto del trastorno que le produjo pasar por el complejo y complicado trauma que le llevó a ese desarrollo emocional.

Decía Bécquer en el Rayo de Luna:

Yo no sé si esto es una historia que parece cuento o un cuento que parece historia; lo que puedo decir es que en su fondo hay una verdad, una verdad muy triste, de la que acaso yo seré uno de los últimos en aprovecharme, dadas mis condiciones de imaginación.

Sabe que está cerca de su finalización. La relación con su pareja le está ayudando mucho. Él quiere que esa relación no se pueda ver afectada en un futuro y por ello, su mente está convencida que tiene que ser su última puesta en escena. Tiene que lograr establecer relaciones saludables con su entorno. ¡Está dispuesto a cambiar!.

A veces su pareja le echa en cara su inadecuado comportamiento, pero él cada vez está más comprometido a sanar su estado mental. Su complejo estado mental.

Durante los dos meses que han pasado desde que decidió llevar a cabo el acto, ha participado en dos reuniones en la cual ha comunicado la necesidad sobrevenida de llevar a cabo el acto, y de cuáles han sido los motivos que le han producido esa necesidad.

Los participantes en los grupos le han transmitido que se autoanalice los sentimientos, que reflexiones sobre ellos, y que tiene que lograr su control en donde la autoestima debe de ser su objetivo.

Él transmite al grupo que tiene claro que percibe que éste tiene que ser su último acto.

Dos días antes de llevar a cabo el acto, se pone en comunicación con el presidente de la sociedad de "El Nido" para explicarle el acto que va a llevar a cabo, y de cómo lo va a realizar.

En la conversación que mantiene con el Doctor Franz Schmidt le explica cómo le vino la necesidad del acto y el motivo. Su motivo.

El Doctor que le tiene muy psicoanalizado y sabe que ya está en fase de finalización, es decir, en la fase de cura, le transmite la necesidad de una vez realizado el acto debe de autoanalizarse profundamente para analizar el resultado, y lograr que su mente identifique la necesidad de salir de ese proceso. Que analice todo lo bueno que tiene a su alrededor, de todo lo que ha conseguido, del esfuerzo que ha empleado, y de todo lo que perdería si sigue por ese camino.

El paciente entiende perfectamente el análisis que le hace el Doctor, y le transmite que percibe, que siente, que la enfermedad está en la fase final, que aprecia que este acto será su último.

Ambos quedan en volverse a ponerse en contacto cuando inmediatamente lleve a cabo el acto para que le transmita sus sentimientos vividos, sentidos, y aparecidos.

Asimismo, el Doctor le indica la importancia que tiene su participación en la próxima reunión del grupo al que está asignado para que transmita esos sentimientos, tanto los que le han llevado a la necesidad de llevar a cabo el acto, como los que le habrán aflorado en el momento de su realización, y su sentimiento final.

Uno de los éxitos de "El Nido" es la gran confianza que tienen los pacientes con los médicos. La relación enfermo paciente.

Queda ya pocos días para su viaje a Zaragoza y comenta a su pareja que irá dos días antes a Vera de Moncayo para hacer unas excursiones por la zona por la cual el poeta se desplazó y reflejó en su obra "Cartas desde mi celda". Quiere ver el Monasterio de Velada, y los pueblos por donde el poeta hizo sus incursiones literarias.

Ella sabe de su obsesión, devoción, y admiración por el poeta y, por tanto, no le sorprende. Le apoya, le impulsa, y le anima a ello. Sabe además que le gusta estar solo en esto y que lo necesita.

Después de hacer una reflexión más, decide seguir adelante y prepara todo el proceso que va a realizar.

Es sábado, dos días antes de comenzar su viaje, en su mochila introduce el sobre con la poesía el cual ha introducido previamente en una bolsa de plástico.

Dentro del lomo del libro "Nueve Leyendas", situado en su enorme y bien ordenada biblioteca, el Asesino de las Ánimas tiene escondida la llave de la caja de seguridad, la cual recoge.

Va a la Oficina de Correos que está cerca de su casa en donde tiene la caja de seguridad, y de la cual saca: las matrículas falsas, la pistola lanza dardos, y agujas especiales para la pistola, y el falso carné de conducir. Todo ello lo introduce en la mochila.

Coge también algo de dinero que tiene en la caja de seguridad, y que usará para los pagos en metálico que tiene que realizar. Dinero obtenido del cobro al contado que le hace alguno de sus pacientes.

Del hospital recoge el último frasco vial que contiene la etorfina, junto con varios guantes de látex, plásticos de quirófano, jeringuillas y agujas. Todo ello también lo introduce en la mochila.

Ya tiene todo preparado; es lunes a primera hora de la mañana, se despide de su amada, toma el coche y sale en dirección a Zaragoza. A la altura de Tarazona, desconecta su teléfono móvil y conecta el teléfono móvil con tarjeta de prepago. No quiere dejar rastro con su tarjeta del teléfono móvil habitual.

Cuando llega a Zaragoza sobre las 9:30, se dirige al punto donde va a alquilar el coche. Revisa la zona para ver donde están situadas las cámaras de vigilancia. Determina donde va a aparcar su coche y desde allí, va a recoger el coche de alquiler.

Va al punto de alquiler del coche, vestido con una cazadora negra, pantalón vaquero, gafas de sol, y una gorra oscura que impiden que la cámara de seguridad pueda ser utilizada para reconocerle.

Paga al contado el alquiler de dos días de coche, y pregunta donde puede dejar el coche por la noche cuando esté cerrado el punto de alquiler. Le informan que hay un buzón para dejar las llaves y la zona del aparcamiento donde tiene que aparcarlo. Utiliza el carné de conducir falso, y deja el número de teléfono móvil que tiene la tarjeta de prepago.

Todo va según lo inicialmente planificado. Va tranquilo. Suspira.

Toma la dirección hacia la zona donde piensa llevar a cabo el acto. Antes de ello, se para, cambia las matrículas del coche, y prepara la inyección de la etorfina en la jeringa especial, y carga en la pistola.

De esta manera, tiene todo preparado por si puede llevar a cabo el acto en esa mismo tarde-noche.

Son las 10:30, se acerca con el coche a la zona del rio para hacer una primera inspección del lugar, y para identificar cual podría ser la mejor zona para su mejor composición de la obra. A continuación, va a la zona donde piensa localizar a la víctima.

Una vez hechas las visitas, se dirige hacia donde tiene su coche aparcado, y cambia de coche. No quiere que en el coche de alquiler se registren los kilómetros que pongan en evidencia la distancia entre Trasmoz y Zaragoza.

Aparca el coche de alquiler junto a su coche, y apaga el teléfono móvil con la tarjeta de prepago.

Sale de Zaragoza con su coche en dirección hacía Trasmoz, donde ha reservado dos días en la Casa Rural "Horno de Trasmoz". Son unos ochenta kilómetros que los hace tranquilo, sin cometer ninguna infracción.

Según esta cerca de Tarazona vuelve a encender su teléfono móvil para que quede registrado por donde se va a mover en su visita turística, y así quedarán registrados todos sus movimientos. Es su obsesión. Él sabe que habrá huecos entre las conexiones del teléfono móvil, pero es se puede justificar por problemas de conexión en la red de telefonía, por ello no le preocupa.

Ya son las doce de la mañana del lunes. El día es precioso, sin nubes, al fondo el Moncayo. Se registra en la Casa Rural y pregunta al encargado sobre las visitas al Monasterio de Veruela, la Ermita de la Aparecida, y Tarazona, donde quiere ir a ver la judería y la Catedral de Santa María de la Huerta.

Tiene que dejar constancia de su paso por la zona, y de sus visitas turísticas, y por ello mantiene con el encargado una conversación sobre las visitas que desea realizar y saber su opinión.

Deja su maleta en la habitación, y va a comer al restaurante Corza Blanca de Veruela, en donde toma unas migas y un cabritillo frito con ajos, regado con un buen vino de la Comarca del Campo de Borja. Aprovecha para llamar a su pareja y decirle que ha llegado bien.

Una vez realizada la comida en el restaurante Corza Blanca, sobre las 16:30, coge el coche y se dirige hacia Zaragoza con la idea de ver si puede realizar el acto en ese día.

En el trayecto vuelve a cambiar de teléfono móvil.

Llega a Zaragoza, cambia de coche, y se dirige hacia la zona donde tiene pensado buscar a su víctima.

Ya es de noche, y da unas vueltas con el coche por la zona. Tiene preparado en el sillón del acompañante del conductor la pistola lanza dardos con el dardo con la etorfina de tal manera que, cuando vea a la víctima, solo tiene que salir del coche y lanzar el dardo.

Son las 20:30. La zona por donde va circulando con el coche es una zona muy solitaria y oscura. Apenas hay tráfico de coches ni de personas.

Localiza a una joven que aparenta tener unos 23-25 años que va con una mochila. Posiblemente sea una estudiante. Alrededor de ella no hay nadie, por la zona tampoco, y la luz de la calle es tenue. El entorno es ideal para llevar a cabo el acto.

Aparca el coche a una cierta distancia delante de ella, y coge la pistola. Abre la puerta de atrás con la finalidad de poder introducirla rápidamente.

Espera a que la víctima pase y, rápidamente, la dispara el dardo en la espalda a la altura del riñón derecho. La víctima se da la vuelta a mirarlo, sin entender que le ha pasado, y en cinco segundos se derrumba. El Asesino de las Ánimas antes de que caiga al suelo la toma en sus brazos y la introduce rápidamente en el asiento trasero del coche donde la tumba y la tapa.

Observa que nadie le haya visto, y verifica que no hay ningún viandante por la zona y tampoco ningún coche. La verdad es que lo ha hecho con una gran rapidez. ¡Suspira!.

Tumba a la víctima en el asiento trasero y se dirige hacía el camino que le lleva a la Playa de Juslibol. Está muy cerca. Diez minutos.

En el trayecto está pendiente de que no haya cámaras de video. Llega a la ronda del Boltaña donde toma el camino que va a la Playa de Juslibol. A mitad de camino ve un sitio ideal para dejar a la víctima. Introduce el coche entre la arboleda que está en la Rivera del rio Ebro; es una zona de mucha vegetación que evita que el coche se vea fácilmente de tal manera que, puede actuar con la tranquilidad y seguridad, aquello que necesita para poder escenificar el acto como a él le gusta, como si fuera una pintura donde tiene que resaltar los contrastes que le facilita el entorno de la naturaleza. Quiere fundir a la víctima con la naturaleza.

Como ejemplo le viene a la mente el pintor Eugène Delacroix y su preciosa pintura "El estanque de la Ville d'Avray". Le encanta el contraste que hay entre la joven payesa, las vacas, y el rio en el fondo.

Baja a la víctima y comprueba que está muerta por la dosis suministrada de etorfina. De todas maneras, hace una breve presión sobre la arteria carótida y verifica que no tiene pulso, y tampoco respiración.

Suspira. No le gusta que las victimas sufran en el acto.

Coloca a la víctima con sumo cuidado, con delicadeza, apoyando su espalda en un árbol, con las manos abiertas, la fuerza una sonrisa y la gira la cabeza para que mire al rio Ebro. La encoje un poco las piernas no llegando a ponerla en posición fetal.

En ese momento siente que le arde el alma, le entra un sudor frio que le recorre todo el cuerpo, es el sentido interior de una llama encendida a la que su yo le da respuesta.

Las lágrimas le aparecen. Es su contestación emocional. Nunca le había pasado y se asusta.

El Asesino se pregunta ¿por qué?, ¿por culpa o por vergüenza?. ¿Qué significado tiene?. Llorar humaniza, eso le indicaron los doctores de "El Nido", indica una sensación de pena y tristeza.

Sigue las indicaciones llevadas a cabo por los grupos de trabajo del "El Nido", realizar la reflexión cuando se lleve a cabo el acto.

El Asesino de las Ánimas sigue con su proceso, y toma unas ramas de árbol verdes y secas, con las que cubre el cuerpo para integrarlo en el paisaje.

Abre la mochila que lleva, saca el sobre con la poesía y lo introduce dentro de la mochila de la víctima. Mochila que deja a la derecha de ésta.

Se separa un poco de la víctima para comprobar la escena que ha realizado. Hace unas fotos para su colección. Fotos que subirá al servidor de almacenamiento de "El Nido" en la Dark Web, y en donde tiene el registro de todas sus víctimas.

Sigue con sus lágrimas en los ojos.

A continuación, vuelve a coger el coche y sale por el mismo camino por el que había ido al lugar. Se dirige hacia la calle donde tiene aparcado su coche, hace el cambio de coche, y se dirige hacía Trasmoz. A la casa rural.

En el trayecto vuelve a cambiar de teléfono móvil.

Llega sobre las 11:30 de la noche. Una buena hora. Se va fijando si alguna de las cafeterías del pueblo está abierta. Quiere parar y tomar algo para cenar, un bocadillo. Algo ligero.

El Asesino de las Ánimas está contento; llevar a cabo el acto en el primer día le ayuda a estar todo el martes por la zona y, por tanto, justificar sin problemas su estancia y sus visitas turísticas.

No hay ningún bar abierto a esa hora, por lo que cuando llega a la casa rural habla con el encargado, le explica el paseo que ha realizado por la zona, y le pide que le prepare un bocadillo de tortilla francesa con queso y una cerveza.

Mientras se toma su cena, sigue manteniendo una conversación con el encargado sobre el interés de la zona, y su conocimiento del poeta Bécquer.

Le recita:

> "Unos pueblos están en las puntas de las rocas, colgados como el nido del águila. Y otros, medio escondidos en las ondulaciones del Moncayo o en los más profundos valles"…me he empapado de inspiración a la sombra de los seculares bosques que cubren la falda del Moncayo, por entre cuyos laberintos de verdura corren esas aguas limpias y transparentes cuyo rumor convida al reposo y a la calma".

El encargado le dice que: la verdad es que esta zona del Moncayo ha servido de inspiración a otros muchos poetas como al Marqués de Santillana, Benito Pérez Galgos, Antonio Machado, entre otros.

–Así es. – le responde el Asesino de las Ánimas –Por eso mi gran interés en ver esta zona. Soy un gran seguidor de estos poetas.

–¿Es Ud. Escritor?

–No. ¡Ya quisiera yo! Solo un seguidor de los grandes escritores del romanticismo español y de sus vivencias.

El encargado está esperando que la conversación termine para irse a dormir. A la mañana siguiente tiene que levantarse pronto y preparar los desayunos.

Limpia varias veces la barra del bar con la idea de llamar la atención al huésped, y que éste entienda que es hora de retirarse.

Él observa al encargado y comprende el significado de esos repetidos movimientos de manos sin orden, pero le interesa ser algo pesado, cargante, molesto.

Termina la cena, se despide del encargado con una gran sonrisa, dándole las gracias por la cena, y sube a su habitación para descansar. Se siente agotado por los nervios al llevar a cabo el acto, pero también siente que está en esa etapa de enfriamiento, y reflexiona sobre lo que le ha pasado. Ese nuevo sentimiento que le ha sobrevenido, tal y como le avisaron los doctores de "El Nido".

Llama a su pareja. Necesita hablar con ella. Oír su voz, sentirla. Es su ser más deseado y querido. La persona que le está metamorfoseando. Le está haciendo que su ego cambie hacia una vida con sentido, con un propósito real, y abrazar ese nuevo espíritu que le invade.

Él no se arrepienta de lo hecho, dado que era una necesidad para seguir avanzando en su vida. Pero necesita ya el cambio. Está convencido del cambio. El nuevo sentimiento que le ha aparecido quiere decirle algo. Esa noche duerme bien, profundamente, descansa.

Se levanta al día siguiente con alegría, con una gran sonrisa. Son las ocho de la mañana, y se desliza hacia la ventana para otear el paisaje. Desde la ventana aprecia el entorno autóctono que ofrece el Parque Natural de la Dehesa del Moncayo donde resalta el color de los hayedos. El día está limpio, sin nubes, fresco, y al fondo, el Moncayo. Esplendorosa montaña teñida de magia y tan amada por los poetas.

Baja con ímpetu y alegría a desayunar, donde ve que ya está sentada en una mesa una pareja de turistas. Eso piensa él. Quién estaría por esa zona que no fueran turistas como él.

Entabla conversación con ellos y les comenta las visitas que ha hecho, y las que va a realizar en ese día. Les pregunta que van a hacer ellos.

Son personas muy simpáticas, tienen unos 60 años, y le comentan que están de viaje de turismo de interior. Vienen de Zaragoza y ahora van hacia burgos pasando por Logroño.

Habla también con el encargado al que le pide que le diga donde podría comer en Tarazona.

El encargado le propone varios restaurantes y también le insiste ir a al Palacio de Eguarás, y al antiguo Barrio de la Judería.

Se pone en marcha, va a visitar con tranquilidad la zona. A realizar sus excursiones. Se siente entusiasmado.

El día es maravillo para el Asesino de las Ánimas. No le ha florecido la idea de la necesidad de realizar otro acto como otras veces. Sin duda el trabajo de "El Nido", en la que participa desde hace algunos años, le está haciendo bien.

Su mente controla los impulsos negativos y, por tanto, la máscara de la maldad se le ha caído. Eso piensa él.

Tiene que olvidarse de esa convención de maldad moral, de placer en el proceso del asesinato, del alivio que le produce, y de la descarga emocional del acto.

Ahora ya debe centrarse en su entorno, en lo bueno que tiene a su alrededor, en su trayectoria profesional, en sus relaciones personales, y en su relación de amor: la cual tiene que cuidarla, y mantenerla.

Como decía el poeta de su primer amor: Julia Espín.

> Es hermosa y enérgica, altiva y desdeñosa, de cutis moreno pero pálida, alta, delgada, pero de hombros anchos, de cabellos oscuros, rizados y abundantes, de ojos pardos –o negros incluso– y desmesuradamente abiertos y hasta un poquitín saltones, de maneras delicadas.

Su pareja es su gran amor.

Nunca había sentido tanto por su pareja. Incluso empieza a sentirse mal por haber llevado a cabo el acto. Se arrepiente, pero su mente se lo pedía. Lo necesitaba.

Coge el coche y se dirige en primer lugar a la Cruz Negra de Veruela, donde lleva a cabo una profunda reflexión. Meditación que realiza sentado con su espalda reposada en la Cruz Negra, con las piernas encogidas, como sus víctimas. Lugar donde Bécquer, el poeta, leía los periódicos del día que le llegaban, e incluso, sin duda, donde escribiría algunos renglones de su famosa "Cartas desde mi celda".

Él siente el sitio donde se encuentra como cuando un cristiano va a confesarse al confesionario, y hace un acto de cavilación sobre lo realizado, priorizando las cosas mal hechas las cuales requieren un acto de examen de conciencia.

Él no es religioso, pero piensa si debería ir a un acto de confesión real. Sacar de dentro de sí ese peso interior. Pero en parte, eso es lo que hace en las reuniones en "El Nido" y cuando habla con los doctores.

Es médico y sabe que lo que tiene es una enfermedad, una enfermedad que tiene curación. ¡Y lo tiene muy claro! Su mente ya está cambiando. Está seguro de ello. Así se lo han confirmado en "El Nido".

Ayer cuando llevó a cabo el acto y le vino un sudor frio, algo que nunca le había sucedido, y el plañir que tuvo con esa intensidad de las lágrimas que derramó sobre el cuerpo de su víctima, demostraba que estaba en el proceso de cambio.

A su regreso por la noche, estaba alterado, como si le faltara esa seguridad que tenía cuando llevó a cabo los anteriores actos. Sin duda, un sentimiento nuevo para él.

Piensa: ¡esto supone el camino hacia el cambio o el cambio del camino!

Se ha sincerado consigo mismo. Ha puesto en una balanza lo bueno y lo malo. Lo que es beneficioso para él y lo que no. Por lo que tiene realmente que luchar.

Está contento en su interior. Rebosa felicidad.

Le viene a su mente un emblemático poema de Bécquer, la rima LIII. Un poema de un romántico como era el poeta y que él siente ahora.

Volverán del amor en tus oídos
las palabras ardientes a sonar,
tu corazón de su profundo sueño
tal vez despertará.
Pero mudo y absorto y de rodillas,
como se adora a Dios ante su altar,
como yo te he querido…, desengáñate,
¡así no te querrán!

Él hace un resumen mental de esta rima; es aquello que se esfuma, que ya no regresa. No puede perder a su pareja. Es su clara conclusión.

En la Cruz se está autoanalizando. Es el proceso de cura de su mal. Su pareja le permite canalizar sus emociones y su impulso debido a que éste, su impulso, ¡no es criminal! Él lo sabe. Lo tiene muy investigado, reflexionado, meditado, y juzgado.

La motivación para agredir y actuar se debilita. Está entrando en una afortunada etapa de respuesta egodistónica, él lo sabe y se alegra. Una etapa cuando los propios pensamientos o conductas entran en conflicto con la autoimagen personal a la que se aspira gracias al entorno que le rodea, su pareja. Ya le resulta insoportable su propia deriva criminal, el acto. Está en la etapa final del cambio.

−¡Suspira!

Después de esta reflexión, bebe un poco de agua y mira hacia arriba de la cruz negra. A su punto más alto. Se fija en él y llena de aire sus pulmones. Aire que luego exhala de forma lenta, sintiendo su salida como si con ese aire se fueran esos infructuosos pensamientos, como si estuviera limpiándose interiormente.

Ahora rebosa alegría por su decisión definitiva, y trascendente decisión.

Le viene otra vez el lloro, pero esta vez él sabe que es de alegría. Ha tomado una decisión transcendental para su vida. Sabe que se ha enfrentado a la enfermedad y se ha curado. Está muy ilusionado con la nueva deriva que va a tomar su vida desde ese momento.

Sube las fotos al repositorio de la web de "El Nido" a través de la Dark Web, y se para a visualizar aquellas que realizó de otros actos: Sevilla, Jerez de la Frontera, Covaleda, Pontevedra, Braga, Burgos, Pinhao, Soria, y Zaragoza.

Las observa con mucho interés pasando por su mente, de forma lenta, como un fotograma a fotograma de una película, la imagen de cómo llevó a cabo cada uno de esos actos, y el sentimiento que le apareció en cada uno de ellos. Sentimientos que fueron diferentes.

Al ver las fotos las lágrimas le caen, éstas equivalen al dolor y el enamoramiento que nace en los ojos. El amor y conocimiento se dan a través de la contemplación, y la vista es el órgano que genera la respuesta a estas experiencias.

Tiene muy claro que no está produciendo lágrimas, sino que está llorando por sus actos. En este momento está en un lloro de arrepentimiento, de compunción.

Sabe que cada caso que llevó a cabo fue diferente, movido por circunstancias distintas, y cumplía un fin, paliar una necesidad que le había surgido en su compleja mente.

Al final de la observación mental, le viene la atrición. Ya lo tiene claro. La decisión la ha tomado, decide continuar con sus visitas por la zona.

Determina llamar a "El Nido" y comunicar esto al doctor. Necesita describirle todo lo realizado y los sentimientos que le han aflorado, así como su decisión de no continuar con los actos. Piensa que es un momento de éxito. Ha vencido a su enfermedad.

El doctor aplaude la decisión tomada y, sobre todo, el autoanálisis que ha realizado y que le ha llevado a completar su proceso de combatir la enfermedad. Se alegra dado que, una vez más, el proceso diseñado por los doctores demuestra que este tipo de enfermos se pueden sanar.

Se sube al coche y se dirige hacia el Monasterio de Veruela y desde allí, irá al resto de localizaciones que tiene programadas.

La visita al Monasterio le ayuda en el proceso de reflexión.

Caminado por el maravilloso claustro y mirando al patio que lo conforma le viene otra vez el sudor frio, una angustia que le emana del arrepentimiento que le desclava de la tensión nerviosa. Como le paso ayer después de llevar a cabo el acto.

Le viene el recuerdo de la imagen de la víctima cuando la recostó en el árbol.

Da varias vueltas al claustro, como si fuera un acto de penitencia.

Se está purificando, eso siente él, el paseo por la abadía circense del siglo XII le está ayudando en la decisión tomada. Incluso piensa si debe buscar un monje y llevar a cabo el sacramento de la curación. Pero su mente le dice que ya está purificado. Él sabe que sus actos ya cometidos no los puede enmendar.

Pasadas dos horas, toma el coche y se dirige a Tarazona, donde hace las visitas programadas y come en el lugar que le recomendó el encargado.

A continuación, coge el coche y hace una ruta paisajista por la zona, disfrutando del precioso paisaje que hay a las faldas del Moncayo. Al final de la carretera toma la dirección a Trasmoz, hacia la casa rural donde cenará y donde mantendrá una conversación distendida con el dueño.

Al día siguiente, toma el coche a las 07:00 y va a la jornada médica de Zaragoza tal y como lo tenía planificado. Tiene que presentarse en la recepción del hotel a las 9:00 y antes, cambiará las matrículas del coche de alquiler y dejará el coche.

También, tiene que deshacerse del material utilizado. Ha decidido liberarse de todo dado que no va a llevar a cabo más actos: matrículas, carné de conducir, pistola, todo.

Todo sale como él lo tenía planificado. Se siente tranquilo y se prepara para disfrutar de los días del seminario, y a compartir debates profesionales con los amigos que le han confirmado que asisten al seminario.

-XIII-

El Cerco

Tras el cerco… Allí donde las formas se tensan como alambres. Allí.

Carmen Cantos

Primeros de noviembre. Ha pasado un año desde el asesinato de Soria y del comienzo de la investigación.

Es el mes de las ánimas, el mes donde se reza especialmente por las ánimas.

Eugenio Vistahermosa ha publicado un artículo sobre el Asesino de las Ánimas en el cual ha puesto de manifiesto cómo fue asesinada la víctima, y en donde resalta que los avances en la investigación de la policía son mínimos.

El artículo también habla sobre la poesía que dejó el asesino, y describe la posible existencia de un asesino en serie y para ello, hace referencia a tres asesinatos parecidos y que han ocurrido en Burgos, Toledo, y Pontevedra, los cuales descubre ante el lector la semejanza que existe entre ellos, y que aún están sin resolver.

Aprovecha Eugenio para escribir en el artículo un fragmento del "Monte de las Ánimas" de Bécquer.

"¿Oyes? Las campanas doblan, la oración ha sonado en San Juan del Duero, las ánimas del monte comenzarán ahora a levantar sus amarillentos cráneos de entre las malezas que cubren sus fosas… ¡Las Ánimas!"

Este artículo llama la atención a Herminio dado que publica información que se suponía era confidencial, y que está bajo secreto de sumario.

Herminio se molesta mucho, piensa que esto puede afectar a la investigación y lo peor, seguro que le llamarán de la Central para ver que ha pasado.

Reflexiona y sabe que se comprometió con el periodista en informarle de los avances en la investigación. Eso no la ha hecho, y es muy probable que Eugenio se haya molestado y por eso, la publicación del artículo coincidiendo con un año del asesinato.

El artículo produce movimientos dentro de la Comisaría y de la Central dado que, además, seguramente, esto va a producir que los medios televisivos y escritos de índole sensacionalista se centren en el caso, algo que hasta ahora no había ocurrido.

Herminio sabe de la existencia de varios programas televisivos que se dedican a investigar sobre casos, hacer sus propias deducciones, y que buscan obtener audiencia con conclusiones que están muy lejos de la verdad. Conclusiones que afecta a las investigaciones y que ponen sobre aviso a los responsables, así como a las familias de las víctimas.

El artículo también es leído por Jorge, el Asesino de las Ánimas. No le ha gustado nada verse reflejado en él, ni tampoco que haga referencia a los asesinatos de Burgos, y Pontevedra, dado que eso podría abrir a que otros medios de comunicación empiecen a investigar. Algo que hasta ahora no se había producido.

Le llama la atención el asesinato de Toledo en el cual él no tiene ninguna implicación. Pero sabe cómo son los periodistas y más, los sensacionalistas.

Él tiene claro que no ha dejado ningún vestigio o prueba que permita relacionar los casos a excepción de la escenificación.

Pasados unos días, Jorge recibe la llamada, a través de su tablet, por videoconferencia del doctor Franz, cuya comunicación se realiza por la Dark Web.

–¿Qué tal Franz? ¿Cómo estás?

–¿Bien y tú?

–Te llamo porque he recibido una nota de uno de nuestros colaboradores en España, y me informa de la aparición de un artículo en un periódico sobre el Asesino de las Ánimas.

–¿Eres tú al que se están refiriendo? ¿Verdad?

–Sí, Franz.

–Me pusieron ese nombre tras el acto que llevé a cabo en Soria dado que coincidió con el uno de noviembre. El día de las Ánimas aquí. Allí, Halloween.

–Entonces el nombre me parece muy acertado. Ja, ja, ja.

–¿La policía te relaciona con esos actos cometidos?

–En absoluto Franz. Ni han hablado conmigo, ni me están vigilando, ni nada al respecto.

–Ha sido simplemente un artículo en la prensa local de Soria. No hay que preocuparse.

–Ok. Perfecto. De todas maneras, estaremos atentos. Si vieras que hay algo sospechoso nos avisas. Ya sabes que tenemos que proteger a "El Nido" y a sus pacientes.

–Franz!. Hay algo que si me ha llamado la atención. En el artículo se hace referencia a tres "actos" y uno de ellos no lo he hecho yo. Un acto realizado en Toledo. ¿Tú sabes algo de ello?.

–No Jorge. Pero lo indagaré a través de nuestro servicio de investigación. Quedamos en hablar y está atento ante cualquier información que te llegue.

–Así lo aré Franz. Saludos.

Franz pone en aviso al área SIT para informarla del caso español, para que siga muy de cerca los avances que la policía española pudiera estar llevando a cabo del Asesino de las Ánimas.

–Sobre el "acto" de Toledo, Franz sabe que fue el área SIT que lo realizó dado que había problemas con el camello de la droga en España, y para ello, se determinó realizar el acto bajo el mismo modelo que el del Asesino de las Ánimas.

El Inspector Antonio convoca a los Inspectores a tener una reunión virtual para hablar del caso, de la información que se tiene hasta ese momento, y de las acciones que hay que realizar.

Antes de la reunión, el Inspector hace un esquema temporal que le marca la cronología de lo realizado hasta ese momento. Un cronograma espacio-tiempo, junto con las decisiones tomadas, las respuestas obtenidas, y los avances realizados, que quiere presentar a los Inspectores.

Al Inspector le acaba de llegar un caso de asesinato acaecido en Zaragoza, que tuvo lugar hace unos veinte días, y que se parece a los asesinatos del Asesino de las Ánimas.

Quiere aprovechar la reunión para ponerlo en conocimiento de los Inspectores.

–Buenos días Inspectores. Como indiqué en la convocatoria, el objetivo es intercambiar la información que hasta estos momentos tenemos, los avances realizados, y ver que conclusiones establecemos en este complejo caso, el caso cada vez se está convirtiendo en más complejo Inspectores.

–Además, os quiero informar de un nuevo caso que ha aparecido. Pero eso al final.

Se miran entre los Inspectores con cara de asombro, y transmitiéndose con los gestos el interés en conocer el nuevo caso.

–Empieza tú Ernesto. ¿Te parece?.

–Sí, claro.

Ernesto hace un resumen de los trabajos de investigación, de su situación, y en la cual han identificado a cinco presuntos sospechosos: dos médicos de Madrid, uno de Valencia, uno de Sevilla, y otro de Soria.

María interrumpe para dar su opinión sobre el Médico de Soria, lo cual le molesta enormemente a Ernesto. El resto de los participantes observan la tensión que hay entre los dos Inspectores. María desde el primer momento que se identificó a este médico se obceco con él.

Tiene un sentimiento por el cual percibe que es el asesino que están buscando.

Para Ernesto, María siempre trata de llamar la atención, destacar sobre los demás, dejar su impronta. Eso le está empezando a molestar bastante. Esto mismo ya se lo ha hecho en varias ocasiones delante del Comisario Herminio.

Se aprecia un cierto enfrentamiento entre ambos Inspectores.

Antonio, que conoce a María y con la que ha tenido diferencias en su etapa en Madrid, interviene súbitamente para evitar la confrontación.

−¡María! ¡Ya sabemos tu opinión!, pero tenemos que oír la de los demás Inspectores, la cual es tan válida como la tuya.

−¡Aquí no estamos en un proceso de competición!. ¡Estamos en un grupo de trabajo!.

Los Inspectores se sorprenden por la dureza y el tono de las palabras del Inspector jefe. Se miran entre ellos.

María se queda impasible. A ella le da lo mismo lo que digan. Ella muestra sus opiniones y si ofenden, lo siente, pero no va a cambiar su manera de actuar.

Esas maneras es lo que la llevó a enfrentarse a Antonio en Madrid, produciendo su salida de la Central, entre otras situaciones como la de tener una relación con uno de los Inspectores en Madrid que no fue bien vista en la Central, y que desemboco en su traslado a la Comisaria de Soria.

El resto de los Inspectores hacen también sus apreciaciones sobre el avance del caso.

−¡Inspectores! – exclama Antonio –No tenemos información suficiente para declarar sospechosos o presuntos sospechosos a esos médicos.

−Eso lo tenemos claro todos. ¿Verdad?.

−¿Verdad María?.

−Respecto a la droga, no hemos avanzado nada.

−¿Es así María?.

−Sí es así Inspector. −la forma en la contestación no le gusta nada a Antonio, la realiza de una manera muy seria, y despectiva.

–No se ha avanzado nada. Los Inspectores de Ciudad Real no me han informado al respecto.

–Este punto lo tenemos parado. Tendremos que seguir esperando. Pero presiona sobre este tema María, es un elemento clave para la investigación.

–Bajo mi punto de vista, los asesinatos que hasta ahora hemos identificado están relacionados entre sí. – resalta María

Antonio sigue con su exposición.

–Para mí, es el mismo ejecutor. El mismo asesino. Cada vez toma más peso que el asesino empezó sus asesinatos en Sevilla, y cada cierto tiempo entra en un conflicto mental que le lleva al asesinato. Estamos ante un asesino en serie distinto a lo habitual dado su modus operandi, su curiosa forma de actuar.

–Ahora hemos estructurado el proceso de búsqueda de una manera diferente. Es cierto que tenemos cinco candidatos a sospechosos, y que, además, como me habéis contado, tienen una cierta relación personal y profesional.

–Una pregunta que os hago Inspectores. ¿Tenemos claro que el asesino está dentro del círculo de la medicina?.

Los Inspectores contestan "Sí".

–¿Sobre las poesías que opináis?.

–Yo creo que es su impronta. – contesta Ernesto –Ya lo he dicho varias veces.

–Bajo mi punto de vista es una obsesión. Quizás su guía para llevar a cabo los asesinatos. –contesta María.

–También creo también que es su firma. Es su manera de diferenciarse–. Contesta uno de los Inspectores de Madrid.

En ese momento interviene Gustavo. Algo que sorprende al resto de Inspectores. Él siempre está en una posición de escucha y participa poco en los debates. Él es el "pitufo", el novato del grupo. Aunque es una persona muy abierta, le cuesta participar, se encuentra en una situación de debilidad ante unos Inspectores con mucha experiencia.

Él percibe que sus análisis no son considerados por el resto del grupo, aunque nadie le ha dado nunca motivos para que se sintiera desplazado.

–Creo que es su manera de reflejar el asesinato. Las poesías no dicen nada sobre el asesinato que comete. Adorna el asesinato con una poesía igual que la escenografía que utiliza. En el asesinato de Pontevedra se ha utilizado a otro poeta y en el primer asesinato también. Pero fijémonos que todos los poetas utilizados son de la época del romanticismo. Eso quiere decir que el asesino es un enamorado de ese tiempo, un seguidor acérrimo de esos poetas. Creo que es una gran pista para tener en cuenta.

–Estoy de acuerdo con vosotros. – responde Antonio –Bueno con la mayoría. El poeta no es motivo de los asesinatos, y las poesías que dejan junto a sus víctimas no dicen nada.

–Me parece una muy buena apreciación Gustavo.

Todos los Inspectores presentes se giran y miran a Gustavo con una medio risa.

–Ahora Inspectores os voy a comentar que me ha llegado un nuevo asesinato, y que puede ser de nuestro asesino en serie. Del Asesino de las Ánimas.

Todos los Inspectores se quedan sorprendidos. Se vuelven a mirar entre ellos.

–La comisaria de Zaragoza me traslada el descubrimiento de una víctima a orillas del rio Ebro.

–Misma posición del cadáver, mujer, edad 25 años, el asesino ha utilizado la etorfina como droga, el cadáver ha aparecido en la rivera del rio Ebro y por supuesto, tenía una poesía de Bécquer.

–La han encontrado hace unos veinte días. Justo un año después del asesinato de Soria. El tiempo que ha pasado entre los asesinatos no tiene nada que decir, eso creo yo, pero os lo comento.

–En el esquema de tiempos que os he puesto, hemos visto que no hay ninguna predisposición a una época determinada del año para cometer el asesinato, ni tampoco pasa un tiempo concreto.

—Eso es porque tiene crisis mentales, – responde María –y por ello tiene que cometer el asesinato. Recordemos que es un psicópata y el perfil que os he presentado así lo refleja.

—¡Ernesto! – indica Antonio –Te paso el expediente que me han enviado para que lo investigues.

—Les he dicho a los Inspectores de Zaragoza que te pondrás en contacto con ellos, y que la responsabilidad de esta investigación está en nosotros.

—Vale Antonio. Empezamos inmediatamente.

—¿Qué hacemos con los candidatos a sospechosos? – pregunta Ernesto

—¡Ernesto! Tenemos intervenidos sus teléfonos ¿verdad? Vamos a seguir así. Analicemos sus llamadas a partir de la fecha que nos puedan dar las compañías telefónicas, y ver si entre ellos tienen llamadas.

—También debemos analizar su escritura. Inspectores, ver la manera de poder disponer de algún escrito hecho a mano para que la Científica pueda emitir un diagnóstico caligráfico de estos presuntos sospechosos. Se que es difícil, pero vamos a intentarlo.

Los Inspectores se miran, saben que es una estupidez lo indicado por Antonio, pero ninguno de ellos se atreve a llamarle la atención.

—De momento no vamos a llevar a cabo ningún interrogatorio con los sospechosos, ni ninguna acción de seguimiento– Prosigue Antonio.

—¡Antonio! – pregunta María –En su momento me puse en contacto con un experto en la poesía de Bécquer para que analizara las poesías. La finalidad era ver sí las poesías nos indicaban algo.

—¡María! No es necesario. Hemos visto que la poesía no nos dice nada. Es de las pocas cosas que tenemos claras en esta investigación. Lo único que sabemos es que el Asesino de las Ánimas se identifica con el poeta, o con la época del romanticismo como ha indicado Gustavo, pero no lo utiliza para asesinar.

Ernesto se pone en contacto con los Inspectores de Zaragoza, indicándoles que investiguen si en la fecha del asesinato hubo alguna jornada o congreso de medicina en Zaragoza, o en los alrededores de Zaragoza como, Teruel o Huesca.

Les solicita también que, si se hubiera producido alguna jornada o congreso, pidan las listas de asistentes y los hoteles donde estuvieron alojados. Les manda la autorización del Juez para la investigación.

Indica que tomen las grabaciones de video de estos hoteles en los días de las jornadas, y también dos días antes, y dos días después.

También que investiguen a las compañías de alquiler de coches, para ver que coches se han podido alquilar tres días antes del asesinato. Les pasa una copia del carné de conducir falso que se utilizó en Santiago, para ver si hay alguna coincidencia.

Asimismo, que identifiquen cuales fueron los medios de transporte que utilizaron los asistentes: medios propios, avión, o tren.

Ernesto comenta a los Inspectores que está convencido que había alguna jornada o congreso de medicina en los días en los que se produjo el asesinato.

Transcurridos unos días, Ernesto recibe un informe con la información que pidió a los Inspectores de Zaragoza.

Lo lee con mucho interés y no se sorprende en nada. Hubo una jornada en Zaragoza sobre endourología. Además, se ha detectado el uso del carné falso de conducir en una de las compañías de alquiler de coche. Este coche se alquiló el día del asesinato, y se devolvió sobre las 8:30 del mismo día que empezaba la jornada médica. No se ha podido realizar un retrato robot de la persona que alquiló el coche.

Investiga que es la endourología y ve que es una técnica quirúrgica mediante la cual se tratan muchas enfermedades del tracto urinario superior e inferior.

Sin lugar a duda, esto puede ayudar en la investigación.

−¡Gustavo! – le dice Ernesto –Coge la lista de los asistentes a la jornada de Zaragoza, y las cruzas con las listas que tenemos de los asistentes a otras jornadas.

−¡Vamos a ver que sorpresas nos llevamos!.

Gustavo lleva a cabo el trabajo, prestando atención si en el cruce de nombres salen otra vez la asistencia de los cinco médicos presuntamente sospechosos que fueron a la jornada de Santiago.

−¡Ernesto! aquí tienes el resultado. Aparecen los cinco nombres de los sospechosos que seleccionamos de la jornada de Santiago además de algún otro.

−Eso no quiere decir nada Gustavo, dado que hay más nombres que también fueron a la jornada de Santiago. Pero es algo a seguir.

−Por cierto, ¿has investigado el medio de transporte que utilizaron, y si fueron antes o se quedaron después de la jornada?

−¡Sí!, el medio de transporte utilizado fue, en general, el tren, también hay asistentes que utilizaron coche para asistir. Y ninguno de los asistentes fue antes o se quedó después de la jornada en los hoteles utilizados.

−¡Gustavo! investiga en concreto el de los cinco Médicos que identificamos en el asesinato de Pontevedra y me dices. Por cierto, también cruza las llamadas de sus teléfonos para ver si entre ellos se comunican.

−¡María!, ¿has avanzado algo con la droga, y hemos logrado algún informe manuscrito de nuestro médico candidato a sospechoso?.

−Sobre la droga no tenemos más información Ernesto. Pero hemos logrado de tres de los médicos presuntos sospechosos, en concreto de: Sevilla, Valencia, y Madrid, documentos escritos a mano, y Criminalística los ha analizado.

−Por desgracia, Criminalística no ha logrado identificar similitudes con los escritos y las poesías dejadas en los asesinatos. La caligrafía es totalmente distinta.

–Según Criminalística, esto es normal dado que la forma de escribir, y los trazos que se utilizan con una pluma suelen ser diferentes a los utilizados con bolígrafo o lápiz.

A los cinco días de la reunión, Gustavo comunica a Ernesto que de los cinco investigados, uno de los médicos, el de Soria, fue en coche a la jornada, se registró el mismo día de la jornada, y la tarde que finalizó la jornada hizo el registro de salida del hotel.

El resto de los médicos investigados fueron el tren el mismo día que comenzó la jornada, y se volvieron en tren el día que finalizó la jornada.

–¡Gustavo!, analiza en profundidad los movimientos del médico de Soria en los días anteriores a la jornada. Tenemos que saber al detalle todo lo realizado. Es posible que pudiera ser nuestro sospechoso principal debido a que fue en coche.

Gustavo estudia los movimientos, a través de la geolocalización que le refleja el teléfono móvil del médico de Soria. Este estudio le marca que salió el lunes y fue directamente a la zona de Trasmoz, donde Gustavo ha localizado el hotel rural donde se registró.

También marca tiempos en los cuales el teléfono no tuvo movimiento. Esto le llama la atención a Gustavo dado que el lunes se produce un hueco de dos horas por la mañana, y un hueco de 7 horas entre las 16:00 y las 23:00 en las cuales el teléfono móvil, presuntamente, no se mueve, por desconexión o por pérdida de la geolocalización.

El registro de salida del hotel rural lo hizo el día de la jornada de Zaragoza a primera hora, pero no han sabido decirle exactamente la hora.

Al ver esos movimientos, habla con la Policía Municipal de Zaragoza para que visionen las cámaras de video de las entradas y salidas por la AP68 de esos días -lunes a miércoles-Gustavo facilita los datos del coche del médico de Soria y la orden del juez.

Asimismo, les pide que visionen las cámaras de la zona donde vivía la víctima para ver si se logra visionar algún movimiento del coche de alquiler, o del coche propiedad del médico de Soria.

La Policía Municipal de Zaragoza informa a Gustavo que no han logrado identificar los coches indicados en esos días a excepción del miércoles (el día de la jornada), que se ve como el coche del médico de Soria pasa por una de las cámaras de entrada por la AP68 sobre las 7:45 de la mañana.

Gustavo verifica que el médico de Soria se registró en el hotel a las 8:30 de la mañana. Pero le parece raro el tiempo que tardó entre la cámara de la AP68 y el registro en el hotel, dado que el tiempo que se tarda en llegar al hotel es de 20 minutos desde la cámara del AP68.

En las cámaras del hotel se refleja su entrada, pero no se ve que saliera del hotel una vez registrado. La jornada empezaba a las 10:00. La geolocalización de su teléfono móvil refleja que estuvo en esa zona y no en la zona donde se devolvió el coche del alquiler.

Sobre el coche de alquiler, no se ha podido conocer los movimientos de éste, pero por los kilómetros registrados entre su entrega y su devolución se puede confirmar que el movimiento que tuvo el coche cubre los kilómetros entre: el punto de alquiler, la zona donde vivía la víctima, la zona donde se dejó el cadáver, y el punto donde se devolvió el coche.

La Criminalística de Zaragoza analizó el coche de alquiler, y solo obtuvieron pruebas a través de la tierra adherida a los bajos del coche, pruebas que reflejaban que el coche estuvo en el camino que va a la Playa de Juslibol. Por lo tanto, el coche sí pudo ser utilizado para el asesinato. En el coche no lograron encontrar ningún vestigio o pruebas del asesinato, ni de la víctima, ni del presunto asesino. También es cierto que habían pasado más de veinte días desde que se alquiló y este fue limpiado, desinfectado, y vuelto a alquilar.

Es evidente que el asesino es muy concienzudo para no dejar ningún tipo de huellas, ni rastros de la víctima, por lo que los investigadores suponen que es el coche que utilizó el asesino.

El informe de criminalística y de los forenses de la víctima de Zaragoza coincide con el del resto de asesinatos. Tampoco se ha descubierto señal o prueba que permita avanzar en la identificación del asesino.

Gustavo se sienta con Ernesto y le explica toda la información levantada hasta ese momento.

–¡Gustavo! Por lo que me estas contando de la información del asesinato de Zaragoza, el médico de Soria puede ser nuestro asesino, bueno sospechoso principal.

–¡Sí!, además Ernesto, precisamente este médico es el que encontró el cadáver de la víctima de Soria y es médico en el mismo hospital donde trabajaba ésta.

–¿Qué me dices? Yo no creo en las casualidades.

–Pero la verdad Gustavo es que por casualidades no podemos establecer que pueda ser el asesino. Es evidente que cobra más peso como sospechoso. Más que los otros cuatro médicos que tenemos en la lista.

–Necesitamos más información para poder avanzar. Tenemos que profundizar en su vida.

–¡Gustavo! Aunque va a ser difícil, mira a ver qué información puedes obtener por la geolocalización de su teléfono en los días que murió la víctima de Soria.

–Me imagino que no lograremos obtener nada dado lo meticuloso que es el asesino, pero vamos a ver si podemos tener suerte.

Gustavo le comenta a Ernesto –He visto que el médico de Soria tiene bastantes llamadas con uno de los médicos de Madrid y el de Sevilla.

- Estos médicos, presuntamente sospechosos, tienen todos la misma especialidad, cirujanos urólogos.

—Este es un tema para tener en cuenta Gustavo. Puede que sea una relación profesional o de amistad o ambas. Ya sabes que los médicos mantienen intensas relaciones profesionales. Además, estos médicos tienen la misma especialidad.

Ernesto se levanta rápidamente de su mesa, sabe que María le ha oído hablar con Gustavo sobre los avances realizados en el asesinato de Zaragoza. Va hacia su mesa para charlar con ella. No quiere tener problemas sabiendo como es María.

—¡María! ya nos has oído. Me gustaría que investigaras si Jorge, el médico de Soria, participa en las redes sociales, en grupos de: discusión, debate, tertulia, sobre poesía. También mira a ver que puedes obtener algo sobre su vida, y de la relación con los médicos de Madrid y Sevilla.

—Quizás, ahora sí nos estamos acercando al asesino.

María mira fijamente a los ojos de Ernesto. Internamente siente que su intuición sobre el médico de Soria empieza a tener peso.

Está claro, que el asesinato de Zaragoza y el de Pontevedra, les ha dado a los Investigadores ciertas pistas que les puede ayudar en avanzar en la localización del asesino o asesinos.

Ernesto exclama dentro de la sala y en voz alta —¡cada vez estamos más cerca del Asesino de las Ánimas!, — lo hace con una gran sonrisa, y aprovecha para leer a los Inspectores una poesía de José García Velázquez que trata sobre las ánimas:

En cuestiones ordinarias
y en los problemas notorios,
recurre siempre a las ánimas
benditas del Purgatorio;
dedícales tus plegarias,
los sufragios y ofertorio,
que a la vez que ellas se salvan
interceden por nosotros.

–¿Qué os parece?. ¿Os ha sorprendido Inspectores?. El otro día estuve buscando poesías sobre las ánimas y me apareció esta.

–Ya solo nos falta que nos recites todas las poesías de Bécquer–. Le responde María con tono jocoso.

–Todo se andará. ¡María!, dame tiempo, Ja, ja,, ja.

María recibe una llamada de los Inspectores de Ciudad Real en la cual le comentan que han llevado a cabo la desarticulación de una red de tráfico de drogas, y que está relacionada con la Universidad de Ciudad Real.

Le confirman que había tráfico de drogas en la misma Universidad, y dentro de la Universidad utilizaban a estudiantes como camellos para la venta de la droga dentro de la Universidad. También le confirma que se habían producido robos de opiáceos tanto en la Facultad de Medicina como en la de Farmacia, y Veterinaria. En esta última, se habrían producido robos de drogas y entre estas, la de etorfina.

Lo que no han podido confirmar aún es, si la víctima de Toledo, estudiante de veterinaria, estaba en la red de tráfico de drogas.

María habla con Ernesto y le comenta la información de los Inspectores de Ciudad Real.

–Ernesto. ¿Y si la víctima de Toledo estuviera relacionada con el tráfico de drogas?. En la revisión que he realizado de este asesinato, he estudiado las fotos de la escena del crimen, y he comprobado que la posición del cuerpo presenta diferencias, ciertas diferencias, con el resto de los asesinatos. Eso me ha llamado la atención. Es como el asesino hubiera tratado de copiar al Asesino de las Ánimas, pero no ha copiado la escena exactamente como él.

–Todo puede ser María. Pero tenía una poesía. Eso no es normal en ese mundo.

—Sí, pero puede que lo quisieran disfrazar si tenían conocimiento del resto de asesinatos. Ten en cuenta que no es una droga habitual en el mercado. Se usa para fines muy determinados. Es una droga por encargo.

—Puede ser que tengas razón María. Es cierto que la relación con los presuntos sospechosos es nula con este asesinato. Debemos de considerarlo como una posibilidad.

-XIV-

El perímetro de la investigación

"Voy a amar a solas, deprimido
no sabrán jamás que sueño hallarte,
perímetro difícil, escondido
que en mis neuronas late…
Oscuro el camino para ver
los secretos que tú ocultas
¿hallarlos podré?"

Ya han pasado las navidades, estamos a finales de enero, el día es soleado pero la temperatura no pasa de los 6 grados. Estamos ante la Soria fría, la Soria pura, la ciudad castellana, como decía Antonio Machado.

Antonio ha pasado unas semanas meditando sobre el caso, y está haciendo su esquema mental para ver cómo se puede avanzar en la investigación. Cree que ya tienen suficiente información para sujetar una perspectiva sobre el asesino y, por tanto, una idea de cómo hay que empezar a centrar el caso.

Con la información que ha recibido, Antonio convoca a Herminio y a Ricardo para tener una reunión, y explicar toda la información levantada hasta ese momento.

Antonio, delante de los Comisarios, reflexiona en voz alta sobre el Asesino de las Ánimas.

–¡Estamos en enero señores!, ha pasado más de un año desde que tuvimos el primer asesinato conocido del Asesino de las Ánimas.

–Durante este tiempo hemos llevado a cabo una gran investigación, un profundo trabajo que nos ha permitido tener varios sospechosos.

–Los cruces de la información que se han realizado en los diferentes asesinatos, similares o semejantes, y que se han identificado hasta ahora, marcan que puede haber dos vías de investigación.

–Una primera vía es que haya una sociedad de asesinos que pueden participar directa o indirectamente, formada por los tres médicos, presumiblemente amigos de: Soria, Madrid, y Sevilla, que tienen además misma profesión, médicos cirujanos urológicos. Entre ellos hay múltiples llamadas, algunas de ellas coinciden con las fechas de los asesinatos y, por tanto, puedan estar participando directa o indirectamente en los asesinatos.

–Una segunda vía es que el asesino sea el médico de Soria.

Hay grandes coincidencias donde ocurrieron los casos, y la estancia de los médicos sospechosos en esos lugares.

–Creo tener muy claro que el asesino o asesinos están en la lista de sospechosos que he indicado.

–Ahora tenemos que planificar el modus operandi de la investigación, de la fina investigación que hay que llevar a cabo para acercarnos al asesino o asesinos.

–Sabemos que eso no va a ser fácil dado que aún no se ha detectado el mecanismo para relacionar los tiempos entre la estancia en las jornadas y el día del asesinato. Evidentemente, el tiempo que ha pasado entre los asesinatos no nos favorece.

–Siempre la salida o entrada en los hoteles donde se realizan las jornadas no coincide con el día del asesinato. Solo hay una excepción, una aparente excepción, el asesinato de Pontevedra. Pero en este caso, solo se ha confirmado que estuvieran dos de los tres médicos en Santiago, el tercero, el de Soria, se fue un día antes del asesinato. Bueno, aparentemente.

–En el asesinato de Toledo también hay algo que le diferencia del resto de los asesinatos. Aunque ocurre durante unas jornadas médicas en la que estuvo uno de los médicos sospechosos, el médico de Madrid, pero no se ha podido levantar suficiente información debido, como he indicado antes, al tiempo que ya ha pasado. Pero este caso tiene una excepcionalidad, y es que probablemente la asesinada fuera la traficante de la droga -etorfina-, y puede ser que el asesino/asesinos pensara/n que tenía que desaparecer, o que se tratara de un asesinato entre traficantes de drogas.

–Por lo tanto, podría haber dos tipos de asesinatos: los producidos por el psicópata, por su necesidad de apaciguar su ira, su crisis mental, y el de la traficante o camello que no se produce, aparentemente, por el impulso del psicópata.

–Todos los asesinatos coinciden en la forma. Nacen de la misma mente. La obsesión por dejar el cadáver de una forma determinada y que no sufra en su muerte. Quizás esto induce a que haya un solo asesino o un mismo modus operandi que llevan a cabo distintos asesinos.

–Si les parece, les propongo trabajar en las dos líneas: Sociedad de Asesinos, y el Médico de Soria.

Toma la palabra Ricardo –El trabajo que habéis realizado me parece muy bueno, y creo que estamos en la línea de poder acercarnos al asesino o asesinos. Aunque pienso que debemos de centrarnos en el asesino de Soria. Me parece muy complejo lo de la sociedad. No hay nada que nos indique la existencia de una sociedad de asesinos en serie. No digo que no pueda ser Antonio.

–Estoy de acuerdo con Ricardo. – interviene Herminio –Me centraría en el médico de Soria. Si hubiera una sociedad de asesinos o una relación entre los médicos concerniente a los asesinatos, la investigación del médico de Soria también nos daría entrada a la sociedad.

Prosigue Herminio con su respuesta. –¡Antonio!. En cuanto a la criminalidad del psicópata, hay que tener en cuenta que, al tratarse de un delincuente organizado, los crímenes no son premeditados, y el asesino siempre controla los acontecimientos. Además, cuentan con una gran versatilidad y una progresión delictiva significativa.

–Eso es lo que hemos estado viendo en el desarrollo de los asesinatos–. responde Ricardo.

–¡Perfecto! señores. – responde Antonio –Vamos por el camino que indican. Empezaremos por el médico de Soria. Cerraremos el círculo sobre él.

Toma la palabra Herminio. –Hablaré con el Juez para que nos de autorización para intervenir todos los medios tecnológicos que utiliza este médico, y para ello me pondré en contacto con la BCIT (Unidad Central de Investigación Tecnológica).

–Ok–. responde Antonio a Herminio

Antonio convoca una videoconferencia con el equipo de trabajo para indicarles los pasos que hay que seguir en el proceso de investigación.

–¡Inspectores! He hablado con los Comisarios y nos vamos a centrar en el médico de Soria. Es nuestro principal sospechoso.

–Vamos a solicitar a la BCIT que intervenga los medios tecnológicos que utiliza este médico: teléfonos, ordenadores, y hacer un seguimiento en las redes sociales donde participe.

–¡Ernesto!. El informe de Zaragoza indica que se alquiló un coche el mismo día del asesinato, que se devolvió el mismo día que empezaba la jornada, y con el mismo carné falso que se utilizó en el asesinato de Santiago.

–El médico de Soria fue en coche a esa jornada médica, y se presentó el mismo día que ésta comenzaba.

–Investiga cuál fue el trayecto que siguió su teléfono móvil y mira si pudiera haber alguna relación.

–¡Antonio! – Le responde Gustavo –Ya lo hice y no hay ninguna relación, solo hay una excepción, y es que hay unas ventanas de horas en el cual el teléfono estuvo sin movimiento, justo el mismo día del asesinato.

–Muy bien Gustavo. vuelve a revisar los movimientos a ver si detectas alto que te llame la atención.

–¡María!. Sigue presionando a los Inspectores de Ciudad Real para ver si la víctima de Toledo era camello de esa red de traficantes de Ciudad Real.

–También sigue con la investigación del médico de Soria, de su vida, y repasa nuevamente el caso del asesinato en Soria. Profundiza al máximo en su vida. Investiga si hay puntos de coincidencia.

–¡Gustavo!. Investiga también la información que te pueda pasar la BCIT.

–¡Inspectores! Creo que estamos algo más cerca que hace unos meses. El asesinato de Zaragoza y el de Pontevedra nos han dado un punto de conexión, un nexo que nos puede ayudar.

—Ahora tenemos que ser muy meticulosos dado que no tenemos ninguna prueba, solo sospechas algo fundadas. Hemos de lograr que el perímetro de investigación sea lo más estrecho posible.

—Quiero recordar que, un asesino en serie como el Asesino de las Ánimas, es un psicópata delincuente Integrado: son delincuentes "disfrazados" en la sociedad. Parecen respetables y normalmente mantienen doble vida; son crueles y ambiciosos.

—¡Antonio!, – interviene Ernesto –¿llevamos a cabo un seguimiento del médico?.

—No de momento. No creo que el seguimiento nos ayude.

Han pasado dos semanas desde la última reunión mantenida.

María y Gustavo le comentan a Ernesto la información que han levantado hasta ese momento.

—Información muy interesante para la investigación–. Comentan entre ellos.

—Sin duda esto nos hace avanzar en el caso. Creo que estamos cerca de poder identificar el Asesino de las Ánimas. Estoy seguro. – exclama Ernesto.

Los tres están de acuerdo en poner en conocimiento de Antonio toda la información hasta ahora conseguida, para ver las decisiones que hay que tomar.

Ernesto le pide a Antonio tener una reunión para comentar los avances sobre la investigación.

—¡Ernesto¡, me parece muy bien la reunión, pero antes me mandas un informe lo más detallado posible para que se lo pase a los Comisarios. Quiero que participen en la reunión. Puede ser trascendente para la toma de las decisiones.

—Vale Antonio. Preparo el informe en detalle, te lo mando, y espero tus indicaciones.

Ernesto habla con María y Gustavo, y les indica que hay que preparar un informe muy detallado sobre los avances, y que tienen que ser muy explícitos en sus comentarios dado que, se tienen que tomar decisiones estratégicas para el desarrollo de la investigación.

Comienza la reunión de Antonio con los Comisarios y los Inspectores que participan en la investigación. Todos han leído el informe facilitado para que la reunión sea lo más productiva posible.

Toma la palabra Antonio. –Bien, vamos a empezar. Creo que después de este tiempo hemos logrado tener una información suficiente para pensar que el médico de Soria "Jorge", es nuestro sospechoso principal.

–María nos ha aportado una información muy esclarecedora del Médico de Soria y que cumple claramente con el perfil de psicópata.

–Tuvo un fuerte trauma a los 17 años a raíz de la muerte de su padre.

–A raíz de este trauma, estuvo tratado de estrés postraumático a través de terapia cognitiva y con tratamiento farmacológico.

–Se trasladó a Sevilla a estudiar medicina e hizo el MIR en Soria. Sus notas fueron brillantes. Ahora es considerado un muy buen médico en su especialidad.

–El primer asesinato, el de Sevilla, coincide con su época de estudiante en Sevilla. Jorge es de Soria, es donde reside y, además, él fue quien descubrió el cadáver y la víctima trabajaba en el mismo hospital. "Muchas coincidencias".

–En los asesinatos de Pontevedra, y Zaragoza, coincide con su asistencia a jornadas médicas.

–No se ha podido comprobar su presencia en los asesinatos de Toledo y Burgos. Pero en el caso del asesinato en Burgos, hubo una jornada de poesía y Burgos está a 141 kilómetros de Soria, por tanto, pudo desplazarse y realizar el asesinato.

–Es un asiduo en las redes sociales donde se habla de la poesía en la época del romanticismo, y en la cual Bécquer es su mayor referente.

–Su perfil coincide con el de un asesino en serie: aparente normalidad, seductor, origen aversivo, inteligente, minucioso, organizado, una vida familiar normal, elegante, discreto, exitoso en su trabajo, reconocido buen médico, baja empatía, muy centrado en sí mismo. Hemos hablado con gente que conoce a este médico, y también hemos pasado consulta con él, simulando dolencias para poder obtener su perfil.

–¿Quién hizo de enfermo?–. pregunta Ricardo

–Yo–. responde Ernesto

Se produce una risa jocosa entre los asistentes. Uno de los Inspectores le pregunta –¿Fue por algo de próstata?.

–No. Si te parece, por incontinencia.

–Eso es que el Inspector ya está mayor–. interviene María.

Continua Antonio con su lectura –Nos llamó la atención cómo organizó su asistencia a la jornada médica de Zaragoza. Dos días antes de la jornada hizo un viaje a la zona del Moncayo, y Tarazona. Zonas donde estuvo durante cierto tiempo Bécquer. Dejó constancia de su presencia en los diferentes sitios que visitó, mostrando interés por el poeta.

–Desde donde estaba alojado, en la zona del Moncayo, a Zaragoza hay 80 kilómetros. Además, hay huecos horarios en la geolocalización de su teléfono móvil. Por lo tanto, pudo haber realizado el asesinato.

–Esto mismo pudo pasar en el asesinato de Pontevedra. Misma forma de actuar. El sospechoso se desplazó a la jornada de Santiago en su coche y se fue un día antes del asesinato, pero pudo quedarse en algún hotel y llevar a cabo el asesinato. La única duda es que el coche se alquiló en Vigo y fue dejado en Santiago.

–Solo nos quedan dos asesinatos en el aíre, el de Burgos y el de Toledo. En el caso del de Toledo, la víctima podría ser el traficante o camello suministrador de la droga al asesino. Creemos que la víctima en este caso conocía al asesino, pero no podemos responder a las preguntas de: ¿cómo se conocieron?, ¿qué relación tenían? Sabemos que el médico de Madrid sí asistió a las jornadas médicas que hubo en Toledo, pero su teléfono móvil no se puso en contacto con el teléfono móvil de la víctima en ningún momento, y en el momento del asesinato este médico estaba junto con otros asistentes a la jornada.

–Podría haber otra posibilidad, y es que fuera asesinada por los propios traficantes y quisieran que el asesinato se le asignara a otra persona. En esos momentos ellos no conocían al Asesino de las Ánimas, pero podrían saber de la existencia de un asesino que utilizara la droga que le suministraban y la forma en la cual actuaba. Es una suposición. Aunque un poco rebuscada. Se que no tiene demasiados fundamentos. Pero podría existir esa posibilidad.

–A mí me resultaba difícil creer esa suposición–. Comenta Ernesto.

–Centrándonos en el médico de Soria, –sigue Antonio con su exposición – tenemos que reconocer la inexistencia de pruebas sólidas que nos permitan acusarle de sospechoso. Solo indicios que nos permiten profundizar en la investigación.

–El médico de Soria tiene una fuerte relación con su pareja. Aparentemente muy buena. Una ingeniera informática que trabaja para una multinacional, y que tiene oficina en Soria.

–Desde hace tres años viven juntos en el piso de Jorge. Parece que la relación es estable según el seguimiento que se ha realizado de la pareja.

–La BCIT ha intervenido tanto su teléfono móvil como sus ordenadores personales. No han localizado nada en esos dispositivos que permita sospechar exceptuando que usa el navegador "TOR" para acceder a la internet oscura - Dark Web-.

–Los Investigadores no han visto historial en el uso de este navegador. El problema de la Dark Web es precisamente el oscurantismo, el anonimato, ya que garantiza la privacidad de las comunicaciones mediante el cifrado que utilizan los servidores web.

–La red TOR es la más utilizada por los navegantes en esta red cebolla como también la denominan los expertos.

–También tiene instalado en su teléfono móvil una aplicación de chat privado denominada "Signal". Es una aplicación de mensajería centrada en la privacidad.

–Es evidente que esto llama la atención. No es muy normal dado que esta red es utilizada para acceder a web clandestinas donde se vende todo tipo de cosas, y se trafica con datos o se comparte información extraña.

–Se ha intentado acceder a su tablet, pero esto no ha sido posible dado que nunca se conecta a una red de datos, y utiliza tarjeta de prepago que cambia semanalmente.

–También hemos visto que el investigado mantiene contactos con los médicos de Madrid y de Sevilla a través de conversaciones telefónicas, correos electrónicos, y herramientas de mensajería como WhatsApp.

–En los correos electrónicos que se mandan estos médicos y que se han obtenido del ordenador del investigado de Soria, se habla de: temas médicos, técnicas en operaciones, tratamientos farmacéuticos, pero se ha observado que hay ciertos mensajes que han llamado la atención. Esto último es una sospecha dado que no hay nada que permita aseverar este presunto. Hablan de la palabra "el acto".

–Creo que deberíamos intervenir los teléfonos y ordenadores personales de los médicos de Madrid y Sevilla, para ver si descubrimos algo que nos ayude en la investigación.

–La BCIT ha investigado sí hay publicaciones de estos asesinatos en la Red, y ha logrado descubrir la existencia de fotos de alguno de los asesinatos que hemos identificado y referenciado al Asesino de las Ánimas. Han encontrado un repositorio de fotos en la Dark Web. En este repositorio han aparecido las de otros asesinatos con cierta similitud al del Asesino de las Ánimas. La BCIT ha identificado 8 fotos de asesinatos. Pero en la Dark Web no se puede conocer quien o quienes son los propietarios de estas fotos, y que ordenadores acceden a ellas.

–Podría ser que el asesino o asesinos suben las fotos de los asesinatos para compartirlas. Estos asesinatos pueden haber sido realizados en otros países, dado que no existe ninguna referencia que los situé en España.

—Es posible que haya una red de asesinos que comparten sus logros. Bueno esto es una suposición infundada. Esto es como la red de pedófilos, hay gente muy extraña en este mundo y desde que la tecnología es tan abierta, se han proliferado a mansalva.

—Por lo que has comentado Antonio, – responde Ricardo –tenemos un sospechoso sobre el que debemos de profundizar. Hay que establecer una estrategia para presionarle y que pueda cometer algún error.

—Sí, es cierto Ricardo, pero insisto, la información que tenemos es muy débil. Se mueve sobre supuestos, no sobre realidades.

—Quizás, la presión pueda venir a través de su compañera. Por lo general estos psicópatas tienen muy separada su vida personal de su vida de asesino. Centremos nuestra aproximación en su compañera. ¿Te parece Antonio?.

—Estoy de acuerdo con Ricardo. – comenta Herminio –Llamarla para tener una reunión en Comisaría. Pero, además, tendría una reunión con Jorge, el médico, para presionarle. Que sienta que la policía sigue investigando el caso de Soria.

—Me parece correcto. – comenta Ricardo –¿Qué opinas Antonio? .¿Tienes alguna idea más?.

— Bueno, es evidente que trabajamos bajo supuestos. No tenemos nada. Es probable que su punto flojo sea su pareja y eso le pueda poner nervioso. El resto, lo veo difícil dada su inteligencia y como planifica las cosas.

—¿Y su familia? .– pregunta Ricardo –¿Has pensado en ello?.

—¿Su madre?. Es posible. – responde Antonio.

—No podemos esperar a que cometa un nuevo asesinato visto el tiempo que pasa entre uno y otro–. indica Antonio –Tenemos que buscar formas para presionarle para ponerle nervioso. Que vea que la Policía está detrás de él.

Interviene Ricardo. –¡Herminio! Yo creo que su nivel de inteligencia no le va a afectar si le presionamos. Otra cosa es si presionamos a sus seres más queridos, a sus seres cercanos.

Toma la palabra Antonio. –Normalmente estos psicópatas son muy sentimentales. Sabemos que tenemos un asesino en serie no agresivo. Los asesinatos los hace sin belicosidad, no comete atrocidades, no lleva a cabo violaciones, yo creo que intenta dar respuesta a un sentimiento de presión interna derivado de ese conflicto que tuvo a los 17 años.

Interviene María. –Estos psicópatas entran en una fase depresiva y tiene que salir de ella a través del asesinato, del control que hace sobre su víctima donde él determina la muerte la cual la lleva a cabo sin dolor, y sin que la víctima se dé cuenta que va a morir. Su sumo es la escenografía que hace del asesinato.

Toma la palabra Antonio –Si os parece, vamos a establecer un dispositivo que presione al médico, y en paralelo tendremos un acercamiento al entorno familiar de la víctima.

–A mí me parece correcto–. indica Herminio –Es probable que de esta manera pueda cometer un error. Ese tiene que ser nuestro objetivo a través de la presión que le hagamos.

Antonio comenta. –Como también os indique antes, de igual modo complementaría la investigación sobre los médicos de Madrid y Sevilla.

–Me parece correcto lo propuesto Antonio. – indica Ricardo –El perímetro de investigación que has definido tiene su lógica.

–¿Piensas lo mismo Herminio?.

–¡Sí!. A mí me parece algo extraño las comunicaciones que se produjeron entre los médicos de Madrid y Sevilla cuando ocurrieron los asesinatos.

–¿Qué habéis identificado como posibles mensajes en clave Antonio?

–En uno de los correos dirigido a los médicos de Sevilla y Madrid, aparece una frase que dice:

"Todo lo que comentamos se llevó a cabo. El acto fue fácil, quizás fue sorprendente la rapidez de cómo se realizó y culminó".

–El correo fue enviado una semana después del asesinato de Zaragoza.

–En otros correos, unos días antes al asesinato de Zaragoza, también habla de "el acto", de llevarlo a cabo y lo destaca el médico de Soria. Es cierto que dentro de esos correos se habla de temas médicos: diagnósticos, publicaciones, tratamientos, intervenciones. Pero nos ha parecido significativo que aparezca esa palabra "el acto" dentro de esos correos. No le vemos sentido a no ser que se esté mandando un mensaje.

–También hemos visto un correo, donde aparece la palabra "el acto", enviado a estos médicos dos días después del asesinato de Soria.

Comenta Ricardo. –Me parece bien que también se intervengan los teléfonos móvil y ordenadores de los médicos de Madrid y Sevilla.

–Hablo con el Juez para que nos de autorización a ello. – Comenta Herminio

–No sé si el resto de los inspectores tiene algo que comentar. ¿Ernesto, María, Gustavo?–. pregunta Antonio.

Ricardo responde. –¡Antonio! Si tenemos sospechas de la existencia de una red de asesinos en serie en Europa, o de una trama que se intercambia fotos de asesinatos, hay que ponerse en contacto con la Europol. Vamos a ver que nos dicen.

–¡Herminio!, habla con ellos y les explicas lo que hemos identificado hasta ahora, a ver qué información tienen sobre estos casos. Nos podría ayudar en la investigación.

–Vale.

Pregunta Ricardo. –Por cierto, Antonio. ¿Habéis analizado en profundidad las imágenes de los asesinatos que habéis asignado al Asesino de las Ánimas?.

–Te digo esto para ver si es el mismo asesino o son diferentes. Puede haber similitud, pero también puede haber detalles que diferencian en la ejecución de los asesinatos.

–Ok. Vamos a volver a repasar las fotos y hacer un análisis comparativo, pero en principio te diría que sí, que todas son muy similares a excepción del de Toledo, donde la víctima no tiene la misma escenografía. La otra diferencia que hay en dos de los asesinatos, el de Sevilla y el de Pontevedra, es la droga.

Los Inspectores se ponen en marcha para llevar a cabo las acciones establecidas en la reunión.

-XV-
La reunión del "El Nido"

Caed, hojas, caed; morid, flores, marchaos;
que se alargue la noche y se acorte el día;
cada hoja es felicidad para mí mientras se agita en su árbol otoñal.

-Cumbres Borrascosas- Emily Brontë

Jorge participa en una reunión grupal en "El Nido" en la que explicar su vivencia en el último acto. Participan en la reunión ocho pacientes y dos doctores, entre ellos Franz.

Toma la palabra el paciente N.º 7543 (Jorge) quién describe con todo detalle cómo le surgió la necesidad y como su mente ideó, con toda minuciosidad, la realización del acto.

En la descripción hace mucho hincapié en cual fue la reacción de su mente cuando concluyó "el acto", cuando se retiró de la víctima para contemplar la escenográfica que había creado: la posición del cuerpo, las manos, la cabeza girada, la mueca en la boca, las ramas que puso encima de la víctima, y fue en ese momento cuando le vinieron unos sentimientos que nunca había percibido, y le entró una profunda llorera. Todo ello le llevó a su decisión final de no volver a llevar a cabo un nuevo "acto".

El resto de los pacientes que asisten a la reunión, escuchan con interés y atención la descripción de lo vivido por el paciente N.º 7543.

Jorge explica con vehemencia el detalle de los sentimientos que le aparecieron. Unos sentimientos profundos que le decían la necesidad de llevar a cabo un cambio. En ese momento él lo percibió como cuando un enfermo se cura de un tratamiento. Se sintió aliviado.

Sus ojos se vuelven a poner llorosos como en aquel día. Algo que no pueden percibir los asistentes dado que están todos tienen la cara cubierta.

El paciente N.º 7543 expone lo que le sucedió al día siguiente cuando fue a la cruz negra, donde reflexionó sobre sus sentimientos emocionales, de cómo cuando subió las fotos del "el acto" al repositorio de "El Nido", y repasó todas las fotos de los diferentes actos que había realizado, también le volvieron a venir esos sentimientos.

El Doctor (Franz) toma la palabra y explica a los pacientes participantes, que el sentimiento percibido por el paciente N.º 7543 es el de su cura. Su mente demuestra un cambio en su visión de la vida, y percibe la necesidad de cambiar su actitud de transferencia de su situación mental a través de la vida de otra persona.

–¡Pacientes! Como habéis oído, el paciente 7543 sabe de su capacidad de llevar a cabo "el acto", y de los sentimientos que le han llevado a realizarlo, así como cuál ha sido su respuesta mental y emocional. Esa respuesta mental es lo que le ha conducido a entender que su estado se ha transformado. Entendiendo que ya no necesita culminar más actos. Que ya no encuentra la justificación de arrebatar una vida.

–Como os ha comentado el paciente N.º 7543, han pasado por su mente todos los actos realizados, pero no se arrepiente de ellos dado que, en esos momentos, él necesitaba culminarlos. Era su válvula de escape a la presión interna que tenía.

–El paciente N.º 7543 sabe de su voluntad de finalizar y de volver a una vida normal. De aprovechar y disfrutar lo bueno que le rodea, y que tiene cerca. De no perderlo.

–Todo ello nos indica que ya está en un estadio final del proceso de cura.

–El proceso de cura que ha vivido el paciente ha sido un proceso lento, complicado, complejo, y difícil de convivir con él. Debemos de entender señores pacientes que salir del estado de esta enfermedad es un proceso de largo recorrido y de perseverancia.

–Es parte del proceso que entendáis las consecuencias del acto y del análisis sesgado de: riesgo, comprensión, e inferencia.

–El paciente N.º 7543 es lo que ha realizado. Ha llevado a cabo un análisis en profundidad que le ha llevado a la conclusión que el beneficio de la recompensa es menor que sí no hubiera llevado a cabo "el acto".

–Quiero recordar que, los factores clave que influyen en la toma de decisiones para todos los cerebros son: los sistemas de valores, los recuerdos de recompensas, y las consecuencias pasadas.

–El objetivo que tenemos que perseguir es el control espontáneo de la actividad neuronal, lo cual nos permitirá controlar las decisiones perjudiciales. Quizás esto debemos de catalogarlo como el objetivo más importante.

El paciente N.º 3724 (francés) toma la palabra. –Doctores, En estas reuniones que estamos manteniendo, en mi caso llevo más de 6 años asistiendo a "El Nido", he notado ciertas mejoras en la necesidad que me aflora para llevar a cabo "el acto". Es cierto que ahora estas necesidades se están distanciando en el tiempo, pero siguen apareciendo en momentos muy determinados. Momentos de gran tensión y misoginia en mi caso.

–¡Doctores!, yo necesito lograr la cura, no sé cómo lograr esto. Entiendo que estoy haciendo algo mal, pero a su vez, necesito culminar "el acto".

–Ya estas teniendo un avance. – le contesta Franz– Hace unos años, no tenías el sentimiento del mal cuando llevabas a cabo en el "el acto". Este proceso, como os comentamos cuando entráis en "El Nido", es un proceso lento y evolutivo, donde buscamos que vuestra mente vaya cambiando e interpretando vuestra actitud.

–Entender pacientes que; vuestra enfermedad tiene cura mediante la actuación sobre vuestra conciencia emocional y en vuestra atención. Tenemos que lograr aumentar vuestra conciencia emocional.

–Sois pacientes cuya enfermedad os ha aparecido por un trauma y se ha desarrollado en respuesta a eventos traumáticos.

–Todos tenéis una capacidad de análisis y síntesis elevada, pero en un momento determinado os aflora un sentimiento del cual tenéis que desprenderos y lo hacéis mediante "el acto". Es la manera de transferir ese mal sentimiento a otra persona dado el control que podéis ejercer sobre ella.

–Hoy el paciente N.º 7543 nos ha transmitido como en su mente le ha aflorado un sentimiento nuevo, un sentimiento que hasta ahora no había percibido y, por tanto, su conciencia emocional ha aumentado. No se ha arrepentido de lleva a cabo "el acto", pero ha entendido que quizás no sea la mejor manera de resolver su problema.

Interviene el paciente N.º 5790 (alemán) –En el último acto que llevé a cabo hace unos meses, me afloró también un escalofrío cuando contemplé la escenografía de "el acto". Eso nunca me había ocurrido, pero lo asimilé al miedo por el lugar donde estaba, donde había dejado a la víctima. Al oír al paciente N.º 7543 me he sentido plenamente identificado con él.

Vuelve a toma la palabra el Doctor (Franz) –Es importante que cuando os pase esto, repaséis los actos que habéis realizado dado que esto os dará pie a reflexionar, a que vuestra mente evalúe las acciones realizadas y poner en una balanza lo bueno y lo malo, lo que tenéis que ganar y lo que perder. En este momento, sin lugar a duda, estáis en la senda de la cura, en el camino de la cura.

–Compañeros, hace unos días me volvió a venir la necesidad de llevar a cabo un nuevo acto. – vuelve a tomar la palabra el paciente N.º 3724 (francés). –Éste me surgió debido a un problema que se generó en mi entorno personal. Una fuerte discusión de sentimientos entre hermanos, y producida por la necesidad de tomar una difícil decisión sobre la situación a la que la enfermedad había llevado al estado de nuestra madre.

–Había que tomar una decisión muy compleja, y que nadie, a excepción de mí, estaba dispuesto a tomar. Todos preferían que siguiera sufriendo, pero yo, que soy médico, plantee una alternativa que sirviera para que todos saliéramos ganando y principalmente mi madre. Unos por el sufrimiento que estaba generando esa situación y otros, por el desgaste al cual nos estaba llevando.

–Salí de esa reunión en un estado de nervios muy alto, y me vino la necesidad de llevar a cabo "el acto" para transferir ese estado incontrolado. Ahora me encuentro en el proceso de planificación, lo cual me está llevando a una situación de tranquilidad, dado que estoy empleando el tiempo y la cabeza en ello.

Toma la palabra del Doctor –Esto que nos ha comentado el paciente N.º 3724 (francés) es la respuesta de su estado emocional. Cuando este estado no se controla nos viene la necesidad de llevar a cabo "el acto".

–El control de esta situación se logra mediante el control de la conciencia emocional, es decir, de vuestras propias emociones y las de los demás.

–En el momento que lleguéis a este estadio, ya estáis en el proceso de cura. En el correcto camino.

–Conviene. – se dirige el doctor al paciente N.º 3724 (francés) – que en el proceso en el que estas de planificación del acto, hagas también una reflexión de las circunstancias a las que te han llevado a esa necesidad. No porque te replantees el acto, sino para que cuando lo lleves a cabo pase por tu cabeza un resumen del por qué te surge la necesidad, y reflexiones. También debes, como ha hecho el paciente N.º 7543 (Jorge), que repases las fotos de los actos que has llevado a cabo hasta ese momento. Seguramente te vendrá a la cabeza el origen del por qué necesitasteis realizar esos actos.

–Indicarte también, que seas muy metódico y lo planifiques prestando atención a los pequeños detalles. Estos pequeños detalles son los que te pueden llevar al fracaso o a que la policía se acerque a ti.

–Sabéis que aquí, en "El Nido", buscamos la máxima del secretismo, y la inviolabilidad de nuestro Hospital Virtual, en el cual vosotros sois fundamentales y garantes de la existencia de éste.

–En estos años que llevamos trabajando, ¡más de 15!, todos los pacientes se han curado, unos han tardado más que otros, eso es lógico dado que cada mente es diferente, pero el resultado es muy satisfactorio.

–El éxito está en la confianza, en abriros y contar vuestros sentimientos y como lleváis a cabo "el acto".

– Cada uno de vosotros lleváis a cabo "el acto" de una manera muy similar. Una escenografía parecida que completáis con una poesía. Es curioso que la mayoría de vosotros utiliza poetas del romanticismo.

–En esas reuniones es conveniente que pongáis en conocimiento vuestra vivencia y sentimientos, con el resto de los pacientes. Compartirlo es lo que os ayuda a enfrentaros a la enfermedad. No las drogas como otros psiquiatras y psicólogos llevan a cabo en el tratamiento de esta enfermedad.

—Es cierto que los psicotrópicos ayudan en el cambio de ánimo, de la conducta, de la percepción de los sentimientos, e incluso del comportamiento, pero estos no atacan al problema real dado que lo que hacen es poner una película en la mente y en el momento que dejas de tomarlos, la enfermedad vuelve a aparecer. Nosotros atacamos el problema en su raíz.

—Otro tema que quería sacar en la reunión es la necesidad de tener muy bien controlado vuestro entorno. Me refiero a que los actos que cometéis, como bien sabéis, son perseguidos por la policía y por ello hay que ser cauto y muy cuidadoso, diría que tremendamente cuidadoso. No debéis de establecer ninguna relación entre vosotros a excepción de las reuniones que hacemos en el "El Nido" ni por supuesto, con terceras personas. Este debe ser vuestro único punto de conexión.

—Al igual que vosotros estáis fuera de la ley, "El Nido" y todos los que la integramos este proyecto también lo estamos y por ello, debemos de comportarnos como una familia. Si cae uno caemos todos y, por tanto, este gran e innovador proyecto desaparecería.

—Si no hay preguntas, damos por cerrada la sesión de hoy y en los próximos días os convocaré a la siguiente. Gracias a todos por vuestra participación y sinceridad.

—Dejar que os recite una poesía como hacéis vosotros en vuestros actos. Es una poesía de Samuel Taylor Coleridge. También de la época del Romanticismo.

He experimentado lo peor, lo peor que el mundo puede forjar,
aquello que urde la vida indiferente, perturbando en un susurro.
La oración de los moribundos.
He contemplado la totalidad, desgarrando en mi corazón el interés
por la vida,
Para ser disuelto y alejado de mis esperanzas, nada resta ahora.
¿Por qué vivir entonces?
Aquel rehén, que el mundo mantiene cautivo otorgando la promesa
de que aún vivo, aquella esperanza de mujer, la pura fe en su amor
inmóvil, que celebró en mí su tregua con la tiranía del amor, se han ido.
¿Hacia dónde?
¿Qué puedo responder?
¡Se han ido!
¡Debería romper el infame pacto, este vínculo de sangre que me ata a
mí mismo!
En silencio lo he de hacer

-XVI-

El preludio del final

Todo tiene un final ya sea el final de la vida, de una relación, de una etapa, de un camino o de un día, todo proceso tiene su final, pero no tiene por qué ser definitivo. El final de algo es el comienzo de otro porvenir.

Antonio se reúne con el equipo y realiza la asignación de los trabajos a realizar en los próximos días.

–¡Ernesto y María!, Inspectores, debéis tener una reunión con Jorge, con la pareja de Jorge, con su madre, y ver si también con algún amigo de Jorge. La reunión con Jorge que sea la primera.

–Vamos a empezar a presionar al sospechoso principal.

–¡María!. Revisa también, una vez más, las fotos de los asesinatos que hasta ahora tenemos asignados al Asesino de las Ánimas, a ver si pudiera haber alguna diferencia entre los asesinatos que nos ayudara en la investigación.

–María. Se que ya lo has hecho varias veces, pero debemos revisarlas, sobre todo, la del asesinato de Toledo.

–¡Gustavo! Estudia en detalle la información que te proporcione la BCIT. También investiga a los médicos de Madrid y Sevilla. Es importante que revises los correos electrónicos que pudiera haber entre los tres médicos. Persigue la palabra "el acto".

–Antonio. ¿Reviso también las comunicaciones de los otros dos médicos de: Madrid y de Valencia?

–¡Sí!. Me parece bien Gustavo. Revisa las llamadas de teléfono y mensajes electrónicos. Aun no tenemos autorización para Intervenir otros medios tecnológicos de estos médicos.

María y Ernesto tienen una reunión con el médico de Soria -Jorge-.

La reunión se lleva a cabo en el Hospital Universitario Santa Bárbara, en la consulta del doctor.

Cuando entran los Inspectores en el despacho, Jorge ni se levanta a saludarlos. Les da los buenos días de forma seca y despectiva (es su talante, es muy altivo). María se le queda mirando fijamente a los ojos, respondiéndole el doctor de la misma forma. Les propone que se sienten (con educación, y muy formalmente).

María, una vez sentada, vuelve su mirada a la pared donde el doctor tiene expuestos todos sus títulos, a los que presta mucha atención.

Ella sabe que una de las características de estos asesinos en serie es su alto nivel de formación, que destacan en su profesión, y que les gusta que se les reconozca.

Ernesto y María se presentan, y le dicen al doctor que el motivo de la reunión es sobre el asesinato de la enfermera Marta Fernández.

Jorge fija la mirada en Ernesto. –¿Ud. no estuvo en la consulta hace un tiempo?.

–¡Si claro!. Hace unos meses. Para una revisión de la próstata. Tenía ciertas molestias. Pero ya me dijo que estaba todo bien.

–¡Doctor!. Respecto a la enfermera que trabajaba aquí. ¿La conocía?.

–¡Si claro! Desde hace tiempo. Era enfermera de quirófano. Ha intervenido en bastantes de las operaciones que he realizado, y en las que se realizan en el Hospital.

–Era buena enfermera de quirófano. Estaba especializada en instrumentación, aunque a veces hacía de gerente quirúrgica. Quizás era joven para el trabajo y responsabilidad que tenía. Quizás le faltaba algo de experiencia. ¡Mucha responsabilidad!.

En ese momento toma la palabra María, y sigue mirando fijamente a los ojos de Jorge. –¿No la reconoció el día que la encontró en el margen del rio?.

–No. La verdad es que no. Tampoco nos acercamos al cadáver y, además, creo recordar, que estaba cubierto de ramas. Jorge ni se inmuta con la mirada profunda de María. Su frialdad es superior ante las preguntas de los Inspectores.

–Le dije a mi pareja que no se acercara, nos apartamos del lugar, y llamé inmediatamente a la policía. La verdad es que no me fije en quién podía ser. Fue muy impactante cuando mi pareja se tropezó con el cadáver.

María, que sigue con la mirada fijada en los ojos de Jorge para intimidarle y presionarle, continua con sus preguntas. –¿Tuvo algún problema con ella?.

–¡Bueno!, en varias ocasiones tuve que llamarla la atención por errores que cometió en la mesa de quirófano. Es algo que no se puede permitir.

–Uds. entenderán que en la mesa del quirófano hay una persona, una vida humana, por la que hay que asegurarse que la intervención sea exitosa. Un error en la mesa de intervención puede llevar a cabo al traste de la operación e incluso, la vida del paciente. No se pueden cometer errores.

–¡Creo que también ha tenido algún problema con otros cirujanos!.

–Doctor. ¿Cuándo tuvo el último incidente con la enfermera?.

–Inspectora. No me acuerdo del último incidente. Eso no lo apunto, no lo registro.

Jorge se separa de su mesa de forma sosegada, cruza las piernas, e intercambia la mirada con María, como si se tratará de una competición de miradas a ver quién hace más presión. Intenta transmitir con ese movimiento seguridad en su respuesta y por supuesto, frialdad.

María se fija en el movimiento de Jorge dado que ella sabe que cruzar las piernas significa estar en guardia y a la defensiva, aunque también, arrogancia y superioridad.

En ese momento interviene Ernesto que ve como se está produciendo cierta tensión entre María y Jorge, tensión que puede complicar la reunión. –¿Qué ocurre cuando una enfermera tiene equivocaciones doctor?. ¿Se lleva a cabo alguna acción?.

–¡Claro!. Primero se habla con la enfermera, si eso se produce en más ocasiones, se informa a Dirección para que hablen con la enfermera.

Dependiendo del error o si se producen un cumulo de errores en el tiempo, incluso se le abre un expediente y puede que se establezca un Tribunal Médico para su valoración.

–¿Fue el caso? –. vuelve a intervenir María con la presión de su mirada y con voz seca.

–Que yo sepa no. Pero eso se lo tienen que preguntar a la Dirección. Por mi parte, que yo recuerde, no hubo un comunicado a la gerencia denunciando a la enfermera.

–Doctor. – sigue maría con sus preguntas –¿Recuerda que hizo los días anteriores a descubrir el cadáver?.

–Pues Inspectora, sinceramente, no lo recuerdo. Ha pasado bastante tiempo del incidente. Me imagino que pasaría por los Hospitales donde tengo enfermos que hubieran tenido alguna operación para ver cómo están, revisar su historia y aquellos que estén en condiciones darles el alta.

–Es lo normal los fines de semana. Tendría que mirar la agenda a ver si tengo aún guardadas las actividades que realicé en esa fecha. Si esperan un momento, se lo confirmo.

–¿Qué día fue el incidente Inspectores?.

–El lunes 24 de octubre del pasado año–. responde María con su voz sea.

El doctor abre lentamente su ordenador personal, y consulta su agenda para revisar lo que hizo en esos días.

–Como les dije, el sábado 22 me pasé por los dos hospitales a ver a tres enfermos que habían tenido una cirugía en esa semana. El domingo me imagino que estuve en casa. No tengo nada apuntado.

–¿Doctor, es habitual que Uds. hagan footing por el sendero de rio? –. Vuelve a pregunta María mirando fijamente a los ojos del doctor. Sin duda quiere capitalizar la entrevista.

–Sí. Claro. Mi pareja y yo solemos salir casi todos los días y hacemos algo de footing por los dos senderos, el que va aguas arriba y el que va aguas abajo. Son senderos diferentes y muy bonitos y relajantes.

–¡Inspectores!. ¿Uds. hacen algo de deporte?. ¡Se lo recomiendo!. Es muy sano y aclara mucho la mente para el trabajo que hay que realizar en el día.

Mira fijamente a María esperando que le conteste a la pregunta realizada, pero ella sigue con sus preguntas, no quiere despistarse y que el doctor le lleve por otro camino.

–Doctor, ¿recientemente asistió a unas jornadas en Zaragoza?

Jorge cambia su posición relajada. Descruza las piernas, gira el sillón, baja la cabeza, y lo acerca a la mesa donde pone los codos y cruza los brazos. Como si estuviera adoptando una postura de defensa.

María pone su mirada en los codos del doctor. Es una postura que le llama la atención, aparentemente el doctor ha perdido la posición de relax que estaba teniendo a lo largo de la reunión.

–Sí. Hace un mes más o menos. Es normal que asista durante el año a tres o cuatro jornadas. Es la manera de actualizarse y de estar con otros profesionales donde se comparten experiencias y se habla de futuras aplicaciones de nuevas técnicas de la especialidad. Por ejemplo, la cirugía robotizada.

–Este mes hay otra en Barcelona a la que sin duda asistiré. También se va a hablar de avances tecnológicos.

María vuelve a intervenir, no quiere perder la presión que le está haciendo al doctor. Percibe que le ha descolocado con esa pregunta.

–¿Recuerda cómo fue a las jornadas Doctor?. ¿En coche, en tren?.

El doctor aproxima un poco más la silla a su mesa. Sin duda se siente incómodo por la pregunta sobre su asistencia a la jornada de Zaragoza. Le ha desconcertado. Tiene claro que saben de sus movimientos. Además, en su planificación, estaba justificar su viaje a Trasmoz, y a la zona del Moncayo, a través de su asistencia a la jornada.

En ese momento su mente tiene que ordenarse. Debe de ser una contestación sencilla, clara, y rápida.

—Fui en mi coche dos días antes de la jornada. Tengan en cuenta que desde Soria a Zaragoza no hay buena comunicación. Además, me apetecía aprovechar y visitar la zona del paraje del monte Moncayo. Había estado pasando unos meses de un trabajo muy intenso con cirugías un tanto complejas, y esa era la manera de relajarme.

—Estuve alojado dos días en una casa rural, visité la zona, he hice un poco de turismo rural. Es un lugar bellísimo. ¿Lo conocen?. Se lo recomiendo.

—La verdad es que no Doctor. Me han hablado de la zona y me han comentado que es un paraje muy bonito –. Responde María y aprovecha para hacerle otra pregunta.

—Una última pregunta Doctor. ¿Qué opina de Bécquer?

–¿Qué opino de Bécquer? ¿No entiendo la pregunta y tampoco que tiene que ver con esto?-

—Inspectora, todos los Sorianos conocemos a Bécquer y su estancia en Soria y su provincia. ¿Inspectora Ud. es Soriana?.

—No. Soy de Ávila, de Santa Teresa. Se lo pregunto porque Bécquer estuvo unos años de su vida en esa zona, y llevó a cabo algunos escritos, si no me equivoco. ¿No?.

–¡Ha, bueno, es cierto!. Es una zona donde Bécquer pasó gran tiempo de su vida. Incluso escribió alguna de sus novelas y poesías.

—Uds. Inspectores ¿han leído a Bécquer?.

—Realmente son muy curiosas sus obras y fáciles de leer, no como otros poetas y escritores de la época del romanticismo.

—Bueno es una pregunta informal. ¡Disculpe! –. María cambia la mirada y la vuelve hacia Ernesto, transmitiéndole que por su parte ya ha terminado de hacer las preguntas que le interesaba.

Ernesto interpreta el mensaje de María, pero él quiere hacerle una pregunta que entiende puede ser significativa.

–Doctor. Una última pregunta. Estoy viendo los títulos que tiene, y me sorprende donde cursó sus estudios de medicina. ¿Usted estudió en Sevilla la carrera de medicina?.

–Sí. Es así. En esos momentos Soria no era el lugar más adecuado para estudiar medicina –. Jorge se vuelve a sentir desacomodado con esa pregunta.

Ernesto sigue con su intervención mientras María sigue con la mirada puesta en el doctor.

– Veo, por los diplomas que tiene, que Ud. es un miembro reconocido internacionalmente en la Comunidad Urológica.

–Sí es así. Desde hace varios años participo en reuniones de la especialidad, tanto a nivel nacional como internacional, sobre todo en la aplicación de nuevas técnicas, y soy reconocido por ello.

–Por cierto, Doctor. ¿Ud. conoce la etorfina?

–No. Entiendo que debe de ser una droga derivada de la morfina. No es una droga que se utilice en medicina. Desde luego no me suena de nada. ¿Por qué me hace esa pregunta Inspector? –. Se aprecia que la pregunta le ha sorprendido.

–Por nada especial. Gracias doctor por su tiempo. De todas maneras, si le parece, y necesitáramos algo más, se lo haremos saber –. Los Inspectores se despiden con mucha delicadeza y educación.

– Gracias a Uds. Cualquier cosa que necesiten me tienen a su disposición.

Ernesto y María salen de la reunión y se dirigen hacia las oficinas de la Dirección del Hospital. Quieren hablar con el director para preguntarle sobre la enfermera, y los incidentes que ésta hubiera podido tener con otros médicos como indicó Jorge.

Los Inspectores se reúnen con la directora del hospital quién les confirma que la enfermera de quirófano tuvo algún problema con otros médicos cirujanos, pero que nunca se le abrió expediente. Se habló con ella, y todo quedo en unos incidentes que la enfermera justificó.

La directora del hospital revisa el expediente de la enfermera donde consta que, el último incidente, lo tuvo con Jorge y se produjo en octubre de 2023.

–¡En octubre del 2023!–. exclama María–. Sabe la fecha.

–Si claro, el 14 de octubre.

Los Inspectores salen del hospital y toman el coche que los lleva a la Central de la Comisaría.

Ernesto va conduciendo y por el camino los inspectores van comentando la reunión, la forma en que el Médico les ha tratado, y sus respuestas.

–¡Ernesto! Te has fijado su comportamiento. Cómo nos ha recibido: altivo, distante, mirando fijamente a los ojos.

–Sí. María tú tampoco te has quedado corta.

–A mí me ha dado malas sensaciones Ernesto. La verdad.

–¿Y sobre la enfermera asesinada?. ¿No te ha parecido que la menospreciaba?. ¡Ernesto!

–La verdad es que ha puesto en duda su profesionalidad, aunque no lo ha dicho, pero su cara lo decía todo.

–¡A mí no me ha gustado! Sinceramente Ernesto. Nos ha dicho que no la abrió expediente y la Dirección nos ha dicho que sí. Eso es extraño. ¿Que no recuerde que la abrió expediente?. Suena raro la verdad.

–Desde luego María, no te ha agradado nada. Yo no he percibido nada raro. Sí, ha sido un poco despectivo, distante. Es cierto. Pero tampoco se ha puesto nervioso en la reunión pese a que os habéis estado cruzando miradas. En ellas os decíais de todo menos bonito. Ja ja ja.

–Por cierto, Ernesto, ¿has visto como ha reaccionado cuando le hemos preguntado por las jornadas de Zaragoza y sobre de Bécquer?

–La verdad es que le ha sorprendido las preguntas. Algo inédito dado que su comportamiento hasta ese momento ha sido normal, pese a las formas.

–¡Ernesto!. La pregunta le ha cambiado, le ha trastocado, se ha sentido descolocado, confundido.

–Yo creo que ha contestado muy bien a la pregunta de Zaragoza, dando las explicaciones suficientes. Ha justificado perfectamente su viaje a la zona del Moncayo dos días antes de las jornadas médicas. Es perfectamente creíble.

–Pero ¿sobre Bécquer?. ¿Qué me dices?.

–Quizás otro hubiera contestado, pero él no ha querido. ¡Extraño!. ¿No te parece?.

–También es cierto que esa pregunta no tenía sentido en la reunión María. Creo que hemos puesto de manifiesto que lo tenemos bajo sospecha. Eso ha podido ser un error.

–Quizás no Ernesto. Ahora sabe que está bajo sospecha y podemos ver los movimientos que hace. Fíjate sobre la etorfina. Ha sido una buena pregunta por tu parte.

–María ya lo veremos. Pero si fuera el Asesino de las Ánimas, no cometerá ningún error. Es un perfeccionista. ¿Has visto como tenía la mesa del despacho?. Estaba todo perfecto. Todo en su sitio y perfectamente organizado.

–¡Ernesto! Te has dado cuenta cual ha sido su posición cuando le has preguntado sobre donde ha realizado los estudios de medicina. Le ha cambiado la cara. No ha querido hablar de cuál fue el motivo real de su decisión de ir a Sevilla.

–¿Eso te parece ilógico? Es lo normal no hablar con extraños sobre sus problemas en la adolescencia.

–Por cierto, María. ¿Te has dado cuenta la fecha en la cual tuvo el incidente la enfermera con el Doctor?. El mismo mes de octubre que ocurrió el asesinato. Esto da que pensar.

–Si es cierto Ernesto.

Ernesto mientras conduce el coche su mente está analizando todo lo ocurrido en la reunión. Las respuestas, los movimientos de su cuerpo, las caras que ha puesto ante las preguntas.

Aunque él también tiene las mismas percepciones que María, no se lo quiere reconocer. Sabe que María desde el primer momento le tiene como su sospechoso principal.

Marina recibe la llamada de la comisaría de policía para citarla a mantener una reunión sobre el cadáver que encontraron en el rio. Le sorprende esa llamada y se lo comunica rápidamente a Jorge.

–Jorge. Me han citado esta tarde en la comisaría para hablar del cadáver que encontramos en el rio.

–No te preocupes Marina. Acabo de tener una reunión con ellos para lo mismo. Les respondes a las preguntas. Les dices lo ocurrido y nada más.

–Aquí, en el hospital, también han hablado con la dirección para preguntarles sobre la enfermera. Luego por la tarde me cuentas. Besos.

La Madre de Jorge recibe la misma llamada que Marina. Ella es una persona de 87 años y la llamada la ha puesto muy nerviosa. Rápidamente llama a su hijo mostrando su preocupación y nerviosismo.

–Mama no te preocupes, Es sobre el cadáver que encontramos Marina y yo en el río hace un año. Parece que están volviendo a entrevistar a todos los relacionados con la enfermera y a su entorno más cercano.

–También han citado a Marina.

–Yo he tenido hace un rato una reunión con ellos, y la dirección del hospital también.

–Cuando salgas me llamas y me cuentas que tal te ha ido. Besos.

Ernesto y María se dirigen al despacho que tienen reservado para las entrevistas con Marina y la Madre de Jorge.

–María, las reuniones debemos de llevarlas poco intimidatorias, deben de percibir un trato cercano, nuestro interés es lograr que Jorge sienta que estamos cerrando el circulo sobre él. Si fuera el Asesino de las Ánimas, sin duda cambiará de actitud y pasará a una posición defensiva, esto nos ayudará a avanzar en la investigación.

–Sí, Ernesto. Entiendo que debemos de ser cautos dado que es un arma de doble filo y se puede volver contra nosotros.

–Eso es María. Nuestro objetivo es ponerle nervioso. Debemos de evitar que nos acusen de buscar pruebas para una falsa acusación y eso entorpecería la investigación.

Con la pareja de Jorge hablan sobre cómo encontraron el cadáver de la enfermera, y coincide con lo indicado en el atestado, con lo que les transmitieron a los agentes, y también con la explicación que les dio Jorge.

También le preguntan sobre su relación con Jorge. ¿Cómo se conocieron?, ¿cuánto tiempo hace de su relación?

La pareja de Jorge en ese momento le cambia la cara, se siente confusa, se pone algo nerviosa, no entiende esa pregunta dado que no está relacionada con la víctima que encontraron en el rio.

Pese a ello, les explica que conoce a Jorge desde que eran niños, que estaban en la misma pandilla, y que empezaron la relación formal hace tres años cuando se volvieron a ver, y que los ha llevado a estar juntos en este momento.

Les resalta que su relación es muy estable.

Los Inspectores dan por terminada la reunión, se despiden de la pareja de Jorge, y le dan las gracias por haber venido a la reunión.

Ha sido una reunión muy corta, y los Inspectores esperan que cause sus frutos en la estrategia que tienen definida.

Dos horas después, la Madre entra en el despacho de los Inspectores donde éstos la están esperando.

Entra muy nerviosa en el despacho, ella es mayor y está sorprendida por la reunión.

María se acerca la Madre de Jorge, la toma del brazo para ayudarla a entrar en la sala, y para ayudarla a sentarse en la silla.

Los Inspectores le hacen preguntas sobre su hijo, sobre su relación con él, sobre su pasado, el motivo por el que se fue a estudiar a Sevilla.

Ella destaca que Jorge es hijo único, habla de él como una muy buena persona y muy atento a su Madre.

Cuando se le pregunta por la crisis que tuvo a los 17 años, la Madre se pone nerviosa, y contesta a los Inspectores que la crisis que tuvo fue realmente a los 16 años, antes de cumplir los 17, y como consecuencia de la muerte repentina de su padre.

–Fue un momento muy dramático para Jorge. Él y su Padre se adoraban. No podía vivir el uno sin el otro.

En ese momento la Madre se pone a llorar. María se levanta se acerca a ella, le ofrece un pañuelo, un vaso de agua, y la toca el hombro de forma muy cariñosa.

–Gracias Inspectora. Perdonen. Les explico. La muerte de su Padre le llevó a tener un profundo brote psicótico. Así lo calificaron los médicos que le trataron durante un tiempo.

–Paso unos momentos muy dramáticos. Incluso tuvo un tiempo que no quería ni estudiar, pero gracias al colegio y a su grupo de amigos, le animaron a seguir.

–Él seguía sin entender la muerte de su padre. Fue un momento muy dramático tanto para él como para todos.

–¡Gracias a dios!, se recuperó y re-enfoco su vida. Yo creo que durante ese tiempo se transformó, y pasó de ser un niño a ser un adulto.

Interviene María. – ¡La verdad, que momento más dramático!. Con esa edad, en la que la persona está en un proceso de cambio, es muy impactante que ocurra esto, sin duda tuvo que trastocar al chiquillo.

–Sí. Es así. Esto le llevó a que cuando terminó sus estudios decidiera salir de Soria e irse un año a Inglaterra a estudiar inglés, y después se fue a Sevilla a estudiar medicina.

–Necesitaba cambiar de aires. Yo creo que estaba incómodo en casa dado que los recuerdos de su padre le acechaban.

–El tiempo ha demostrado que fue una buena decisión. Ahora es un médico reconocido en su especialidad.

Interviene Ernesto, que hasta ese momento había estado prestando atención a todo lo que decía la Madre de Jorge. Entiende que es momento de cerrar la entrevista.

–Muchas gracias por su visita, ha sido muy interesante y aclaratoria la reunión que hemos mantenido. Siento mucho haberla hecho pasar por el trance de recordar un hecho tan doloroso, pero, es parte de nuestro trabajo.

Los Inspectores dan por finalizada la reunión y se despiden de la Madre de Jorge.

Según sale de la Comisaría la Madre de Jorge llama a su hijo para contarle la reunión que ha tenido con los Inspectores.

-XVII-
La Confusión. La incertidumbre.

Una vez tuve un clavo clavado en el corazón, y yo no me acuerdo ya si era aquel clavo era de oro, de hierro o de amor.

Rosalía de Castro

Jorge llega a su casa. Son las 20:00. Su hora habitual.

Marina le está esperando sentada en el sofá del salón. Se siente intranquila por la reunión que ha tenido. Según entra Jorge en la casa se le queda mirando fijamente. Sus ojos verdes dicen todo. Son ojos de preocupación, de incertidumbre, y llorosos.

Jorge se dirige hacia Marina, la da un beso, y se sienta en el sofá, a su lado, la toma la mano con cariño, e intenta calmarla.

–Marina. Lo de hoy es una reunión más. Los Inspectores están avanzando en la investigación. Para ellos todos somos sospechosos.

–Yo también he tenido he hablado con ellos y también han tenido una reunión con la dirección del hospital.

–La víctima ya sabes que era enfermera en el hospital. Esto es normal dado que aún no han encontrado al asesino y siguen sus pesquisas. Recuerda el artículo recientemente publicado sobre el caso; ¡deben de estar muy despistados para volver a hablar con nosotros!.

–Igualmente, han hablado con mi Madre para preguntarle por mí.

–¿Y eso?.

–Querían saber del problema que tuve con la muerte de mi Padre. Nada especial.

Marina se queda sorprendida por la reunión con la Madre de Jorge y ¿preguntarle sobre Jorge?. No le encaja. Se hace una serie de preguntas: ¿cuál es el motivo?, ¿qué tiene que ver eso con la víctima que encontraron?, ¿cuál es la posición de Jorge en esto?, ¿qué relación podía tener con la víctima?. ¿Es que es un sospechoso?.

Marina se encuentra un poco desencajada sobre todo cuando Jorge en vez de llevar a cabo sus costumbres habituales de ir a la habitación, ponerse cómodo, e ir a la cocina para preparar la cena, se dirige a su despacho y se encierra en él. Algo fuera de lo normal. No es su comportamiento habitual. Le siente nervioso, preocupado, intranquilo.

Jorge entra en su despacho para analizar y reflexionar sobre las reuniones que han realizado los Inspectores, y las preguntas que han llevado a cabo.

Está claro que le están rondando, quizás acechando, es evidente que la Policía tiene algo de información que los ha llevado hasta él. ¿Por qué las preguntas sobre la jornada de Zaragoza, y Bécquer?. Esta situación le obliga a reflexionar sobre su actividad relacionada con "El Nido".

Se pregunta: ¿qué error ha cometido en el acto de la enfermera?, ¿y en el de Zaragoza?.

¡No puede ser!. Esta seguro que ha sido perfecto a excepción que ellos encontraron el cadáver de la enfermera, pero eso en principio no tendría que levantar sospechas.

Repasa mentalmente el acto de la enfermera. Recuerda que dos semanas antes del acto, justo el día siguiente al incidente en el quirófano, decidió llevar a cabo el acto.

Estableció el proceso que iba a seguir. Llevaría a cabo el acto en el garaje del edificio donde vivía, aprovecharía cuando tuviera turno de noche. Él aparcaría su coche en el garaje, en alguna plaza que estuviera libre y la esperaría para que antes de tomar su coche dispararla el dardo con la etorfina e introducirla en su coche.

No recuerda que hubiera ningún error en el proceso. Nadie estaba en el garaje cuando llevó a cabo el acto. El teléfono de la víctima lo dejó en el coche. Todo salió como estaba programado.

Eran las 9 de la noche cuando llevó a cabo el acto, y se dirigió hacia el Monasterio de San Juan de Dios sin pasar por calle alguna con posibles cámaras de visión que le pudieran grabar.

Dejó el cadáver y realizó la escenificación como siempre hace. Nadie estaba por la zona. Eso lo comprobó con mucho detalle. Posteriormente, volvió a tomar el coche y se dirigió hacia su casa y en el trayecto, tiró en un contendedor de la basura los plásticos utilizados para llevar el cadáver, las mantas que lo cubrían, junto con el resto de material utilizado.

No aprecia en su mente ningún error cometido.

Se enfada (da un puñetazo en la mesa). Se levanta de la mesa y da varios pasos en el despacho con la cabeza cabizbaja, reflexionando. Ya había tomado una decisión para dejar de llevar a cabo "actos". ¡"Que mierda que ahora la Policía este mariposeando"! (piensa en voz alta).

Toma su teléfono móvil y lo formatea. Está convencido que está jaqueado. Seguro que su ordenador también, pero para formatearlo necesita tiempo. Lo hará el fin de semana. Él sabe que no tiene nada grabado, ni en su teléfono, ni en el ordenador.

Para las comunicaciones con "El Nido", utiliza su tablet en la cual tiene instalada una tarjeta de prepago que cambia todas las semanas, nunca utiliza la red interna de la casa, ni cualquier otra red. Es una manera de evitar que le puedan intervenir ese medio tecnológico.

Jorge es muy metódico y precavido, siempre se asegura de todo, de no dejar pistas en ninguno de los actos que realiza. La única información de los asesinatos la tiene grabada en un pendrive que tiene oculto en el lomo de libro "Nueve Leyendas", donde también tiene la llave de la caja de seguridad. Bueno también en el repositorio de "El Nido" tiene las fotos de los actos realizados, pero éste está totalmente protegido.

Le viene a su mente una poesia de Bécquer, la rima LXI:

> Al ver mis horas de fiebre
> e insomnio lentas pasar,
> a la orilla de mi lecho,
> ¿quién se sentará?

> Cuando la trémula mano

tienda próxima a expirar,
buscando una mano amiga,
¿quién la estrechará?

Cuando la muerte vidríe
de mis ojos el cristal,
mis párpados aún abiertos,
¿quién los cerrará?

Cuando la campana suene
(si suena en mi funeral),
una oración al oírla,
¿quién murmurará?

Cuando mis pálidos restos
oprima la tierra ya,
sobre la olvidada fosa
¿quién vendrá a llorar?

¿Quién, en fin, al otro día,
cuando el sol vuelva a brillar,
de que pasé por el mundo,
quién se acordará?

Jorge piensa si se comunica con su doctor Franz Schmidt para ponerle en antecedentes de la situación que tiene con la Policía Española, pero llega a la conclusión que quizás aún no es el momento de hacerlo. Solo hay alguna sospecha, pero nada concreto que le induzca a pensar que la policía tiene suficiente información para encausarle y relacionarle con los asesinatos.

Él tiene claro que tiene que estar "in vigilante". Atento a cualquier acción que le pueda relacionar con los actos de Soria y Zaragoza. De todas maneras, ha decidido dejar de llevar a cabo "el acto". Y además ha sentido que, con la presión que ha ejercido la policía, no ha percibido su necesidad. Eso demuestra su curación.

Revisa su ordenador personal por si hubiera algo que le pudiera relacionar con "El Nido", y las reuniones que ha mantenido. Observa que no tiene nada a excepción de lo que tiene en su tablet. De todas maneras, decide también formatearla.

Él se siente tranquilo dado que no aprecia que haya nada que le pueda relacionar con los actos. Ahora es momento de no preocuparse, de no ponerse nervioso, y de tranquilizar a su amada. Eso es lo prioritario.

Jorge sale del despacho, se cambia de ropa para ponerse cómodo, y se dirige a la cocina, donde como todos los días prepara la cena. Habré una botella de vino tinto e invita a Marina a participar de ella.

Es su manera de hablar de lo acontecido, serenarla, y tranquilizarla.

Marina le mira fijamente. Jorge ve en su mirada que se vislumbra preocupación e intranquilidad. No tiene nada claro las respuestas que le ha dado Jorge.

–Jorge. Perdona que insista, pero no entiendo las preguntas que me han realizado los Inspectores. Se han centrado mucho en ti. En tu personalidad. En nuestra relación.

–Marina es lógico. Para los Inspectores es necesario que todos los relacionados directa o indirectamente con el caso estén en su área SIT.

–Buscan cualquier información que les ayude en avanzar en el proceso de investigación. Eso demuestra que no tienen ninguna línea clara en la exploración que están haciendo.

–Ahora vamos a relajarnos y a cenar. He abierto un buen rioja reserva. Ese que te gusta tanto.

–Ya sabes Marina. El vinito aumenta la sensación de placer y felicidad gracias a la liberación de endorfinas. Ja ja ja.

–Jorge…. Esta muy bueno el vinito.

Pasados unos días, Franz recibe un email de otro de los colaboradores que tiene en España, quién le informa de la aparición en los medios de comunicación de un Asesino en Serie denominado el Asesino de las Ánimas, y al cual le achacan los asesinatos de: Toledo, Pontevedra, Burgos, y Soria.

Franz, vuelve a hablar con el área SIT para que le pase un informe, y ver el grado de avance de la policía dado que estos asesinatos están asignados al paciente N.º. 7543.

El Área SIT ya había comenzado con sus acciones, cuando Franz les comunico la aparición del artículo. Ellos ya han accedido al expediente que está manejando la policía, y han constatado que están detrás de un asesino en serie denominado como el "Asesino de las Ánimas", al cual le asignan una serie de asesinatos.

El director del Área SIT mantiene una reunión con el presidente donde le informa, con gran detalle, de la situación del expediente de investigación.

En el expediente que tiene la policía, no hay datos que en este momento afiancen que el paciente N.º 7543 sea el asesino en serie.

En la descripción del proceso de investigación los Inspectores asignados al caso relacionaban, inicialmente, al asesino con el poeta Bécquer, y centraron su investigación en la búsqueda de seguidores del poeta. Según fue avanzando la investigación, se ha elaborado una relación de posibles sospechosos, y que los Inspectores han identificado a través de un nexo entre unos médicos asistentes a unas jornadas que se han producido en los mismos lugares de los asesinatos, pero sin unos claros indicios.

Estos nombres identificados son médicos con los que el paciente N.º 7543 tiene relación, uno de Madrid, uno de Sevilla, y otro de Valencia. La policía solo tiene leves sospechas del paciente N.º 7543, pero ninguna con claros fundamentos, y de los médicos de Sevilla y Madrid dado que, en concreto porque estos mantienen relaciones muy cercanas con el paciente N.º. 7543, del resto no.

La relación que tiene identificada la policía es debido a la relación profesional, y a la aparición de dos palabras: "El Acto", y "El Nido" que les ha llamado la atención, y que se indican en algunos emails que se han mandado entre ellos.

Según aparece en el expediente, todos los medios tecnológicos, tanto del paciente N.º 7543 como de los médicos bajo sospecha, están intervenidos.

En la investigación también se refleja la existencia de una cuenta en un banco especializado para el uso de criptomonedas y que utiliza el paciente N.º 7543.

No han podido investigar acerca de los movimientos que se pudieran haber producido en esta cuenta debido a no contar con las pertinentes autorizaciones, pero a los Inspectores les ha llamado la atención.

En el expediente se hace referencia a que la Europol también está investigando, a través de un grupo de trabajo denominado "PKTF", y en el que participan varios países europeos que tienen identificados posibles asesinos en serie.

Hablan de la probable existencia de una Comunidad o Comuna, pero solo es una sospecha que están explorando. Parece que han descubierto fotos en la Dark Web de asesinatos en serie realizados en otros países, y algunos de estos asesinatos tienen en común una cierta similitud con la escenografía, y en alguno de ellos también se dejaba una poesía.

Alguna de estas fotos es de víctimas de pacientes de "El Nido". Concretamente de los pacientes N.º: 7543, 2753, 4893, 1436, y 4278.

Respecto al asesinato de Toledo, el informe lo relaciona con el denominado Asesino de las Ánimas, y que se corresponde con el paciente N.º 7543, pero este asesinato fue cometido por el área SIT y cuya escenografía, aparentemente, fue similar a que realizaba el paciente N.º 7543.

El presidente se queda dubitativo, perplejo, e inquieto. No le ha gustado nada la información que le ha transmitido el director del área, sobre todo, al saber que la Europol está investigando la posible existencia de una Comuna.

Es evidente que el proyecto "El Nido" podría estar en riesgo y, por tanto, es necesario llevar a cabo una serie de acciones que neutralicen el riesgo.

Franz le pide al área SIT que siga y profundice en la investigación, y que esté muy pendiente de los avances que haga la policía española y también, que investigue los progresos de la Europol. También le solicita que le haga una propuesta de las acciones que se pudieran llevar a cabo para mitigar los riesgos.

El área SIT le recuerda a Franz el "acto" que tuvieron que llevar a cabo – hace poco en Holanda ante una situación parecida, y en donde la policía estaba acechando a uno de los pacientes del "El Nido".

—Es evidente, –le resalta el responsable del área– que la Europol tiene algunas evidencias sobre la posible existencia de una red de asesinos en serie, evidencias no solidas. Hasta ahora no tiene nada más que le pueda conducir a "El Nido", ni a la sociedad que la ampara. Pero hemos de estar muy atentos y por ello, ampliar nuestro control de la red y llevar a cabo acciones que mitiguen el riesgo.

Franz le contesta. –Hablaré con el plantel de médicos que tenemos para ponerles en conocimiento de la situación, y que minimicen de momento las reuniones con los pacientes.

–Vamos a demorar las reuniones con los pacientes.

–De momento, no debemos de avisar a los pacientes para no ponerles nerviosos, y así evitar que tomen decisiones erróneas que nos puedan llevar a situaciones de riesgo.

–Es fundamental que tomemos las decisiones oportunas para mitigar el riesgo. – Repite Franz.

–Necesito que prepares rápidamente un plan de acción.

–Así lo haré Franz. En un par de semanas te lo presento.

–Perfecto, quedamos así.

Pasados unos días, Franz le pide al jefe del Área SIT volver a tener una reunión urgente, y que convoque a los médicos para tratar sobre los temas acontecidos en los últimos días.

Quiere transmitir su preocupación y hacerles partícipes de la decisión o decisiones que se vayan a tomar para salvaguardar el proyecto.

No sabe cómo, pero siente que el peligro les está acechando. Le pasa como a sus pacientes cuando sienten la necesidad de llevar a cabo "el acto".

También se refleja en el informe de la Europol la existencia de varias transferencias a una cuenta de un banco en Belice. Estas transferencias se hacen con una relativa asiduidad por un importe de 6.000€ c/u.

Franz convoca una reunión a los doctores para presentarles la situación sobrevenida.

–¡Colegas!. Hace unos días nos llegó la información que el paciente 7543 estaba en un proceso de investigación por parte de la policía española. Le habían referenciado a una serie de asesinatos ocurrido y le habían asignado el nombre del "Asesino de las Ánimas".

–Desde el momento que conocimos esta información el área SIT ha estado investigando cual era la situación real del proceso de la policía española.

–En esta investigación que está llevando a cabo, ha descubierto que la Europol también se encuentra investigando una serie de asesinatos producidos en varios países, y cuya escenificación es muy similar.

–Parece ser que, han descubierto que en la Dark Web hay fotos donde están algunos de estos asesinatos.

–Es evidente, que alguien o algunos de nuestros pacientes han subido fotos a la Dark Web además de hacerlo a nuestro repositorio.

–He de pensar, que nadie de nosotros ni de nuestros colaboradores está utilizando estas fotos fuera de nuestro hospital virtual.

–Le he pedido al área SIT que establezca un plan de acción para mitigar el riesgo que nos puede ocasionar esta situación.

–En los próximos días espero disponer de dicho plan para comentarlo con Uds.

–Mientras tanto, debemos de evitar tener nuevas reuniones con nuestros pacientes a no ser, que sean imprescindibles. En este caso, avisar al área SIT para que la supervise y evitar posibles riesgos.

–Llevamos trabajando muchos años en este proyecto con grandes éxitos. Debemos entre todos protegerlo al máximo. Os pido por favor que, si tenéis sospecha de alguno de nuestros colaboradores o pacientes, informéis al área SIT.

–Tenemos que ser expeditivos en la o las decisiones que tomemos en pro de salvar el proyecto.

–Doctores. ¿Tenéis alguna pregunta?.

–¡Sí! – Habla uno de los doctores que además es socio del proyecto desde su fundación. –Quiero recordar que todos estamos involucrados en el proyecto y somos responsables directa e indirectamente en los actos que han cometido nuestros pacientes.

Responde Franz. –Es cierto doctor. Somos tan responsables como los pacientes. A ojos de la policía somos partícipes de los asesinatos y por ello, la importancia que tiene salvaguardar nuestro proyecto.

–Franz. Creo que todos los doctores que participamos en el proyecto sabemos del riesgo y también sabemos, que la sociedad no está aún preparada para conocer esta forma de tratar estos pacientes con una psicopatía determinada.

–Sí es cierto. –contesta otro de los doctores. –Si la sociedad supiera que son pacientes que desempeñan altos cargos tanto dentro de empresas privadas como en el sector público, se llevarían las manos a la cabeza. No entenderían como personas tan reconocidas o con esa responsabilidad, tienen esa enfermedad y actúan de esa manera.

Finaliza Franz la reunión. –Bueno doctores, en los próximos días hablaremos de las acciones a realizar. Por favor, cualquier información que penséis puede ser importante para el proceso, se la comentáis al área SIT.

–Gracias a todos.

-XVIII-

La esfera de la Red

Aviva la memoria su sentido;
la soledad levanta su cuidado;
hallarse de su bien tan apartada
hace su desear más encendido.

"Quién dice de la ausencia". Juan Boscán

Como todos los meses, Jorge va a participar, junto con otros pacientes, en la reunión de "El Nido". Jorge lleva asistiendo a este Hospital Psiquiátrico Virtual desde hace unos 14 años.

Franz, conocedor de la situación de Jorge, se pone en contacto con él y le indica que sabe del proceso de investigación, y de sus detalles.

Le transmite que la policía no tiene ninguna prueba que le implique en los asesinatos, le recalca que le mantenga informado de cualquier movimiento que se pudiera producir, y que destruya toda información que pudiera relacionarle con la red.

También le tranquiliza y que, en principio, asista a la siguiente reunión, que le enviará la convocatoria por el medio tradicional.

Jorge le agradece a Franz la conversación, le transmite que ya ha destruido toda la información que tiene.

Gustavo recibe la información de la BCIT sobre los médicos de Madrid y Sevilla. La información es muy similar a la del sospechoso de Soria. Utilizan la misma herramienta de acceso a la Dark Web: TOR.

Constata que hay llamadas entre los cinco médicos identificados, y ha visualizado las conversaciones que los médicos han tenido a través de la herramienta WhatsApp, y en donde aparece como se citan en la jornada de Zaragoza.

También estudia una serie de correos electrónicos entre los médicos donde aparece la palabra "el acto", pero también está ligada con palabras técnicas que utilizan los médicos urólogos sobre intervenciones como: adenocarcinoma, cistoscopia, hipertrofia benigna, nefrectomía.

Alguno de estos correos coincide alrededor de las fechas de los asesinatos de Soria y Zaragoza.

En uno de los correos hay una frase que dice "hemos de quedar para comentaros como planificar la realización del acto. Os propongo el jueves. Articulamos la conversación como siempre".

Por la fecha del correo, podría ser que se refiriera al asesinato de Zaragoza, pero son meras suposiciones de los Inspectores.

Los Inspectores Ernesto, María, y Gustavo se reúnen para que éste último les informe.

–Inspectores, en la revisión de los correos electrónicos que mantienen los tres médicos he identificado algunas cosas raras como referencias a: "tratamiento psicoanalítico", "reuniones cognitivo-conductual", y "control emocional". A mí me parece algo extrañas estas palabras.

Contesta Ernesto –La verdad es que pueden ser raras, pero ya sabemos que los médicos manejan conceptos que a nosotros nos pueden parecer raros o alejados de nuestro entendimiento. Eso no nos dice nada.

–¡Ernesto! –. intervine María –Son conceptos que se utilizan en la psicoterapia. Por ejemplo, "cognitivo-conductual", o "control emocional". Son acciones que se emprende con un psicólogo para adquirir una mayor conciencia de la forma de pensar del paciente, así como, de las reacciones emocionales y el comportamiento que de ello se derivan.

–Entonces María, ¿podría ser que los médicos utilizan técnicas de estas para tratar a sus pacientes?.

–Podría ser Ernesto. Aunque no le veo la necesidad, pero como has dicho, los médicos emplean sus propios programas para actuar sobre los pacientes.

Ernesto envía un informe a Antonio y Herminio para poner en su conocimiento el resultado de las acciones que se han tenido.

Leído el informe, Antonio convoca una reunión con los Inspectores para ver lo avanzado en sus investigaciones.

En esa reunión se vislumbra que el avance es nulo. Que se está en la misma posición que hace un mes. Tienen un posible sospechoso, pero no tienen ninguna prueba que lo incrimine y, por tanto, no pueden actuar directamente sobre él.

Es difícil que puedan levantar alguna prueba en este momento. Hay coincidencias, los Inspectores creen que pueden estar identificando al asesino, pero no pueden actuar. Esto los lleva a una cierta desesperación.

–Vamos a seguir como hasta ahora Inspectores. Revisando la información que tenemos y recibimos.

–¿María has revisado las fotos?, ¿has visto algo que te llame la atención?.

–Estoy con ello, pero hasta ahora no he visto nada en especial a excepción de la víctima de Toledo. La disposición del cadáver presenta algunas diferencias. Estoy estudiándola en profundidad dado que es posible que fuera otro asesino. Pero no quiero adelantar nada.

–Perfecto. Sigamos adelante.

Herminio recibe el informe de Europol y la llamada de Fernando Martínez, Inspector asignado a la "High-risk Criminal Networks".

Fernando Martínez le informa que tienen el conocimiento de la existencia de fotos de asesinatos muy similares a los de España.

–Ernesto, las fotos que hemos descubierto responden a asesinatos que se han producido en Países Bajos, Alemania, Bélgica, Portugal, Francia, e Italia. Esos asesinatos difieren algo en cuanto a la escenificación, es decir, la posición del cuerpo, pero sí coinciden, en una mayoría de los casos, en cuanto a las drogas utilizadas: etorfina, morfina, o heroína, y también que dejaron poesías en los cadáveres.

–Las poesías Herminio se corresponden con poetas de la época del romanticismo de los siglos XVIII y XIX:

- François-René de Chateaubriand, Francia
- Friedrich Hölderlin, Alemania
- Alessandro Manzoni, Italia
- Hendrik Conscience, Bélgica
- Hendrik de Vries, Países Bajos.

Es curioso que estos asesinatos tienen un sesgo común. Las policías de otros países piensan que también están detrás de posibles asesinos en serie.

–Nuestra idea Herminio, y que hemos transmitido al resto de Policías Europeas afectadas por estos asesinos en serie bueno, supuestos, es que puede existir una Red o Sociedad donde están relacionados estos asesinos y posiblemente, pueda haber seguidores de ellos.

–También hemos localizado la existencia de una web en la internet oscura, donde se puede comprar la droga utilizada en la mayoría de los casos, la "etorfina".

–Se ha creado un grupo formado por Inspectores de estos países para compartir información, y coordinar investigaciones, para ver sí, de esta manera, somos capaces de identificar la red social, y acercarnos a ella. Este grupo, que le hemos llamado "PKTF" -Psychopath Killers Task Force-, que está dirigido por mí y permíteme aprovechar para invitaros oficialmente a participar en él.

–Este Grupo sirve a los Inspectores de cada país para comunicar al resto sobre los avances realizados, y poner de común de acuerdo las acciones que se pueden llevar a cabo para localizar a los sospechosos.

–¡Herminio!, da la sensación de que estos asesinos en serie tienen un común denominador. En vuestro caso, por lo que he leído, habéis identificado que el asesino puede ser un médico especializado en urología. Habéis trazado una relación, un nexo, gracias a la información que habéis cruzado con diferentes asesinatos.

–En otros países, los Investigadores hablan de médicos psiquiatrías como posibles asesinos. Quizás esto está derivado del tipo de asesinato, pero no hay nada claro hasta ahora. No se ha encontrado ningún nexo a este respecto, son solo sospechas.

–Esto puede ser muy interesante para los otros países dado que, hasta ahora, no tienen ningún punto de unión que permita relacionar los asesinatos.

–Pienso que vuestro descubrimiento puede ser un punto de investigación que permita incluso relacionar los asesinatos.

–Por ejemplo ¡Herminio!, ¿han asistido médicos extranjeros a esas jornadas en España?, ¿han asistido los médicos españoles identificados a jornadas internacionales?, ¿los posibles sospechosos son médicos o están relacionados con la medicina?.

–Esto nos habré una posible vía de investigación que hasta ahora no se había seguido.

–Sin duda, es un nexo interesante.

–Si, como te he comentado antes ¡Herminio!, existiera la Red Social, tiene que haber una conexión e incluso, reuniones específicas donde participen sus socios. Tenemos alguna sospecha de la posible existencia de una Red Social por uno de los asesinatos que se llevó a cabo en Países Bajos, pero aún no hemos descubierto nada dado que el sospechoso que se tenía identificado ha desaparecido.

–A este respecto Fernando, hemos identificado dos palabras que nos parece que pueden aportar algo a la investigación, son "El Nido", y "El Acto". No entendemos su significado, pero creemos que puede tener relación con los asesinatos.

–Muy interesante Herminio. Me lo apunto para transmitirlo al grupo a ver si ellos también han podido identificar esas palabras.

–¡Herminio! Estoy de acuerdo con vosotros de la dificultad de poder avanzar en la localización de estos asesinos en serie y de su forma de actuar. Nos encontramos ante unos asesinos muy inteligentes y organizados, dado que planifican muy bien los asesinatos. Son asesinos cuyo objetivo es matar para satisfacer una necesidad psicológica derivada seguramente de un trauma.

–Los asesinatos que hemos identificado en otros países se han llevado a cabo sin violencia, y utilizando una droga que mata a la víctima inmediatamente, sin que sufra la víctima.

–En la mayoría de los casos se ha utilizado la etorfina, en otros casos la heroína. En el caso de la etorfina, la droga es inyectada en un punto determinado del cuerpo, esto también es común en los asesinatos.

–Por tanto, Herminio, repito, te ofrezco que participéis en este grupo para poder avanzar en la búsqueda del origen de estos asesinatos.

–¡Fernando!. Voy a comentar todo esto con el equipo, pero te avanzo que sí, que nos vamos a unir a este grupo de trabajo de investigación.

-XIX-
La Distancia se acorta.

*Se necesita un Trebol y una abeja para hacer una pradera,
un Trebol y una abeja, y soñar.
Soñar es más que sufiente si las abejas son pocas.*

Emily Dickinson

Herminio convoca a Ricardo y Antonio para comentarles lo hablado con el Inspector Fernando, y propone que María sea la interlocutora con el grupo de trabajo del Inspector de la Europol dado su bilingüismo en inglés.

A todos les parece bien.

María participa en la reunión del grupo de trabajo PKTF. La reunión se lleva a cabo a través de los medios tecnológicos.

Fernando toma la palabra y presenta la incorporación de María al grupo, y le pide a María que les presenta los asesinatos identificados en España, los cuales tienen bastante relación con los asesinatos que se han producido en otros países europeos.

–¡Inspectores! Tenemos claro todos los que participamos en este grupo, de la existencia de unos asesinos en serie que tienen unas características comunes, tanto por su forma de llevar a cabo el asesinato como por su puesta en escena.

–También estamos de acuerdo Inspectores, que no es el mismo asesino que se mueve por estos países y lleva a cabo los asesinatos si no que, en cada país hay un asesino. Un asesino diferente.

–Alguno de vosotros ha comentado que podría existir una organización en la cual se relacionaran estos asesinos, a modo de Comuna, y que podrían ser un grupo de psiquiatras forenses los que estuvieran interrelacionados con los casos que tratan e incluso, que pudieran ser los asesinos.

–Recientemente los Inspectores de Países Bajos habían identificado un sospechoso. Sospechoso que era un director general de una gran compañía farmacéutica especializada en la producción de medicamente psicotrópicos, y en la que se descubrió en su ordenador personal la palabra "The Nest", y que tenía en su agenda la asistencia a reuniones de grupo referenciadas como "cognitivo-conductual".

– Sospechamos que estas reuniones se pudieran haber realizado a través de la Dark Web.

–Cuando se fue a detener a este sospechoso desapareció sin tener hasta la fecha información de donde podría encontrarse. Se ha emitido una orden por la Europol de busca y captura. Cuando se fue a registrar su vivienda y su despacho profesional, nos encontramos que todo había sido revuelto y vaciado, y no se encontró nada que permitiera avanzar en la investigación.

–En la información levantada sobre este sospechoso, se descubrió que tenía monedero electrónico con un banco americano para el uso de criptomonedas. Esto llamó la intención del Inspector asignado al caso.

–Se investigó a la familia del sospechoso y a su entorno, sin que ello ayudara al avance en la investigación.

Interviene María. –Fernando, ¿sabéis si el sospechoso tuvo algún trauma de niño?. Nosotros creemos que el asesino en serie en España, al que le hemos denominado el "Asesino de las Ánimas", podría haber sufrido algún trauma que le llevara al brote psicótico de asesino. Nuestra investigación se está centrando en esa línea.

–¡María! Me parece muy interesante vuestro análisis dado que estos asesinos, en general, todos los asesinos en serie vienen de un brote psicótico.

Interviene el Inspector de Países Bajos. –María. En el caso del sospechoso que teníamos, se investigó esa posibilidad, y sí es cierto que tuvo un trauma cuando tenía 14 años. Un trauma derivado de un problema familiar por una complicada separación de los padres, y que derivó en un proceso de bullying del que fue tratado.

Interviene Fernando. –Inspectores, ¿en otros países habéis avanzado en esta línea?. A mí me parece muy interesante dado que nos puede determinar el perfil del asesino.

Toma la palabra el Inspector de Francia. –Nosotros establecimos un perfil basándonos en la forma en la cual el asesino escenificaba el asesinato. Al igual que María, nuestro perfil sí tiene establecido que probablemente el asesino psicópata venga de un proceso traumático.

El resto de los inspectores también participan de esa deducción.

María vuelve a tomar la palabra. –Respecto a la palabra identificada en Países Bajos "El Nido", nosotros también la hemos identificado junto con otra palabra denominada "el acto". No sé si esto también ha pasado en otros países.

Toman la palabra el resto de los Inspectores y a excepción de países bajos, que sí ha identificado "The Nest", el resto de los países no han reconocido ninguna de las dos palabras que en España se han identificado.

Fernando aclara que, a excepción de España y Países Bajos, ninguno de los demás países ha tenido sospechosos que les permitiera avanzar en las investigaciones.

El Inspector alemán comenta –Inspectores, por desgracia no hemos logrado aún tener una línea de investigación que nos permitiera identificar a presuntos sospechosos. No hemos logrado ese nexo que nos facilitara lograr establecer relaciones entre los asesinatos. Tenemos claro que, por lo menos en Alemania, estamos ante un asesino en serie que lleva a cabo sus asesinatos de una manera muy concreta dado que la escenografía de los asesinatos es muy similar. Estos asesinatos se han llevado a cabo en diferentes lugares de Alemania. Esto nos está complicando la búsqueda del asesino. Además, y me imagino que a todos os pasa lo mismo, estamos ante un asesino en serie tremendamente metódico y que planifica sus asesinatos al detalle.

Fernando le responde –Tienes razón, pero, por ejemplo, en España han visto que tienen un nexo entre los asesinatos dado que éstos se han llevado a cabo cuando, en la ciudad donde se han producido, había unas jornadas médicas.

Así es Fernando –. Interviene María –Al igual que en otros países, también estábamos desconcertados porque los asesinatos se producían en distintas ciudades, pero vimos que siempre había jornadas médicas, esto nos llevó a investigar a los asistentes, ver si éstos eran asiduos a estas jornadas, y si podría existir alguna relación entre ellos.

–En nuestro caso, las jornadas médicas estaban relacionadas con la cirugía urológica. También identificamos que el asesino siempre alquilaba un coche con el que se movía para llevar a cabo el asesinato. Esto ha sido un denominador común.

–Inspectores, quizás esto nos pueda ayudar a buscar la justificación del movimiento geográfico del asesino. – Reflexiona en voz alta Fernando.

–Si os parece, – sigue con la palabra Fernando –abrimos esta línea de investigación en los países para ver qué resultado nos da. Es evidente, como os he comentado, que en todos los países la escenografía es similar, así como las drogas utilizadas, y la poesía. También desde la Europol, vamos a seguir buscando la posible existencia de una Comuna. Yo creo que este común denominador se debe a la existencia de una relación entre los asesinos. Tiene que haber algún mecanismo de relación.

Interviene el Inspector de Italia. –La Dark Web permite o facilita la intercomunicación entre los asesinos.

–Así es inspector, pero sí existe una Comuna, existe alguien que dirija la Comuna y facilite el modelo de asesinato, o sugiera la forma en la cual se lleve a cabo el asesinato. Eso no puede ser una coincidencia.

María comenta –Inspectores, yo creo que todos los asesinos tienen un perfil muy parecido, y también estoy de acuerdo con Fernando que puede existir alguna organización que los ha relacionado entre sí. Pero para ello, y reflexiono en voz alta, alguien o algo los ha tenido que poner en contacto si no, no se entiende la similitud en los asesinatos. También me ha llamado la atención que, en general, estos asesinatos se llevan produciendo desde hace bastante tiempo. En nuestro caso, identificamos el primer asesinato hace 15 años. Es muy probable que el asesino en cada país tenga una profesión diferente. En Países Bajos, el sospechoso era un directivo en una gran organización, en España creemos que podría ser un médico.

–¡María!, –toma la palabra el Inspector Portugués – en nuestro caso, identificamos dos asesinatos similares al vuestro hace 13 y 11 años, pero desde entonces no hemos vuelto a tener otro asesinato similar. Si te parece, hablamos y lo comentamos por si pudieran estar relacionados con los vuestros.

–Inspectores, os he mandado el acceso a un repositorio donde esta toda la información que habéis levantado en los diferentes países donde se han producido asesinatos similares para que lo estudies, y ver si os puede ayudar en las líneas de investigación que tenéis establecidas. Por parte de la Europol vamos a seguir buscando la posible Comuna Virtual donde pudieran estar relacionándose estos asesinos. Cualquier avance en las investigaciones ponerla en conocimiento de todos los participantes en el PKTF.

–Antes de finalizar la reunión, ¿alguno de vosotros tiene algo que comentar o proponer?.

–Fernando, si me permites –, interviene el Inspector Frances.

–Yo quería que habláramos sobre la droga utilizada en la mayoría de los casos, la etorfina. Esta droga no es una droga que se mueva por el mercado, es una droga utilizada por los veterinarios y para casos muy determinados. En nuestro caso no hemos logrado identificar posibles camellos que vendan esta droga. ¿No sé si en otros países os ha pasado los mismo?.

Interviene María. –En nuestro caso, estamos siguiendo una línea de investigación que nos ha llevado a una universidad donde se han producido robos de esta droga y creemos, que los mismos camellos que mueven otras drogas, mueven también ésta, pero nos parece que es a petición del interesado y por ello, no está en el mercado como otras drogas.

Responde Fernando –Esto nos abre otra vía de investigación sobre el acceso a esta droga, aunque, hemos identificado en la Dark Web la existencia de una web que la vende. Creo que puede ser otra vía de investigación. ¿qué os parece Inspectores?

A todos los Inspectores les parece correcto.

–Bien, si os parece, damos por finalizada la reunión.

María habla con Ernesto y le comunica en detalle todo lo comentado en la reunión, y las acciones acordadas.

–¡María! Habla con el Inspector de Portugal. Vamos a ver si esos casos que se dieron hace tanto tiempo, pudieran tener algo que ver con nuestro Asesino de las Ánimas. Quizás nos pueda ayudar en avanzar en nuestro caso.

–También, prepara un informe con lo tratado en el grupo de trabajo para remitirlo a los Comisarios y a Antonio.

–Perfecto Ernesto.

María llama al Inspector de Portugal para preguntarle por los casos identificados, el lugar de los hechos, y sus características.

–Buenos días, Inspector Tiago. Gracias por atenderme. Tal y como quedamos, me gustaría que habláramos de los asesinatos que se cometieron en Portugal y que los habéis relacionado con un posible asesino en serie.

–Claro María. Te mando unos resúmenes que te he preparado sobre estos asesinatos y así, sobre la marcha, los vamos comentando.

–Como ya te indiqué creo que hay un gran parecido con los asesinatos que estáis investigando.

– El de Braga se cometió en octubre del 2008 y el de Pinhao en julio del 2009.

–La escenificación en ambos asesinatos es muy parecida y se asemeja a los de vuestro asesino en serie. Hay una gran diferencia y es que el primero, el de Braga, la droga utilizada fue la heroína, mientras que el de Pinhao se empleó la etorfina.

–En el caso de la víctima de Braga se le suministró una droga de sumisión antes de asesinarla.

–Las víctimas, como podrás ver en la información que te he facilitado, vivían en la zona, tenían la primera 22 años y la segunda 23 años. Ambas eran estudiantes.

–Nos llamó la atención que la víctima de Braga era de nacionalidad francesa. Braga es una ciudad a la que asisten estudiantes de otros países. La Universidad do Minho es muy famosa en Europa.

–Esta víctima fue encontrada en la playa fluvial de Adaúfe sin signos de violencia, reposando con su espalda en un árbol, con las manos abiertas, los ojos cerrados, la boca esgrimía una pequeña sonrisa, y la cabeza girada hacia el río. El cuerpo estaba cubierto con ramas y hojas a modo de cruz, y en su bolso se encontró un poema de Abilio Guerra Junqueiro titulado "Regreso al hogar":

> ¡Cuántos años hace que salí llorando
> de este inolvidable, cariñoso hogar.
> ¿Fué hace veinte, treinta? Ni lo sé ya cuándo.
> Aya de mí infancia, que me estás mirando,
> canta, y tus canciones me harán recordar.
>
> Di la vuelta al mundo, la vuelta á la vida:
> tan sólo hallé engaños, decepción, pesar...
> Tengo el alma ingenua toda alicaída...
> Aya de mí infancia, que estás arrecida,
> canta, y tus canciones me harán suspirar.
>
> Vengo de cansancios y dolor deshecho;
> en mí cara hay surcos de tanto llorar...
> ¡Nunca me saliera de mí nido estrecho!
> Aya de mí infancia, que me diste el pecho,
> canta y tus canciones vuélvanme á arrullar.
>
> Díome Dios, otrora, viático hechicero,
> oro de astros, velo de claror lunar;
> pero me robaron á medio sendero.
> Aya de mí infancia, soy un pordiosero;
> canta tus canciones que me hacían llorar.
>
> De nuevo como antes, en tu seno amado
> (¡vengo muerto, muerto!) déjame ocultar.
> ¡Ah! tu fapazuelo llega tan cambiado,
> aya de mí infancia, tan atribulado,
> que anhela esos cantos que me hacían soñar
>
> Cántame canciones, reposadamente,
> tristes, tristes, como la luna y el mar...
> Canta, á ver sí logro que el alma doliente
> se me haya dormido, cuando, finalmente,
> la Muerte piadosa me venga á buscar!

—El asesinato nos pareció muy extraño, fuera de lo corriente, y enseguida lo asimilamos a un posible asesino en serie. Bueno, eso es lo que pensaron los Inspectores que en su momento llevaron a cabo el caso.

—Se investigó el entorno de la víctima en Braga, sus amistades, sus compañeros de estudios, su compañera de piso, en definitiva, todo su entorno e incluso se habló con la policía francesa, pero no se encontró ninguna prueba que ayudara en la investigación.

—Según el informe, la víctima, el día del asesinato, fue con su grupo de amigas a una discoteca de la zona universitaria en donde, después de tomar unas copas y bailar con otros estudiantes, se fue con uno de ellos.

—Se intentó localizar a este grupo de estudiantes, pero fue imposible. El grupo de amigas nos confirmó que eran españoles. Se pidió ayuda a la policía española, pero no hubo éxito en la investigación.

—Las amigas comentaron que los estudiantes españoles tenían varios acentos. Alguno de ellos eran andaluces.

—Es importante que sepas que en el informe forense y de criminalística no aparecen pruebas que permitan poder identificar al asesino. Como te he dicho antes, no tenía signos de violencia.

—El cadáver fue encontrado 20 días después de su asesinato y estaba en fase cadavérica. Lo encontraron unos excursionistas.

—El otro asesinato parecido a éste tuvo lugar en Pinhao, donde se descubrió el cadáver a orillas del rio Duero.

—Al contrario que Braga, este es un sitio muy turístico por la belleza del rio Duero y por la producción de vino Oporto.

—La víctima también fue encontrada en la ladera del rio Duero y la posición del cadáver era muy similar al de Braga. En este caso, la víctima también estudiaba en la universidad de Braga, pero era original de Pinhao y en verano trabajaba en un hotel de la zona. Tenía de 23 años. Se investigó a la víctima, su entorno, sin que eso diera frutos.

—Al igual que el otro caso, también junto a la víctima había una poesía:

Entre el discorde estruendo de la orgía
acarició mi oído,
como nota de música lejana,
el eco de un suspiro.
El eco de un suspiro que conozco,
formado de un aliento que he bebido,
perfume de una flor que oculta crece
en un claustro sombrío.
Mi adorada de un día, cariñosa,
?¿En qué piensas?? me dijo.
?En nada... ?En nada, ¿y lloras? ?Es que tengo
alegre la tristeza y triste el vino.

Poesía que se corresponde con la rima LV de Gustavo Adolfo Bécquer.

–En este caso hay una gran diferencia con el caso de Braga. Se utilizó la etorfina como droga y ésta se suministró a la víctima por la espalda. El forense indica en su informe que, muy probablemente, la droga se inyectó mediante un dardo anestésico lanzado por pistola lanza dardos.

–Es muy probable que el asesino abordara a la víctima por la espalda, la inyectara el dardo anestésico, la introdujera en un coche, y la llevara al lugar donde dejó su cadáver.

–En este caso el cadáver se encontró a los dos días de su asesinato. Se investigó a todos los turistas que estaban o habían estado esos días en las residencias de la zona, pero no hubo éxito.

–El Inspector que llevó el caso se centró mucho en los hoteles que estaban alrededor del hotel donde la víctima prestaba servicio. Hay unas notas en el expediente que hace referencia a un grupo de estudiantes de medicina que eran de Sevilla y que se fueron del hotel al día siguiente del asesinato.

–Se habló con la policía española para que los investigara sin que eso diera resultado.

–Tiago. ¿En el informe se indica que estaban cursando esos estudiantes?.

–Sí. Eran estudiantes de la facultad de medicina de Sevilla. Te mando la relación de esos estudiantes.

–Gracias. Quizás eso nos puedan ayudar en la investigación.

—María. Ambos expedientes están archivados o en situación de sobreseimiento provisional. Creo que así se dice también en España.

—Sí es así Tiago, por lo que cuentas y leo en los informes que has preparado, los casos tienen una gran similitud con los casos españoles que hemos identificado.

—¿Se investigó si había jornadas de algún tipo en los lugares de los asesinatos?

—No María. No figura en los expedientes. Se investigó el entorno de las víctimas sin que se pudieran identificar posibles líneas de investigación.

—Desde el primer momento, por el tipo de asesinatos, se pensó que era un asesino con algún trauma.

—A parte de estos dos asesinatos con una gran similitud, no se han vuelto a producir más asesinatos de este tipo en Portugal. Cuando vi los asesinatos que se habían producido en España, me pareció que podría tratarse del mismo asesino, o podían tener un tipo de relación.

—Es posible Tiago. Pero con la información que tenéis de estos casos, no podemos pensar que se trate del mismo asesino. Pudiera ser, no digo que no, y así se lo comunicaré a mis jefes dada su similitud.

—Tiago. Respecto a las poesías, ¿habéis analizado la tinta utilizada y el papel empleado?

—Claro María. Lo tienes en el informe. En la pericial. Te lo leo. En ambos casos la poesía está escrita a mano, con mucha delicadeza, utilizando pluma estilográfica, y empleado tinta Parker azul negro con código 723532. El trazado se ha realizado por una persona diestra.

—Respecto al papel, es un papel grueso, tipo cartulina, con gramaje de 350 g/m^2. En ambos casos se utilizó el mismo papel.

—Si te parece Tiago, estamos en contacto. Gracias por la información que me has facilitado y lo añadiré al expediente como posibles casos relacionados.

—Perfecto María, quedamos así.

María revisa con minuciosidad la información enviada por el Inspector Portugués, y ve que hay grandes similitudes con los asesinatos del Asesino de las Ánimas.

Le llama la atención la relación de estudiantes de medicina de la Universidad de Sevilla. En esa relación aparecen dos nombres que le son conocidos. El del estudiante de Soria y uno de los estudiantes de Sevilla. Ambos están en la relación de sospechosos.

María sigue en su sospecha que el médico de Soria, Jorge, puede ser el Asesino de las Ánimas. Para ella cada vez está más claro, aunque sabe que no hay ningún tipo de prueba que lo puedan incriminar.

Esa situación la desespera. La enfurece.

Vuelve a repasar mentalmente las reuniones que tuvieron con Jorge, su pareja, su madre, y sus amigos más cercanos. En ninguna de ellas vieron nada que les llamara la atención.

Se hace una pregunta. ¿Y si la clave estuviera en los dos días que estuvo por el Monasterio de Veruela?, ¿por qué no propone al Inspector jefe hacer una simulación espacio-tiempo, en la que pudieran ver si desde ese lugar pudo llevar a cabo el asesinato?. En el informe que realizó Gustavo, comentó que había lapsos de tiempo. ¿Y si en esos lapsos pudo cometer el asesinato?

Ella es pesada, pero como buena investigadora y cuando se obceca es: tenaz, intensa, persistente, e incansable. Y este es el caso.

Son las 8 de la noche, recoge su tablet y se va a su bar preferido, un bar antiguo en el centro de Soria, y pide su vinito blanco, muy frio le dice al camarero, que como siempre, la muestra su sonrisa dado que la conoce por su asiduidad y por su gracia al pedir el "vinito blanco".

Sobre la mesa de mármol antiguo abre su tablet y accede al expediente de Jorge. Se centra en las notas que ha escrito Gustavo. Percibe que hay puede estar la clave del asesinato.

Después de tres vinitos y de haber pasado dos horas revisando varias veces el informe, cree que puede haber encontrado una de las claves en dos lapsos de tiempo, uno ocurrido el lunes por la mañana y otro ocurrido ese mismo día por la tarde. Precisamente en esa noche fue cuando se produjo el asesinato.

Tiene que hablar con Gustavo para ver si en esos lapsos de tiempo, se podría haber alquilado el coche y llevado a cabo el asesinato.

También, ver los movimientos que tuvo la tarjeta de prepago que el asesino facilitó a la empresa de alquiler de coches.

Al día siguiente por la mañana hablará con Gustavo, ahora cierra la tablet, se siente con ganas de actuar rápidamente, pero necesita descansar su mente. Una mente con una gran tensión pero que acaba de ver una pequeña luz. Quizás esto les pueda ayudar a desenmascarar a Jorge.

-XX-

Preludio del final

Mata su luz un fuego abandonado.
Sube su canto un pájaro enamorado.
Tantas criaturas ávidas en su silencio
y esta pequeña lluvia que me acompaña.

Alejamdra Pizarnik

María, Ernesto, y Gustavo se reúnen para comentar los avances de la investigación del Asesino de las Ánimas.

María. –Inspectores, he estado hablando con el inspector Tiago de la policía portuguesa y me ha comentado sobre los dos asesinatos que ocurrieron en Braga y Pinhao hace 13 y 11 años. Son asesinatos muy semejantes a los que tenemos asignados al Asesino de las Ánimas.

–Esas fechas coinciden cuando nuestro sospechoso Jorge estaba estudiando en Sevilla.

–Lo cierto es que la distancia de Sevilla a estas localidades en grande, pero todos sabemos lo que es la época estudiantil.

–Lo que me ha llamado la atención es que en el asesinato de Pinhao nuestro sospechoso Jorge, y su amigo de Sevilla, también estudiante de medicina, Francisco Javier, estuvieron esos días en esa localidad.

–¡María! –Interviene Ernesto – Es evidente que eso nos hace que recaiga la sospecha sobre Jorge. Aunque es cierta la similitud, es muy difícil relacionar los casos. No hay pruebas, solo coincidencias.

–No estoy de acuerdo Ernesto. Para mí, es el mismo asesino.

–Entonces María ¿los asesinatos ocurridos en otros países que se asemejan a los de aquí, también se los asignas a nuestro asesino en serie?.

–¡Ernesto!. Claro que no.

–Pues estamos en la misma situación que los casos de Portugal. Hay similitudes, coincidencias, pero solo eso.

Ernesto empieza a enfadarse con María por la falta de objetividad con el presunto sospechoso Jorge.

–¡María!. Hasta ahora Jorge es un presunto sospechoso como también lo puede ser Francisco Javier. Los estamos vigilando e investigando, y no hemos logrado nada que los relacionen directamente con los casos. Hemos de ser muy cautos con nuestra investigación.

–Te pongo un ejemplo María. Tú misma has dicho que el asesinato de Toledo presenta algunas diferencias con el resto de los asesinatos. ¿Eso significa que ya no se lo asignas al Asesino de las Ánimas?

–Es cierto Ernesto. Pero tienes que estar de acuerdo conmigo que hay una clara relación de Jorge con esos asesinatos. Son muchas las coincidencias. Lo del asesinato de Pinhao me llama mucho la atención. "Yo no creo en las coincidencias", ¡es una frase tuya Ernesto! –lo dice María con un cierto "rin tin tin".

A Ernesto le cambia la cara por esa afirmación que ha hecho María y el tono empleado. Sin duda le ha sentado muy mal. La mira fijamente con un semblante muy serio.

–¡María!. La relación que tenemos es circunstancial. ¡Solamente circunstancial!. Así lo está viendo el Fiscal y por ello, las diligencias que está llevando a cabo.

–Tenemos que centrarnos en la información que hasta ahora hemos levantado. Tú ya sabes perfectamente que este tipo de asesinos son muy inteligentes, tremendamente astutos, y es difícil que cometan errores, pero siempre incurren en alguno.

–Ernesto, precisamente ayer volviendo a revisar el caso de Zaragoza, he visto que hay dos lapsos de tiempo en el teléfono del presunto Asesino de las Animas que me gustaría investigar, y que podría concordar con los momentos del alquiler del coche y del asesinato. Además, me parece que deberíamos de investigar los movimientos que tuvo la tarjeta de telefonía de prepago que se utilizó en el alquiler del coche de Zaragoza.

–Creo que esto nos podría dar información que pudiera ayudar a cerrar los movimientos que se pudieron producir y, por tanto, cerrar el círculo sobre Jorge. ¡Nuestro asesino!–. Repite con cierto rin tin tin.

–María. Puede ser, pero también hemos de seguir investigando: sus movimientos, sus relaciones, por ejemplo, el uso de esa cuenta de criptomonedas.

–En la reunión que has mantenido con la Europol, han hablado de un presunto asesino que ha desaparecido y que tenía una cuenta de criptomonedas.

Interviene Gustavo. –Ernesto. Yo también tengo una cuenta de esas en la que tengo alguna criptomoneda. Es algo más habitual de lo que piensas.

–Vale. – Contesta Ernesto –está más que claro que no estoy relacionado con estas novedades. Ya me lo habéis dicho en varias ocasiones. Pero Gustavo, mira a ver si puedes obtener más información del uso de esta cuenta.

Se miran María y Gustavo, y bajan la cabeza.

Continúa Jorge con su exposición. –Seguramente ¡María!, si fuera Jorge el Asesino de las Ánimas, le habremos puesto nervioso con las reuniones mantenidas y eso, le puede llevar a cometer algún error.

–¡Ernesto!, –exclama María. –volviendo al asesinato de Pinhao, en este asesinato se emplea la etorfina y se suministró a través de una pistola lanza dardos. Podría ser el comienzo del cambio de forma de matar a sus víctimas del Asesino de las Ánimas. Esto es otro punto curioso que debemos tener en cuenta. Yo veo que hay relación. Bueno, que muy probablemente hay una relación.

–Ok. ¡María! Lo vamos a tener en cuenta.

–Gustavo. Sigue estudiando la información que te facilite la BCIT. Creo que esa vía nos puede ayudar en avanzar en el caso. El hecho que utilice la Dark Web es relevante. También, habla con ellos para que nos den toda la información posible sobre los movimientos de la tarjeta telefónica de prepago utilizada para el alquiler del coche.

–María y tú, ver si podéis establecer hipótesis sobre esos lapsos de tiempo en el asesinato de Zaragoza.

–Inspectores. Hablaré con Antonio para ver que piensa él sobre cómo podemos avanzar en la investigación.

–¡María! Es necesario que me mandes un informe sobre las diferencias que has detectado en el asesinato de Toledo. Te recuerdo que esto ya se te ha pedido en varias ocasiones por el Inspector jefe. ¡Esto es urgente!

Finaliza la reunión y María sale muy enfadada de la sala, tremendamente ofuscada. No entiende la posición de Ernesto. Para ella hay suficientes indicios para hablar con el Fiscal y llevar a cabo otras acciones que les permita avanzar en la investigación.

Ernesto la sigue con la mirada mientras sale de la sala. Internamente entiende la posición de María, pero profesionalmente no puede actuar dado que no hay pruebas, ni subjetivas ni objetivas, que permitan determinar que Jorge es sospechoso.

Su experiencia le dice que es necesario avanzar en el proceso de investigación, pero también sabe, que hay que ser muy cauto, un error en el proceso puede ser contraproducente en la investigación y obrar a favor del sospechoso.

Franz Schmidt, presidente del Consejo de la Red Social de Alto Entendimiento e Inteligencia Europea "SN&EI" y propiataria del Hospital Psiquiátrico Virtual "El Nido", convoca al Consejo Rector a una reunión urgente.

El Consejo Rector está formado por el presidente, el cuadro médico, y el director del área SIT.

En dicha reunión el presidente expone el problema que ha pasado en España. El presidente piensa que es necesario resolverlo inmediatamente dado que el SM&EI puede estar amenazado.

El director del área de SIT presenta un informe muy detallado sobre el caso, y en el cual se resalta que la policía española solo tiene vagas sospechas, pero ningún dato e información significativa que pueda ser usada para encausar al paciente N.º. 7543, ni tampoco para relacionarlo con el "El Nido".

También pone énfasis en la existencia de un grupo de trabajo en la Europol, y que está coordinando la investigación de una serie de asesinatos muy similares ocurridos en varios países europeos. Este grupo de trabajo ya lleva unos años investigando la posible relación de casos que tienen ciertas semejanzas como son la droga y la escenografía de los asesinatos.

En esta investigación se habla de la posible existencia de una comuna de asesinos en serie debido a la similitud de los asesinatos. Pero no hay ninguna información salvo la simple suposición por la aparición de fotos en la Dark Web.

Franz Schmidt traslada al Consejo su gran preocupación por la situación.

–Doctores, pienso que es necesario que establezcamos las acciones que tenemos que llevar a cabo para contener el riesgo. ¡Nos jugamos mucho!.

–Ya sabéis que recientemente tuvimos que tomar una decisión sobre el paciente holandés. Su desaparición fue clave para paralizar el avance de la investigación que se estaba llevando a cabo por la policía de ese país.

–Ahora hemos visto que esa desaparición está reflejada en el informe de la Europol. Eso nos está diciendo que algo se está investigando y por ello, tenemos que controlar a nuestros pacientes.

–Respecto al paciente N.º 7543, para nosotros es un activo muy importante dado que demuestra el éxito del método y por ello, tenemos que protegerlo. ¿No sé qué pensáis doctores sobre esto?

Toma la palabra doctor holandés Stürga. –Tienes razón Franz. La información que nos has transmitido es preocupante. Sin duda, en todos estos años que llevamos nunca hemos tenido a la policía tan encima como ahora. Siempre el riesgo lo hemos solucionado llevando a cabo un acto. Quizás en este momento tenemos que pensar en un conjunto de acciones que permita distraer a la policía.

Interviene Frederic, el doctor alemán. –Tenemos planificadas varias reuniones en "El Nido" en los próximos tres meses, y en las cuales iba a participar el paciente N.º. 7543 para explicar su paso por "El Nido", y su actual situación de proceso de "cura". Esto demostraría a los pacientes que deben continuar aplicando el método diseñado. Paralizar esto creo que debemos de pensarlo muy bien.

Como os he indicado antes, –interviene Franz – debemos de proteger al paciente N.º 7543, pero tenemos que establecer un proceso de acciones que nos permita proteger también "El Nido".

–Propongo que llevemos a cabo una acción de suicidio de uno de los investigados en España, y en la cual la víctima reconozca ser el autor de los diferentes actos llevado a cabo allí –. Propone Frederic.

–Bien, pero eso protege al paciente, pero no distrae a la Europol–. Responde Stürga. –Tener en cuenta que la Europol está siguiendo la existencia de una serie de asesinatos que están ocurriendo en diferentes países de la UE, los cuales tienen ciertas similitudes.

Toma la palabra Franz. –Hasta ahora doctores, "El Nido" está totalmente protegido. Como nos ha indicado el director del área SIT, Europol ha pensado en la posible existencia de una Comuna lo cual viene derivado porque han encontrado fotos en la Dark Web de alguno de los asesinatos que han llevado a cabo nuestros pacientes, pero no tiene nada que les permita aseverar de su existencia.

Interviene el director del área SIT. –Srs. la única información que les apareció a los investigadores de Holanda estaba relacionada con el paciente, y éste fue eliminado, por lo tanto, está línea de investigación se paró. Logramos actuar a tiempo para que no pudiera comprometer el proyecto.

Interviene Franchesco, el Doctor Italiano. –Doctores, he estado muy callado y oyendo con atención las propuestas. A mí, más que la policía de cada país y de los avances que estas puedan hacer, me preocupa la Europol.

–El hecho de pensar en la existencia de una Comuna, es porque están relacionando los diferentes actos cometidos en distintos países. Todos sabemos que los actos son diferentes, tanto en la escenificación como en las víctimas elegidas, pero tienen un sesgo común.

–En todos los actos se deja una poesía y se utiliza una droga que actúa rápidamente para que la víctima no sufra. Seguramente estos dos elementos son los que están poniendo en aviso a la Europol. Esto me dice que quizás, deberíamos cambiar nuestro método. Deberíamos evolucionarlo.

–No es fácil Franchesco –. Interviene Franz –Nos ha llevado bastantes años desarrollarlo hasta que hemos visto que nos ha llevado al éxito.

–Es fundamental para los pacientes perciban que la víctima no sufre cuando llevan a cabo el acto.

–Tienes razón Franz, pero me estoy refiriendo a dos elementos, la poesía y la droga. Todos sabemos que la poesía es el mecanismo por el cual el paciente identifica su sentimiento con la víctima. La cuestión es ¿podemos buscar otro mecanismo? Y sobre la droga, creo que es muy probable que haya otras alternativas.

–La transmisión de sentimientos es una de las claves de nuestro programa –. Interviene Stürga –Cambiar la forma en la cual el paciente piensa y actúa no es fácil. Te recuerdo que nuestro método se basa en que el paciente lleve a cabo la búsqueda de una poesía que le permita reflejar sus sentimientos, y que le ayude a reflexionar sobre el acto que va a llevar a cabo.

–Por esto te repito que no es algo fácil Franchesco. Es más, yo diría que eso nos puede afectar a nuestro método. Estoy seguro.

–Franz, ¿cuántos actos se llevan a cabo en el año? – Pregunta Franchesco.

–Más o menos unos ocho. Principalmente en el norte de Europa. La mayoría de los pacientes comenten los actos con un decalaje de dos años de media.

Toma la palabra Frederic. –Propongo que llevemos a cabo el acto de suicidio en España del paciente 7543, y pensemos con tiempo si podemos hacer evolucionar el método. En este momento, el mayor riesgo lo tenemos con este paciente y debemos de solventarlo. En eso creo que todos estamos de acuerdo Franz.

Franz pregunta al director del área SIT si hay que cambiar los mecanismos de comunicación con los pacientes y colaboradores.

El director del área SIT indica al Consejo que no es necesario cambiar el medio de comunicación que se utiliza en la Dark Web, dado que está suficientemente protegido y, además, no se ha identificado ningún intento de ataque a la web.

Franz repite al Consejo que no le gustaría perder al paciente N.º 7543, dado que es un caso de éxito para el resto de los pacientes.

Interviene otro de los doctores. –Doctores. Creo que tenemos que seguir nuestra forma habitual de actuación cuando nos ocurre algo similar. Como hemos hecho con el paciente de Holanda. Hacerle desaparecer y evitar cualquier riesgo hacia el proyecto. Entiendo la posición del presidente de no perder al paciente N.º 7543 dado que es un ejemplo de éxito, pero no podemos superponer esto al riesgo de la pérdida de nuestro proyecto, y del riesgo tanto profesional como personal al que nos podría llevar.

–Mi posición es que actuemos como siempre haciendo desaparecer de forma inmediata al paciente N.º 7543, y evitar riesgos.

–Doctores, y si llevamos a cabo un proceso de distracción mediante un acto de suicidio de uno de los colaboradores españoles al que se le asignen los asesinatos cometidos por el paciente N.º 7543. –propone el doctor alemán–.

–Doctores, ¿no piensan que podría generar un problema en la comunidad de colaboradores, y podría afectar al proyecto "El Nido"? –toma la palabra Franz–.

Otro de los doctores transmite su opinión, y propone llevar a cabo un acto similar al del paciente N.º 7543, que distraiga a la policía y les abra una nueva vía de investigación. Pero no está de acuerdo que se lleve a cabo una acción de suicidio donde la víctima sea un psiquiatra forense, como ha propuesto otro de los doctores dado que, en la relación de colaboradores, la mayoría son psiquiatras forenses.

Franz interviene –Doctores, la posibilidad que la víctima pudiera ser un psiquiatra forense no me parece mal, sinceramente creo que puede ser una opción viable. Todos sabemos que estos profesionales están rodeados de psicópatas peligrosos y a veces se han dado casos en los que el médico es el psicópata asesino.

–Doctores. ¿Os acodáis del caso de James Fallon?. Un neurólogo que descubrió que él era un psicópata. Otro ejemplo es el de Asperger.

Continua con su exposición el presidente. –Sabemos que el paciente N.º 7543 está curado. Si llevamos a cabo un caso sobre un psiquiatra forense donde, aparentemente, él mismo se inyecte la etorfina y, pongamos pistas sobre los asesinatos llevados a cabo por el paciente N.º 7543, podemos levantar la investigación sobre nuestro paciente.

Varios doctores intervienen mostrando su disconformidad al presidente.

–De acuerdo doctores. Si os parece lo sometemos a votación.

Se lleva a cabo una votación, y el Consejo se decanta por la acción del suicidio de un psiquiatra forense y hacer desaparecer el proceso de investigación sobre el paciente N.º 7543.

Asimismo, el Consejo a través de Frederic, le indica a Franz que hay que examinar el expediente que maneja la Europol, y ver el avance de las investigaciones en cada uno de los países.

–¡Es así Frederic! – responde Franz –Por lo que nos ha dicho el director del área SIT, Europol lleva tiempo investigando sin que haya logrado nada hasta el momento. Pero eso nos tiene que llevar a ser muy cautos.

–Pero para mí. –prosigue Franz con su exposición – debemos lograr salvar al paciente N.º 7543 dado que muestra el éxito de nuestro método y, por tanto, es un claro referente para mostrar a los pacientes presentes y futuros.

–Si os parece, esperemos a ver que nos dice el área SIT de las posibles alternativas que pudiera haber. ¡Minimizando, por supuesto, el riesgo!

Franz se dirige al director del área de Security, Innovation & Technology . –Estudia cómo se podría llevar a cabo el suicidio, pero con la finalidad de salvaguardar al paciente N.º 7543.

El director del área SIT contesta. –Doctor, todo ello depende del avance de la investigación. No es fácil. Pero estudiaremos las alternativas y las propondremos con sus beneficios y riesgos.

Prosigue hablando el director del área SIT. –También hemos de analizar el avance de la Europol, de su grupo de trabajo. Eso nos puede dar una idea de cual debería ser la mejor alternativa.

–Nuestro objetivo debe ser asegurar el proyecto de "El Nido". –Responde Franz–

Asiente con la cabeza el director del área SIT.

El equipo del área SIT se reúne y reflexiona sobre las posibles alternativas tratadas.

La primera alternativa sería hacer desaparecer el paciente N.º 7543 y los cuatro médicos identificados en el informe de la policía (dos médicos de Madrid, Médico de Valencia, y Médico de Sevilla), dada la fuerte relación que tienen entre ellos. De tal manera que la policía quede totalmente desconcertada por esas desapariciones.

La segunda alternativa sería llevar a cabo un asesinato con el "modus operandi" del paciente N.º 7543, dejando pruebas que involucren a uno de los médicos investigados por la policía española. Quizás, el médico de Sevilla es con el que tiene más relación el paciente N.º 7543. Esto último distraería a la policía y la alejaría de la investigación del paciente N.º 7543.

La tercera alternativa sería la acción de suicidio de un psiquiatra forense y que se le involucrara en los asesinatos. La Europol piensa que podría haber relación entre los asesinatos y psiquiatras forenses.

La primera alternativa lograría que se estableciera una relación de asesinos en serie en España. A modo de organización.

La pregunta que sugiere esta alternativa es: ¿Cuál es el motivo de estos asesinatos?. ¿Su relación?. ¿Quién los ha podido cometer?.

Sin duda esto abriría una nueva línea de investigación en la policía española y en la Europol.

La segunda alternativa ayuda a que el paciente N.º 7543 deje de ser investigado dado que recaería toda la resolución de los casos en el asesinado.

La tercera, tendría una lógica y estaría alineada con la que sigue la Europol. Al igual que la primera y segunda, se lograría que el paciente N.º 7543 quedara exonerado de toda investigación.

Ahora bien, que pasa con la investigación que está realizando la Europol. Hay que buscar alguna acción que relacione varios de los asesinatos cometidos en los países europeos con el asesinado en España.

Hay que crear una trama. Quizás, la que podría funcionar sería la de un ajuste de cuentas por un clan que comercialice con drogas y el asesino en serie, en este caso el psiquiatra forense. De esta manera se podría relacionar la etorfina con los asesinatos y el asesino -la víctima escogida-.

Se dejarían pruebas donde se incrimine a la víctima con asesinatos en otros países, y con la comercialización de la droga.

Sobre esto último, el área SIT tiene información para relacionar a traficantes de droga con el seleccionado para ser asesinado.

Quizás la tercera alternativa sea la más contundente para desviar la atención y paralizar el proceso sobre el paciente N.º 7543, pero también es la más compleja por la dificultad que conlleva estructurarla. De nutrir la suficiente información para despistar a la policía.

Franz se decanta por la tercera con la alternativa de ajuste de cuentas con el traficante de la droga. Entiende que esta alternativa salva al paciente N.º 7543 y al proyecto de "El Nido".

También sabe de la complejidad de esta opción, y que le va a obligar a seleccionar a uno de los psiquiatras forenses que colabora en la búsqueda de candidatos en España.

Él tiene guardada una opción en caso de no lograr los objetivos deseados con este acto. Sería la de eliminar al paciente N.º 7543. De la misma manera que se hizo en Holanda, haciendo desaparecer al paciente y toda información que tuviera. Esto sin duda, paralizaría toda acción de la policía.

Franz Schmidt se encierra en su despacho analizando los expedientes de los psiquiatras forenses que colaboran en España. La decisión que tiene que tomar es muy difícil y complicada, al fin y al cabo, él es que selecciona a los colaboradores, sabe que es él quien tiene que asumir esa responsabilidad.

Franz valora que entre los psiquiatras forenses no hay relación y, por tanto, no cree que eso pueda impactar en el proyecto. Asimismo, presta atención al tiempo que llevan colaborado con "el Nido", y el desarrollo profesional que han llevado a cabo.

Después de unos días sin salir de su despacho, con una botella de wiski, sin ver la luz del día, analizando los cinco expedientes de los distintos colaboradores españoles, Franz se encuentra realmente cansado. Le ha costado mucho la selección del candidato dada su relación personal. Piensa que el elegido es, a priori, el más adecuado.

Como les indica a sus pacientes, también se ha auto analizado. La decisión que ha tomado ha pasado por el mismo proceso que el que hacen los pacientes.

Igual que el paciente N.º 7543, busca en los poetas del romanticismo español una poesía que le identifique con el acto que se va a llevar a cabo. Elige una de Espronceda que se titula "El Verdugo", de ella elige la siguiente estrofas:

Al que a muerte condenan le ensalzan…
¿Quién al hombre de honor hizo juez?
¿Qué no es nombre si siente
el verdugo imagina los hombre tal vez?
Y ellos no ven que yo soy la imagen divina
¡copia también!
Y cual dañina fiera a que arrojan un triste animal,
que ya entre sus dientes se siente crujir,
así a mí, instrumento del genio del mal
me arroja el nombre que traen a morir.
Y ellos son justos, yo soy maldito,
yo sin delito soy criminal:
Mirad al nombre que me paga una muerte;
el dinero me echa al suelo con rostro altanero,
¡a mí su igual!

Franz quiere que esta poesía este en el cadáver del elegido para el acto.

Al igual que sus pacientes, saca una pluma Parker antigua, un papel muji, y escribe con sumo cuidado la poesía elegida. Antes de llevar a cabo la escritura, se ha puesto unos guantes de látex para evitar dejar sus huellas.

Al finalizar, introduce la poesía escrita en un sobre.

Franz se reúne con el director del área SIT, le facilita el expediente del elegido, le comenta las características del seleccionado, y le da autorización para que se ponga en contacto con la organización de sicarios con las que llevar a cabo el acto. Le insiste al director que no tiene que haber ensañamiento con la víctima. Ésta no debe sufrir, y que tienen que dejar en el cuerpo la poesía que le facilita.

La organización de sicarios ha sido utilizada en varias ocasiones por área SIT para hacer desaparecer a algún paciente o colaborador.

La última vez utilizada fue la del paciente holandés.

El director del área SIT mantiene una conversación con el interlocutor de la organización de sicarios a la cual informa de la necesidad de hacer un acto en España. Les indica que ha dicha víctima se la tiene que involucrar en alguno de los asesinatos ocurridos en España, y otros países europeos. Dicho acto debe de ser llevado a cabo de tal forma que se produzca por un ajuste de cuentas por tráfico de drogas.

Les facilita toda la información del paciente N.º 7543, de los asesinatos que ha llevado a cabo, y de asesinatos ocurridos en otros países, y les indica que esta acción hay que realizarla inmediatamente, los más rápidamente posible, les insiste en ello dado que están muy preocupado por los avances de la policía española y de la Europol.

También, que les dará en poco tiempo el nombre del objetivo seleccionado.

Franz convoca a una reunión de pacientes en "El Nido", dado que quiere exprimir al máximo el éxito del paciente N.º. 7543 antes de que se lleve a cabo el acto en España.

-XXI-
El Final

¿Quién, en fin, al otro día,
cuando el sol vuelva a brillar,
de que pasé por el mundo,
¿quién se acordará?

Al ver mis horas de fiebre
e insomnio lentas pasar,
a la orilla de mi lecho,
¿quién se sentará?

Cuando la trémula mano
tienda, próximo a expirar,
buscando una mano amiga,
¿quién la estrechará?

Cuando la muerte vidríe
de mis ojos el cristal,
mis párpados aún abiertos,
¿quién los cerrará?

Cuando la campana suene
(si suena, en mi funeral),
una oración al oírla,
¿quién murmurará?

Cuando mis pálidos restos
oprima la tierra ya,
sobre la olvidada fosa,
¿quién vendrá a llorar?

Rima LXI: Al ver mis horas de fiebre
Gustavo Adolfo Bécquer

María manda un informe detallado sobre el asesinato de Toledo, y en el cual detalla las importantes diferencias que ha observado con el resto de los asesinatos asignados al Asesino de las Ánimas.

Entre estas diferencias está la posición del cuerpo, de las manos, y la forma en las cuales se han puesto las ramas. En su conclusión afirma que el asesinato de Toledo no se puede asignar al Asesino de las Ánimas.

Ernesto se reúne con Antonio para hablar de la investigación, le comenta los asesinatos de Portugal, y el informe que ha mandado María.

–Antonio. Con la información que hasta ahora tenemos, Jorge es nuestro sospechoso principal, es cierto que nos ha aparecido Francisco Javier, el médico de Sevilla, como otro posible sospechoso. Creo que deberíamos hablar con el Fiscal.

–Ernesto. Yo no lo veo del todo claro. Son todo sospechas. No tenemos ni pruebas circunstanciales. De todas maneras, hablamos con los Comisarios a ver ellos que opinan. ¿Te parece?.

–Sí. Claro. Creo que es una decisión que debemos tomarla de forma colegiada.

Pasados dos días, Ernesto y Antonio tienen una reunión con los Comisarios. Previamente a esa reunión los Comisarios han recibido un informe detallado con la situación de la investigación.

–Inspectores–. Interviene Herminio –Con la información que tenemos hasta ahora, creo que podemos tener a nuestro asesino. Todo apunta a que Jorge, el médico de Soria, es nuestro sospechoso principal, pero por desgracia, no disponemos de pruebas y solo de indicios y coincidencias. Si bien es cierto, estás son muy significativas, ¡tremendamente significativas!.

–Así lo veo también Herminio–. Responde Ricardo – Debemos seguir con nuestro proceso de investigación y principalmente centrado en el sospechoso. Tenemos que lograr obtener alguna prueba sólida que nos permita actuar sobre el sospechoso.

Comenta Herminio. –Creo que también debemos hablar con el Fiscal, y cambiar el estatus de Jorge de presunto sospechoso a sospechoso principal.

–¡Antonio! ¡habla con el Fiscal!, le presentas todo el expediente y vemos lo que te propone–. Indica Ricardo.

–Con la información que nos habéis pasado –. Sigue Ricardo con su exposición –Acaba de aparecer otro posible sospechoso y que además tiene una relación muy fuerte con el sospechoso principal.

Vuelve a tomar la palabra Herminio. –Inspectores. Tengo la seguridad que no tenemos identificados todos los asesinatos que este asesino en serie ha llevado a cabo desde el 2006. Es probable que la búsqueda en las BB.DD. no ha sido la correcta.

–Si os fijáis, aparece un hueco muy grande entre el asesinato de Pinhao y el de Pontevedra, ni más ni menos que 10 años. ¿No os parece extraño?.

Interviene Antonio. –Es cierto Comisario. No es normal en este tipo de asesinos esos huecos tan grandes. Si les parece, al equipo de Madrid le asigno que busque asesinatos o muertes, tanto resueltos como sin resolver, que hayan ocurrido desde el 2005 hasta ahora. Podría ser que alguna de ellas se haya cerrado y pudiera tratarse de un asesinato.

–Mientras tanto Antonio–. Toma la palabra el Comisario Ricardo – Sigamos con las investigaciones sobre Jorge y Francisco Javier y también, ver en que nos puede ayudar la Europol. Digo esto porque creo que es posible que pudiera existir una comuna o red de asesinos en serie que se comunican.

–¡Antonio!. Otra línea de investigación son el uso de criptomonedas. Habla con la UDEF para que lo investigue. A lo mejor esto nos puede abrir una nueva línea de investigación.

–Perfecto Comisarios. Pues nos ponemos en marcha. Gracias.

Antonio convoca a su equipo, les dice las acciones que se van a llevar a cabo, y asigna a los responsables.

–María, coordina con el equipo de Madrid la búsqueda de muertes y asesinatos ocurridos entre 2005 hasta ahora y que puedan tener alguna cierta similitud con los del Asesino de las Ánimas.

–Eso ya lo hicimos Antonio–. Contesta María con su forma habitual.

–Ya lo sé María. Pero tenemos que ampliar el espectro de la búsqueda. Es probable que se nos haya pasado algo.

María se gira, y le cambia la cara. Es la tercera vez que repite lo mismo.

–¡Ernesto!. Habla con la UDEF para que investigue el uso de la cuenta de criptomoneda, y que determinen si eso nos pudiera abrir una puerta en la investigación.

–¡Gustavo!. Sigue con la BCIT para ver que avances tienen sobre los investigados.

–¡María por cierto!. ¿Cuándo tienes una nueva reunión con la Europol?. Los Comisarios piensan que podría haber una comuna de asesino en serie. Sería necesario que nos dieran algunas pistas para trabajar sobre ello y sobre nuestros sospechosos para ver si logramos encontrar puntos de unión. Si mal no recuerdo, en su momento comentaste que en los emails se habían identificado dos palabras que parecían sospechosas "El acto" y el "Nido".

–¡Sí!. En Países Bajos tenían un sospechoso de asesinatos que desapareció extrañamente, y al cual le vieron en uno de sus emails la palabra "The Nest" cuyo su significado es "El Nido".

–Esto puede ser muy significativo María. Busca en el expediente del caso esa palabra, en que contexto aparece, a ver si nos puede ayudar en la investigación. También coméntalo con la Europol.

–Ernesto. Prepara una reunión con la Fiscalía para presentar el avance en la investigación. Vamos a ver si nos permite actuar sobre Jorge, nuestro sospechoso principal. A esa reunión te acompañare.

–Ok Inspectores. Sigamos adelante. Paso a Paso. Creo que cada vez estamos cerrando más el cerco. Estamos en unos momentos cruciales en la investigación.

–¡Inspectores!. Parece que no hemos avanzado mucho, pero, todo lo contrario. Hasta ahora hemos hecho las cosas fáciles, ahora entramos en las complicadas y eso es lo que nos hará progresar en la investigación, y detener a nuestro Asesino de las Ánimas.

–¡Inspectores!. Hay algo que nos diferencia a los policías de investigación: la paciencia, la insistencia, y la perseverancia. Esto siempre nos lleva al éxito. Recordarlo.

Antonio sabe que el equipo está cansado por la presión que está sufriendo, y también sabe de las diferencias entre Ernesto y María. Eso se nota en las reuniones, cada vez que hablan se miran fijamente. María es una persona muy competitiva, piensa que su nivel de inteligencia está por encima de los demás, y eso la lleva a generar tensiones en el equipo.

Ella ha identificado al asesino desde el principio y es muy difícil cambiarla de opinión. No admite otras alternativas, esta obcecada y, por tanto, no razona para comprender la existencia de otras posibles opciones.

Antonio viaja a Soria para acompañar a Ernesto en la reunión con la fiscalía. Es muy importante esta reunión para que les permita llevar a cabo diligencias como: inspecciones oculares, medidas limitativas del derecho a la intimidad, investigaciones patrimoniales, acceso a registros oficiales, seguimientos, etc.

También quiere hablar con Herminio para que éste le pida al Juez una orden judicial para entrar en los despachos de Jorge, y en su casa, para hacer registros y buscar pruebas que le puedan incriminar.

Aprovecha este viaje para tener una reunión con Ernesto y hablar con el equipo.

–Buenos días, Ernesto. ¿Cómo va eso?.

–Bien Inspector jefe.

–Ernesto. Menos distanciamiento más cercanía personal. ¿Me invitas a un café?.

–De acuerdo Antonio. ¿Lo tomamos aquí o fuera?.

–Vamos mejor fuera Ernesto. Así estamos más tranquilos y hablamos del caso.

Ambos Inspectores salen del nuevo y majestuoso edificio de la Comisaria, y se dirigen hacia la cafetería que hay justo enfrente. Una cafetería que es un apéndice de la Comisaria. Se inauguró casi a la misma vez que se abría la nueva comisaría.

Mientras van andando Ernesto le comenta la fastuosidad de la antigua comisaria, y le habla del maravilloso pasillo que los llevaba a la fortaleza, y de ese gran despacho de estilo bizantino en el que el comisario les recibía.

Los Inspectores se sientan en una mesa apartada y piden un desayuno típico de Soria: "churros". Esto sirve para abrir una pequeña discusión sobre donde se toman los mejores churros.

–Ernesto. Los churros están buenos, pero tú has estado viviendo en Madrid y por tanto sabrás donde se toman los mejores churros de España. Ja ja ja. Estos parecen churriporras.

–Cierto. Pero estos no están malos….

–¡Ernesto! ¿Qué tal María?.

–Bueno, ya la conoces. Es joven, muy agresiva, e insurgente. Es verdad que está muy bien preparada y ve que el Asesino en Serie puede ser su trampolín en la Unidad. Pero genera enfrentamientos con el resto del equipo que son contraproducentes.

–Sí. es cierto. Hoy quiero hablar con ella a este respecto. El equipo de Madrid también se ha quejado de ella por las formas. Estoy de acuerdo contigo sobre su preparación, pero se pierde a veces en la manera en la cual trabaja.

–En Madrid ya tuvimos algún problema con ella por sus formas. Menospreciaba a sus compañeros por la formación que tenían. Tuvimos que llamarla la atención y proponerla que cambiara de destino.

Responde Ernesto. –Creo que tiene un gran potencial y debemos ayudarla a ello. Es probable que, si hablas con ella, y le haces ver de la importancia de trabajar en equipo, de compartir las ideas, de colaborar, de ser menos agresiva, de respetar la opinión de los demás, la ayudará a desarrollar su carrera profesional.

–No te preocupes Ernesto. Así lo haré.

Como te dije el otro día, quiero estar presente en la reunión con la Fiscalía. Esta reunión es de vital importancia para el avance en la investigación. Debemos lograr que nos deje abrir diligencias para profundizar en la investigación. ¿Tú que conoces al Fiscal, cómo lo ves?. ¿Crees que nos ayudará?.

–Ernesto. Esto es un pueblo grande. En el momento que la Fiscalía de un paso, los medios de comunicación se enterarán y toda Soria también. Por ello el Fiscal es muy comedido a la hora de tomar este tipo de decisiones.

–Con esto te quiero decir que tenemos que ser muy convincentes dado que solo tenemos supuestos y casualidades.

–Es cierto Ernesto. Pero yo al igual que María, creo que Jorge es el sospechoso principal, y debemos aumentar el proceso de investigación sobre él.

–Antonio. Yo también lo creo, pero lo que tenemos es flojo. Es probable que el Fiscal así lo vea. Él ya tiene un detallado informe con todo, incluso los asesinatos identificados en Portugal.

Antonio y Ernesto se levantan de la mesa y se dirigen a la Fiscalía. Esta relativamente cerca de la nueva Comisaria. En el camino, Ernesto vuelve a comentar las bondades de la antigua comisaría, de su diseño interior, y vuelve hacer hincapié en el maravilloso pasillo y en el despacho decimonónico del Comisario.

Llegan a la Fiscalía. El Fiscal les está esperando en una sala con una gran mesa de reuniones llena de montones ordenados de expedientes que rodean a su equipo. El Fiscal está sentado en la cabecera de la gran mesa, y se supone que a su derecha está el expediente que van a tratar, dado que tiene su mano encima de un montículo de papeles, un lápiz, y un marcador de texto.

Ernesto presenta a Antonio y el Fiscal hace lo mismo presentando a su equipo de dos personas. Dos fiscales jóvenes, parecen recién incorporados a la fiscalía, muy bien vestidos si los comparamos con los dos policías que llevan ropa "casual".

El Fiscal tiene más de 40 años de profesión. Es una persona muy sería. No le gustan las bromas.

La Fiscalía que dirige tiene una alta consideración en Soria y es considerado como un Fiscal al cual no le gusta llegar a acuerdos. Es muy persistente en sus investigaciones, y serio en el trato que tiene con la policía, un trato que en ocasiones ha producido enfrentamientos.

—Inspectores, tenemos aquí el expediente que vamos a tratar. Vamos a ver si podemos avanzar algo sobre este caso del Asesino de las Ánimas. Por cierto, me gusta el nombre. Es muy poético.

—Así es Sr. Fiscal. –Contesta Ernesto –Se lo puso un periodista de Soria y así ha quedado. Todos los profesionales de la comisaría conocen el caso por ese nombre. Incluso en la Central de Madrid cuando se habla del caso, se habla del Asesino de las Ánimas.

—La verdad es que, viendo el expediente, los asesinatos no tienen nada que ver con las ánimas, tal y como las describió Bécquer–. Responde el Fiscal.

—Respecto al expediente Inspectores, me ha sorprendido que no está nada claro que haya indicios que se puedan atribuir estos asesinatos a la persona que habéis identificado como sospechoso. Veo que todo son pruebas circunstanciales. Es cierto que se producen coincidencias significativas. ¡Que evidentemente son raras!.

El Fiscal hace una pausa para dar un pequeño sorbo a la taza de café que tiene a su izquierda. Aprovecha para mirar a los Inspectores para ver la cara que ponen.

Estos están muy pendientes de las palabras del Fiscal. Saben que lo que les está diciendo es la pura realidad, pero han ido allí con la intención que les ayude en la investigación.

—Perdonar Inspectores. Hemos empezado rápidamente la reunión y no os he ofrecido un café. ¿Queréis un café, infusión, agua?.

Ambos Inspectores responde "no".

—Buenos sigamos. Es evidente, y por eso estáis aquí, que entendéis la necesidad de abrir diligencias que permitan avanzar en el estudio del sospechoso, único sospechoso, por cierto. Según he leído.

Toma la palabra Antonio. –Señoría. Es así. Como Ud. ha comentado, hay muchas coincidencias. Quizás excesivas. Nosotros creemos que esto nos debería obligar a incrementar las acciones de investigación sobre el sospechoso. Hasta ahora hemos llevado a cabo aquellas que nos permite la ley como policía, pero ahora necesitamos incrementarlas. Es por ello por lo que necesitamos cambiar el estado de presunto a sospecho y llevar a cabo: vigilancia, investigaciones patrimoniales, intervenir sus medios electrónicos, seguimiento, y acceso a registros oficiales. Y, por supuesto, que la Fiscalía intervenga.

–Bueno, me parece correcto. Pero en ningún caso, en estos momentos se van a realizar registros ni tampoco actuar en su lugar de trabajo. Es un médico de reconocido prestigio en Soria y no quiero que eso nos pueda saltar. Todo ha de realizarse con suma cautela.

–Os recuerdo que lleváis un año de investigación.

–Dejar que vea si le podemos imputar en el caso de asesinato, aunque inicialmente os adelanto que lo veo muy difícil por no decir imposible.

–He visto en el expediente que habéis hecho unas entrevistas tanto con el sospechoso como con su esfera familiar, e incluso habéis intervenido su teléfono sin tener autorización para ello. Os diré que eso no ha sido correcto. Y nos podría causar problemas.

–Señoría, esas entrevistas se han hecho según el cauce de la investigación del asesinato de Soria y nada más.

–Inspector, ¿entonces me puedes responder cual ha sido el motivo de las entrevistas con la madre y la pareja del sospechoso?. No creo que eso os lo haya autorizado el Juez.

–Antes que eso vuelva a ocurrir, me lo comentáis.

–Debéis de entender que los casos de asesinatos son complejos cuando las pruebas son circunstanciales. Los abogados enseguida encuentran grietas en los expedientes. Es por ello por lo que debemos de tenerlo muy bien documentado y sin errores en los procedimientos que se lleven a cabo.

–Por cierto, me ha llamado la atención la información de la Europol de la posible existencia de una comuna de asesinos en serie.

Interviene Antonio. –Así es Señoría. Parece que hay una serie de asesinatos parecidos en la forma, y en la droga utilizada, en otros países europeos. Asesinatos que se llevan produciendo desde hace unos 20 años, y que hace sospechar a la Europol de la posible existencia de una comuna donde los asesinos se relacionan.

Toma la palabra Ernesto. –Sí, se han descubierto en la Dark Web fotos de los asesinatos, y si los analizas ves que son tremendamente parecidos. Es como si se copiaran unos a otros. Además, los asesinatos que se han producido en otros países tienen una cadencia parecida a los de aquí.

–Nosotros creemos que es posible la existencia de esa comuna. –Interviene Antonio. –La dificultad es lograr descubrir cómo se comunican. Ese también es uno de los motivos por los que queremos intervenir todas las comunicaciones de nuestro sospechoso.

–Señoría, los asesinos en serie trabajan solos, es más, ni su entorno es conocedor que tienen al lado a un asesino. Además, son tremendamente inteligentes. Como habrá comprobado en el expediente, Jorge cubre totalmente con el perfil de un psicópata asesino.

–Señoría, los asesinatos reflejan un cuadro perfectamente pintado. No falta detalle. Y lo más importante en este asesino es que la víctima no sufre. No se da cuenta que ha sido asesinada. Esto marca las características de este asesino en serie a diferencia del de otros.

Toma la palabra Ernesto. –Es cierto Señoría. Diríamos que estos asesinatos están llevados a cabo con una excelente pulcritud. Lo mismo pasa con los que se han llevado a cabo en otros países. Es por ello por lo que pensamos que realmente pudiera existir una red que comunica a este tipo de asesinos.

–También si Ud. se fija, en la mayoría de los casos, tanto en España como en otros países, se utiliza una droga muy extraña y difícil de conseguir, la etorfina.

–Inspectores. Eso es lo que realmente me lleva a abrir las diligencias sobre el sospechoso dado que lo que tenemos es solo circunstancial, pero sí estoy de acuerdo con vosotros que el tipo de asesinato nos está mostrando algo. Un sentido, una finalidad.

–Bueno. Finalizamos la reunión. En el día de hoy tendréis las diligencias que os autorizan a llevar a cabo la investigación. Esperemos que se avance en el caso. También os asignaré un fiscal para que sea vuestro interlocutor para todo lo relacionado con este caso.

–Esto es fundamental, necesito que el fiscal que os asigne este permanentemente informado. No quiero tener acciones improcedentes que puedan afectar al caso. Es por ello, que en toda acción que vayáis a llevar a cabo informéis al fiscal para que os dé el visto bueno.

Los Inspectores salen de la Fiscalía. Se les ve satisfechos. La verdad es que no se esperaban que el fiscal estuviera tan colaborador dado que éstos actúan cuando tienen pruebas contundentes. Sin duda, la posible existencia de una red europea de psicópatas asesinos ha ayudado en la decisión.

–¡Ernesto! Vamos a llevar a cabo un seguimiento del sospechoso y a grabar sus conversaciones. Hay que pinchar todos sus dispositivos móviles y también, sus ordenadores. Debemos tener controladas todas sus conversaciones. Hay que hablar con el BCIT para ello.

–Se que eso ya lo hicimos, pero vamos a ver si repetimos el proceso y logramos profundizar. Es importante que logremos grabar las conversaciones que pueda mantener.

–Si realmente existe esa comuna, en algún momento se comunicará con ella.

–Ahora nos reunimos con el equipo y preparamos las acciones que vamos a realizar. Creo que, con esto, vamos a avanzar en la investigación.

–También debemos de establecer que persona de nuestro equipo se comunicará con el fiscal que nos asignen.

–Creo que la más oportuna sería María.

–Cierto Antonio. Será María.

–¿Seguro?.

–¡Si!. Sin duda esto le gustará. Entenderá que es asignarla una mayor responsabilidad.

El grupo de Inspectores lleva a cabo un despliegue de medios y en donde su principal objetivo es llevar a cabo un proceso de vigilancia e intervenir las comunicaciones.

Han pasado diez días desde la conversación que tuvieron los Inspectores con la fiscalía. Disponen de las autorizaciones requeridas y por ello, están ya siguiendo a Jorge e interviniendo todas a sus comunicaciones.

Son las 11:00, Jorge sale del hospital y se desplaza a una cafetería cercana a éste. En el interior Jorge se acerca a una esquina y se sienta, mira a su alrededor, es la esquina en la que acostumbra a mantener las conversaciones con "El Nido". Es una zona tranquila, pide un café capuchino descafeinado, y se enlaza a través de la Dark Web con "El Nido" utilizando su tablet.

En la videoconferencia, su cara está bajo un filtro que le pone una capucha para que no le puedan identificar los diferentes participantes.

Asimismo, también tiene activado un sistema electrónico que interfiere las comunicaciones con la finalidad que no pueda ser intervenidas.

El área SIT facilita estos medios para evitar cualquier riesgo.

Él no sabe que está siendo vigilado por la policía, y que le están intentado grabar su conversación.

El equipo que le está vigilando, no logra entender cuál es el problema que tienen para poder intervenir la conversación. El equipo que están utilizando es muy simple y tampoco está preparado para este tipo de situaciones.

Uno de los agentes al ver que no pueden intervenir las comunicaciones, sale del coche, entra en la cafetería, y se sienta en una mesa que está cerca de la de Jorge.

Jorge está sentado en una mesa que hace esquina, con la espalda apoyada en la esquina de tal manera que la pantalla de su tablet no puede verse.

De todas maneras, para la Policía, esto demuestra que Jorge esconde algo. Está utilizando medios tecnológicos para bloquear las escuchas y bloquear el posible hackeo de su tablet.

Se inicia la reunión, y atendiendo a la petición de Franz, el paciente N.º 7543 hace una exposición de los actos que ha ido realizando y como, el sentimiento de llevar a cabo esos actos ha ido cambiando gracias a las reuniones coginitivas-conductales, y en las cuales se han tratado los mecanismos que ayudan la reducción del deterioro funcional social, y modificado el carácter de la personalidad.

Franz pone de relieve, que es importante la modulación del temperamento para lograr la regulación de la personalidad, destacando el entrenamiento de la empatía y el darse cuenta de las emociones.

El paciente N.º 8910 pregunta sobre si la enfermedad tiene el riesgo de desarrollarse, y que aumenten los trastornos paranoides de la personalidad.

–Claro. Eso es una realidad. Pero nuestro objetivo con estas reuniones es precisamente actuar sobre este riesgo. Por ello, buscamos tener una fuerte relación con vosotros y que confíes en la terapia–. Responde Franz.

Interviene el paciente N.º 7543. – Estas reuniones nos ayuda a confesarnos, y a ver que lo que nos aflora es una necesidad que tenemos que lograr controlar.

–Como ya os he comentado, he logrado hacer frente a la enfermedad y curarme. He pasado bastantes años en lograrlo, pero, durante este tiempo, he ido viendo poco a poco como la necesidad ha ido perdiendo fuerza hasta que, en mi último acto, me ha aflorado un sentimiento que nunca me había pasado. El arrepentimiento.

–He llorado ante la víctima y ha sido cuando he comprendido que el acto no me conducía a nada.

–Miraba con profundidad a la víctima, y a diferencia de los actos anteriores donde sentía una transferencia hacia la víctima del odio que me salía, que emanaba de mí, en este último acto eso no se produjo.

–Como veis –. Interviene Franz –Es un proceso evolutivo y en el cual vuestra mente tiene que ir comprendiendo que el acto que lleváis a cabo no es la mejor forma de externalizar vuestra necesidad, pero esto lo tiene que asimilar vuestra mente. Si alguien me pregunta: ¿pero cuando tiempo lleva lograr llegar a este estado?. Os tengo que decir que cada mente es diferente, pero, como ya habéis visto en varios casos de pacientes curados, el objetivo se alcanza.

–Tenéis que comprender que el acto es la trasferencia de una necesidad hacia otro ser humano, y eso se lleva a cabo a través del asesinato. En el momento que esa necesidad se controle, se terminó la enfermedad. Habréis visto que en estas reuniones hablamos de cómo a cada uno de vosotros os surge esa necesidad, y ver y entender, vuestra respuesta mental.

–Así es Doctor –. Intervine el paciente N.º 7543. – Eso es lo que precisamente he notado en mi último acto.

Interviene el paciente N.º. 2317. – Yo he notado que, en mi último acto, hace seis meses, cuando lo llevé a cabo me surgió un sentimiento de duda. Tuve una fijación sobre la víctima que nunca me había pasado. Siempre llevaba a cabo el acto y rápidamente salía del lugar, pero en este caso, me quede mirando unos minutos a la víctima.

–Precisamente eso es lo que te está indicando es un cambio. Muy probablemente ya estás en la senda del proceso de cura y, es más, la necesidad que lleva a cabo un acto probablemente no te vuelva a aparecer. Eso lo veremos en el tiempo–. Le responde Franz.

Los Inspectores que están intentando grabar la conversación, solo disponen de las fotos y el video donde se ve que Jorge está manteniendo una conversación con no se sabe quién.

El Agente solamente ha comprobado que Jorge estaba teniendo una videoconferencia, pero al tener unos cascos con micrófono, no ha logrado escuchar la conversación.

Jorge termina la videoconferencia y se levanta de la mesa para dirigirse al hospital.

Los Inspectores vuelve a la central para estudiar y analizar el vídeo y ver si éste les permite, mediante el análisis de las expresiones labiales y faciales, así como, de los movimientos de los labios son capaces, mediante la aplicación de la Inteligencia Artificial, obtener información de la conversación mantenida.

Ello va a ser complicado dado que Jorge, en la videoconferencia que ha mantenido, se tapaba mucho con la pantalla de su tablet y con la mano.

Dos Sicarios viajan a España desde Colombia y El Salvador. Aterrizan en Madrid, donde tienen una reunión en un hotel cerca del aeropuerto con el director del área SIT.

Éste ya les ha indicado que el objetivo es el psiquiatra forense de la prisión Cárcel III de Cádiz, y les ha facilitado toda la información del objetivo.

El responsable de los Sicarios ha estudiado en profundidad como llevar a cabo el acto, y se lo describe al director del área SIT con todo detalle.

El director del área SIT les indica–Es importante que la víctima no sufra y tenéis que cercioraros que éste fallece de manera inmediata. Tampoco debe de haber nada de violencia.

–Tenéis que dejar en un cajón del despacho de la víctima esta pluma Parker antigua, estos tinteros, y estos folios. Esto es muy importante.

–En su despacho tenéis que dejar los expedientes que os entrego que son de las víctimas que, en teoría, ha llevado a cabo nuestra víctima.

–Os dejo información sobre el traficante de la droga Etorfina. También esto tenéis que dejarlo en su despacho.

–Necesito que antes de llevar a cabo el acto, os lo confirme dado que tengo que intervenir su ordenador para incorporar información que le relacione con el traficante de la droga y con las víctimas.

–Matar a la víctima con la inyección de etorfina y posteriormente, disparar al cuerpo. Estoy hay que hacerlo justo en el momento en la cual la víctima se cae por la actuación de la droga.

—Tiene que aparentar que es un ajuste de cuentas por parte de los traficantes de la droga.

—De esta manera, en el estudio forense no se podrá determinar si la muerte por el disparo le vino antes o después de aplicar la droga.

—Me parece bien, la sugerencia de quemar el coche con la víctima, como forma de hacer desaparecer las pruebas. Pero es necesario que el cuerpo no quede totalmente calcinado dado que se tienen que poder identificar las causas de la muerte, así como a la víctima.

—Donde llevéis a cabo el acto tenéis que dejar este sobre. En el sobre grabáis las huellas de la víctima. No se debe de destruir. Es muy importante.

—Bueno, poneros en marcha y vamos hablando. Utilizar este teléfono que os facilito que tiene una tarjeta de prepago, y estas seis tarjetas telefónicas de prepago que tenéis numeradas del uno al seis.

—Cada vez que tengamos una conversación, destruís la tarjeta y cambias la tarjeta según el número que os he facilitado, primero la uno y luego seguir la secuencia.

—Esperar, os entrego la droga y la pistola lanza dardos, y os explico donde tenéis que lanzar el dardo a la víctima para que su efecto sea inmediato.

El director del área SIT se levanta de la reunión y se va directamente al aeropuerto.

El equipo de sicarios llega a Cádiz, durante los dos días siguientes a su llegada, los sicarios vigilan los movimientos de la víctima, revisan con mucha minuciosidad las zonas por donde se mueve para evitar cámaras de seguridad, y deciden que, el mejor momento para llevar a cabo el rapto es por la noche, a su salida del hospital, cuando éste toma el coche para volver a su casa. La víctima siempre sale tarde del hospital donde pasa la consulta, y el coche siempre lo aparca en el parking del hospital, en la plaza que tiene asignada. A la hora que sale del hospital no suele haber movimiento en el parking.

El parking de la cárcel donde también pasa consulta y atiende a los reos, no es un lugar apropiado para llevar a cabo el acto y por ello, lo descartan los sicarios.

Eligen la localidad de José del Valle, que está a 54 kilómetros de Cádiz, para llevar a cabo el asesinato. Han seleccionado una caseta de aperos que está abandonada y lejos de carreteras.

Los dos sicarios que siguen a la víctima se miran y asienten con la cabeza. Uno de ellos comenta –Tenemos muy claro la acción que tenemos que hacer. El secuestro lo llevaremos a cabo mañana por la noche, y evitaremos que alguien nos vea, y nos dirigiremos a la caseta de aperos donde llevaremos a cabo el acto.

Vuelven a verifican las cámaras de control del parking, las entradas y salidas por las escaleras, y como llevarán a cabo la salida para no ser identificados.

Los Sicarios tienen que aparcar su coche a las afueras del hospital, y en una zona donde no haya cámaras.

También verifican el camino que van a seguir para su viaje a San José del Valle.

Una vez llevado a cabo el acto, se desplazarán a Sevilla donde se separarán y desde allí, tomarán un tren a Madrid y a continuación un avión para Colombia y El Salvador.

Los Sicarios llaman al director del área SIT para decirle que ya están preparados para llevar a cabo el acto. Solamente esperan que éste les indique que ya se pongan en marcha.

El director del área SIT accede al ordenador de la víctima he introduce en éste la información que le va a involucrar en los casos de España, Alemania, Francia, e Italia, así como la relación con el traficante de la droga.

Hecho esto, el director del área SIT llama a los Sicarios para darles la autorización para que lleven a cabo el acto.

Una vez llevado a cabo el acto, a las 13:00 los Sicarios llaman al director del área SIT para confirmarle que éste se ha llevado a cabo tal y como estaba planificado. Le confirman que no se ha producido ningún problema. Le describen todo detalle cómo se ha realizado. A su vez, el director del área llama al presidente y le confirma que se ha llevado a cabo el acto.

La policía local de San José del Valle recibe una llamada de un móvil con tarjeta de prepago que les indica que hay un coche ardiendo en el campo, y les da las coordenadas exactas donde se encuentra. Rápidamente se desplazan dos unidades de policía local, una ambulancia, y una motobomba del Consorcio de Bomberos de Cádiz.

Cuando llegan al lugar de los hechos, y una vez sofocado el incendio, comprueban que hay una víctima dentro del vehículo. En la casa de aperos hay una silla, unos rastros de sangre, un sobre, y un casquillo de una bala, por lo que llaman inmediatamente a la Guardia Civil para que se haga cargo del caso, y lleven a cabo las acciones pertinentes.

El médico forense al hacer una primera inspección del cuerpo comprueba que este tiene un disparo en la sien. Lo que, sin duda, a priori, puede ser el culpable de la muerte de la víctima.

La Policía Criminalística acordona el lugar para analizar todas las pruebas y elevar su respectivo informe, que junto el que lleve a cabo el forense, determinara las características de la muerte.

Transcurridos unos días, el Inspector de la Guardia Civil Rodríguez y responsable del caso, tiene los informes de criminalística y del forense. Este último indica que la víctima fue asesinada a través de una sobredórese de la droga etorfina, y que recibió un disparo en la sien con una bala .360 que se corresponde con una pistola de 9mm. La marca de la bala utilizada no refleja que la pistola utilizada estuviera registrada.

Se llevan a cabo inspecciones en los despachos de la víctima: en el Centro Penitenciario donde presta sus servicios como psiquiatra forense, en el Hospital donde pasa consultas, y en su domicilio.

El Inspector solicita al Centro Penitenciario que le facilite toda la información de los reos que hayan pasado por la consulta del psiquiatra forense en los últimos cinco años.

Revisan los dos ordenadores que le han incautado en la búsqueda de información que les ayude en aclaración del caso.

Analizando la información levantada en las inspecciones, a Rodríguez le llama mucho la atención que existen unos correos electrónicos que reflejan la recepción de envíos de la droga etorfina, y unos correos electrónicos con un traficante de droga situado en Marsella.

También aparecen una carpeta electrónica que se titula "Actos" donde hay 14 ficheros fechados. Abriendo cada fichero hay una poesía, el nombre de una localidad, y una foto de una mujer. Las mujeres que aparecen en las fotos tienen una posición muy similar, y el mismo semblante.

Junto a esa carpeta electrónica encuentran otro archivo electrónico con otras 60 fotos que se corresponden con las fotos de las mujeres del otro archivo, pero con diferentes posiciones y tomadas desde diferentes ángulos.

En la información levantada, y concretamente en el ordenador de la víctima aparecen: registros de viajes, reservas de hoteles, alquiler de coches. Todo ello relacionado con algunos de los lugares nombrados en las fotocopias.

Inicialmente el Inspector interpreta que es un asesinato por ajuste de cuentas entre el traficante de drogas y el médico, o por algún reo tratado por el médico.

Al Inspector le sorprende la utilización de la droga etorfina, él no la había oído nunca, como también le sorprende el sobre con la poesía. Criminalística la ha analizado y no ha encontrado huellas. Lo único que le indica en el informe es la tinta utilizada y el tipo de papel empleado.

Con esta información, el Inspector Rodríguez consulta las BB.DD. de la policía y le aparece la referencia de la Inspectora María, y su relación con un asesino en serie nombrado como "El Asesino de las Ánimas" que entre sus características utiliza la etorfina como medio para el asesinato, y deja una poesía.

Revisando el expediente, ve que el asesino deja escrita una poesía en sus víctimas, que utiliza pluma, una tinta muy determinada, y un papel muy característico donde escribe la poesía.

Esto le sorprende dado que la víctima apareció con un sobre donde había una poesía, y ordena que se vuelvan a realizar registros en sus despachos y vivienda buscando una pluma, tinteros, y el papel especial.

En los registros encuentran estos tres elementos.

Rápidamente el Inspector contacta con la Inspectora María.

–Inspectora. Soy el Inspector Rodríguez de la Guardia Civil de Cádiz. Le llamo porque hemos tenido un caso de asesinato de un médico psiquiatra forense.

Sigue el Inspector Rodríguez describiéndole el caso del asesinato manifestándola su sorpresa por la utilización de la droga etorfina, y que la víctima tenía una poesía.

María muestra su asombro por la víctima y la forma en la cual ésta ha sido asesinada. También se interesa por la profesión de la víctima.

El Inspector Rodríguez le comentan que han encontrado una pluma, un tintero de tinta Parker, y papel muji.

–Inspector, ¿Cuál era la posición del cuerpo?–. Pregunta María.

–Inspectora. Este se encontró dentro de un coche que estaba en llamas. Se logro salvar parte del cuerpo. La poesía se encontró dentro de una casa de aperos, en el asiento de una silla. Donde el asesino estuvo sentado y en donde fue asesinado.

La Inspectora solicita que le mande el expediente haciendo hincapié en las fotos que aparecen en la carpeta "Actos".

Rápidamente, María se levanta de su mesa y se dirige a la de Ernesto y le comenta la llamada del Inspector Rodríguez.

–María, muy curioso el tema. Cuando tengas el expediente con toda la información, llamamos a Antonio y concretamos las acciones a llevar a cabo.

Transcurridos tres días, María recibe todo el expediente levantado por el Inspector Rodríguez. En su estudio compara las fotografías con las que tiene de los asesinatos que han ocurrido en España y sin duda, coinciden con las que tienen asignadas al Asesino de las Ánimas y lo más sorprendente, la pluma Parker, la tinta Parker, el papel muji, y la poesía.

María investiga la poesía y descubre que esta fue escrita por Espronceda. Se sorprende cuando la lee dado que habla del verdugo.

Esto va a desmontar, sin lugar a duda, la investigación que se estaba haciendo sobre el sospechoso principal Jorge. Piensa María.

María habla con Ernesto. –Ernesto, la víctima de Cádiz muestra que éste pudiera ser el denominado Asesino de las Ánimas. En la investigación realizada, apareció una carpeta con el título "Actos" donde están 14 poesías fechadas, con el nombre de la población donde se ha producido, y con una foto de la presunta víctima. Estas poesías y fotos coinciden con los asesinatos que tenemos identificados, otros dos que no los tenemos, y otros que se corresponden con asesinatos que se han producido en Francia, Alemania, Italia y Portugal.

–También Ernesto, han aparecido 60 fotos adicionales de las víctimas. Además, según la información que han levantado en la inspección, traficaba con etorfina a la cual, parece que se la suministraba un traficante de droga de Marsella.

–Ernesto, tal y como se ha llevado el asesinato del médico de Cádiz, parece que fue llevado a cabo por un ajuste de cuentas. Es la típica forma en la cual los traficantes llevan a cabo las ejecuciones. La víctima se encontraba atada, amordazada, se le suministro una sobredosis de etorfina, y se le dio un tiro en la sien, como una ejecución.

–Se intentó hacer desaparecer el cadáver quemando su coche, pero la llegada de la policía y los bomberos logro salvar el cadáver.

–María, esto cambia toda nuestra investigación, la trastoca. Sin duda tenemos que hablar con Antonio, con la Europol y, además, buscar en nuestra

BB.DD. los asesinatos de las poblaciones españolas que no hemos identificados para verificarlos.

–Yo me encargo de hablar con la fiscalía para trasladarle esta nueva situación. Esto afecta claramente a la investigación.

–Prepara todo el expediente dado que Antonio querrá tener una reunión con los Comisarios para ver como procedemos.

Ernesto se levanta de su mesa y se dirige a su esquina del pensamiento. Se ha quedado frio al oír a María. La sorpresa ha sido de tal calibre, que se la desmoronado toda su visión de la investigación que estaban realizando.

En la esquina del pensamiento, Ernesto mira a través de los cristales hacia el patio. Se ha sorprendido este asesinato. ¿Qué casualidad?. Se pregunta.

Él sabe que esto sucede y que los enfoques que se dan de los casos en un momento determinado cambian de orientación, y que todo el esfuerzo tanto físico como mental llevado a cabo cae en "saco roto". Por su pensamiento pasa ¿cómo replanteamos el caso ahora?.

Ernesto llama a Antonio y le explica la nueva situación.

–Ernesto. Llama al fiscal y le comentas la nueva situación y por supuesto, paraliza todo proceso de investigación sobre el caso. Ahora mismo solicito tener una reunión con los Comisarios. Por favor, no hagas nada a excepción de lo que te he indicado. Que María prepare un informe de detalle, que investigue los presuntos asesinatos que se han producido en España y que no tenemos identificados.

–Ok Fernando. Así procedo.

Antonio convoca a una reunión a los Comisarios Herminio y Ricardo, y a los Inspectores María y Ernesto.

Comienza la reunión Antonio. –Comisarios e Inspectores, hemos recibido la información de un caso de asesinato que se ha producido en Cádiz, y que está totalmente relacionado con la investigación que estamos llevando a cabo.

–Este asesinato cambian totalmente la orientación del trabajo que estábamos realizando dado que, todo apunta a que el Asesino de las Ánimas es precisamente la víctima de este asesinato.

–Varios elementos descubiertos apunta a ello. El primero se ha descubierto la existencia de una carpeta etiquetada como "Actos" donde hay 14 asesinatos y en donde están los cuatro identificados por nosotros, otros dos más en España aún sin identificar, los dos de Portugal también identificados, y presuntamente dos ocurridos en Alemania, tres ocurridos en Francia, y uno ocurrido en Italia.

–El segundo de los elementos es la droga. Como sabéis, la droga utilizada en la mayoría de los asesinatos es la etorfina. Han aparecido correos entre el asesinado y un traficante de droga de Marsella.

–Según el Inspector de la Guardia Civil asignado, parece que el asesinato se la llevado a cabo como una ejecución por ajuste de cuentas.

–El tercer elemento que llama la atención de nuestro posible Asesino de las Ánimas, es que se trata de un médico psiquiatra forense y que estaba asignado a la prisión de Cádiz. Una profesión ésta donde los psiquiatras están en constante relación con asesinos, abusadores, etc. Hay casos como el de Segisfredo Luza de Perú, psiquiatra que asesino a su padre, o el asesinato de Nagore Laffage en los San Fermines del 2008 y cuyo asesino era también psiquiatra.

–Como ven Comisarios, casos hay y, por tanto, no nos debe de sorprender.

–Bueno, hay otro cuarto elemento que es muy significativo, se ha encontrado una pluma estilográfica, un tintero con la misma tinta utilizada por nuestro Asesino de las Ánimas, y el mismo papel que utiliza para escribir la poesía.

–Como les he dicho al principio de mi intervención, la situación ha cambiado 180 grados. Yo no diría que el caso lo debemos de cerrar, pero si nuestro planteamiento.

–Yo les propongo, verificar los dos casos en España pendientes de identificar y que nos servirá para validar esta nueva situación, y hablaría con la Europol sobre los casos de Alemania, Italia, y Francia.

–¡Antonio!–. Interviene el Comisario Ricardo. – La verdad que nos has dejado de piedra. Esta evolución del caso no la esperábamos. Como bien dices, no cerraría el caso hasta verificar los dos casos pendientes de España, pero sí pararía toda actuación que estamos haciendo sobre el presunto sospechoso, que desde luego ha pasado a otro estado.

–Como también has dicho, hablar con la Europol porque seguramente a ellos también les cambiara el proceso que estaban siguiendo. Habla tú con ellos Antonio.

–De momento, si te parece a ti también Herminio. Suspendemos el proceso de investigación.

–Sí. Estoy totalmente de acuerdo contigo Ricardo.

–No sé si alguien tiene alguna pregunta u opinión que hacer–. Se dirige Antonio a todos los participantes de la reunión.

Nadie responde y se termina la reunión.

María se levanta de la mesa. Muestra su cara un semblante serio. Toma del brazo a Ernesto. –Ernesto, sinceramente yo no me creo lo de Cádiz. Creo que nuestro sospechoso Jorge es el asesino. Me huele raro esto cuando precisamente estamos acercándonos al sospechoso. Las cosas no ocurren por casualidad.

–María. Han aparecido pruebas evidentes sobre el Asesino de las Ánimas. Pruebas que son concluyentes. Son contrastables. Y son difíciles de desmontar.

–En nuestra profesión estas cosas ocurren. De repente, sin esperarlo, aparece la luz.

–Mira te voy a recitar una estrofa de la Rima III de Bécquer.

> Hilo de luz que en haces
> los pensamientos ata;
> sol que las nubes rompe
> y toca en el zenít.

–Te has quedado perpleja. Ja, ja, ja.

–No sabía de esta nueva habilidad tuya Ernesto.

–La culpa la ha tenido esta investigación. Mira te recito otra estrofa:

Ideas sin palabras,
palabras sin sentido;
cadencias que no tienen
ni ritmo ni compás.

–Bueno ahora en serio. Habla con el Inspector de Cádiz y sigue un poco la investigación que estén haciendo, verifica los dos casos aún pendientes de identificar.

Al día siguiente, María se pone a investigar los casos pendientes como el de Jerez de la Frontera (2012) y el de Montoro (2016).

El caso de Jerez de la Frontera, hay una muerte de una mujer joven que apareció en la orilla del rio Guadalete, en una pequeña playa de este rio a la altura de El Portal.

La muerte fue por sobredosis de droga, en este caso heroína. A la víctima se la encontró con la jeringuilla aún clavada en su brazo. El cuerpo se encontró apoyado sobre un árbol con los ojos mirando hacia el rio, con una medio sonrisa en los labios, y las manos abiertas.

La víctima tenía 19 años y era de Jerez de la Frontera y estudiante.

El caso se cerró como suicidio y la muerte por sobredosis de heroína.

La víctima portaba una poesía sobre el suicidio:

Endecha de Wolfram
Si aliviar tu corazón deseas
del amor y sus resentimientos,
entonces duerme, querida, duerme;
y ni un solo pesar
de tus párpados prenderá lágrimas.
Alma triste, yaz quieta
en las honduras hasta que el mar arrastre
los bordes del sol mañana,
al este del cielo.
Mas si curar quieres tu corazón
del amor y sus resentimientos,
entonces muere, querida, muere;
es más intenso, más dulce
que reclinarse a soñar en rosaledas
con vendados ojos;
y así, en soledad, bajo el fulgor
del Amor y sus estrellas, con ella te reunirás
al este del cielo.

El caso de Montoro, hay una muerte de una mujer joven de 22 años que apareció debajo del Puente de las Doncellas, junto al río Guadalquivir. La muerte fue por sobredosis de heroína. A la víctima se la encontró con la jeringuilla aún clavada en su brazo. El cuerpo se encontró apoyado sobre un árbol con los ojos mirando hacia el rio con una medio sonrisa en los labios, y las manos abiertas.

La víctima vivía en el pueblo y trabajaba como limpiadora en un hotel de la zona.

La muerte fue declarada suicidio por sobredosis. La víctima portaba una poesía:

Los grajos
-Bajo este cielo pródigo en colores,
en esta vega diáfana, encendida,
dejemos, noble amigo, nuestra vida
pasar, gozando los tardíos amores.
Huyamos los estériles honores
y sea nuestra gloria, no fingida,
la rústica beldad, en la escondida
quietud de un pobre huerto entre las flores.-
Así dije, y mi amigo, señalando
una nube de grajos en el cielo,
me contestó con sentenciosa calma:
-Tarde nos llega el amoroso anhelo;
esa nube algo muerto está rondando,
y quizá esté lo muerto en nuestra alma.

Angel Gavinet

María comprueba las fotos del expediente con las fotos que tenía el médico psiquiatra forense y éstas coinciden. Sin lugar a duda los asesinatos se pueden asignar al psiquiatra forense.

Asimismo, también comprueba que, en la agenda del presunto asesino, tiene registro de viajes a las zonas donde se han llevado a cabo los asesinatos. El último, el de zaragoza, donde tiene los registros de los billetes del AVE y del hotel donde estuvo alojado en esas fechas.

También le pasa lo mismo con los asesinatos de Burgos y Soria.

Al día siguiente, María va a la comisaría, esa noche ha dormido muy mal, dando vueltas a todo el proceso que ha llevado a cabo respecto al Asesino de las Ánimas. Es evidente que las fechas de los asesinatos coinciden, que las fotos coinciden, pero para ella, tal y como se han desencadenado los hechos no le cuadran. No comprende como de repente aparece el médico psiquiatra forense, y que éste haya sido asesinado por un ajuste de cuentas.

Ella piensa que esto no pueden ser casualidades, que tiene que haber un algo. Algo que haya llevado a cabo que se produjera este asesinato en este momento de la investigación.

Sigue con la idea que Jorge está involucrado en los asesinatos. Está segura de ello.

Tiene claro también que no puede continuar con el caso, que por mucho que presione a Ernesto el caso se va a cerrar. Para ella se va a cerrar en falso. Solo le queda esperar. Esta segura que Jorge, su Asesino de las Ánimas, volverá a llevar a cabo un asesinato y se volverá a abrir el caso. Es lo único que le queda para demostrar su razón.

María se reúne con Ernesto y le confirma que los casos de Jerez de la Frontera y de Montoro coinciden con el expediente del médico psiquiatra forense de Cádiz. La única diferencia es la droga dado que en estos casos se ha utilizado la heroína y en los demás etorfina.

También comenta las poesías con las que han aparecido esos cadáveres, y que coinciden con poetas del romanticismo, al igual que el Asesino de las Ánimas.

–María. Con esto, el caso lo damos por cerrado. Vamos a desmontar el equipo. Este es un caso resuelto.

Antonio llama al Inspector Fernando de la Europol para comunicarle los nuevos acontecimientos, y le manda el expediente.

–Fernando. Te he mandado un expediente sobre un caso de asesinato, presuntamente ajuste de cuentas de un traficante de drogas y relacionado con la etorfina. Habrás visto que la víctima es un psiquiatra forense el cual tenía información detallada sobre asesinatos producidos en España y que teníamos asignados al Asesino de las Ánimas, y también otros ocurridos en Portugal, Alemania, Francia e Italia.

–Nosotros hemos verificado esta información y determinamos que es verdadera. Con la información levantada, vamos a archivar el caso del Asesino de las Ánimas, dado que hemos llegado a la conclusión que este psiquiatra forense ha llevado a cabo estos asesinatos.

–Antonio. Gracias por la información, la vamos a estudiar y te informaré de lo que vayamos verificando.

–La verdad es que la víctima cubre el espectro de un asesino en serie dado su perfil, la utilización de la droga, y la relación con el traficante de Marsella, esto dice mucho sobre el caso. Así a priori, y te digo que yo no creo en las coincidencias, todo apunta a que puede ser nuestro asesino en serie o, mejor dicho, uno de nuestros asesinos en serie.

–Yo sigo pensando en la existencia de una comuna o algo parecido donde estos asesinos se relacionan.

–Es muy probable que, en el caso español, esta nueva situación os lleve a cerrar el caso. También lo veo así.

–Antonio. En esta nueva situación ¿María sale del grupo?.

–No Fernando. Vamos a continuar. Creo que es positivo proseguir en el grupo de trabajo.

–Bueno Antonio. Seguimos en contacto. Saludos.

Franz reúne al Consejo de El Nido para comentarles la acción llevada a cabo, pide al director del área SIT que también asista.

–Señores, tal y como quedamos en la última reunión, el acto se ha llevado a cabo. En principio hemos cubiertos los dos objetivos, cerrar el caso en España, y que también afecte al caso que tiene abierto la Europol.

–Invito al director del área SIT que informe con algo de detalle el proceso seguido.

Franz comenta que esto no quiere decir que se haya bloqueado el riesgo, pero sí que el riesgo se ha disminuido, pero que hay que seguir siendo muy precavidos.

–Doctores, ni los colaboradores, ni los pacientes, deben saber esto. Me imagino que el paciente N.º 7543 y los colaboradores españoles, se enteraran por la prensa. Sin duda, el paciente N.º 7543 verá que sus asesinatos han sido asignados a este nuevo asesino en serie y entenderá que hemos intervenido en ello.

–Los colaboradores no me preocupan doctores, dado que entre ellos no se conocen.

–Hablaré con este paciente para comentarle, sin darle ningún tipo de detalle, la acción llevada a cabo. Ya en su momento le comenté que estaba siendo investigado y, por tanto, no le sorprenderá la decisión tomada.

–Si no hay preguntas al respecto, levantamos la reunión.

Franz llama al paciente N.º 7543, le indica la acción realizada, pero no lleva a cabo ninguna descripción detallada del acto, de cómo se ha llevado a cabo.

–Jorge. Podemos decir que el caso ha finalizado. Se ha realizado sabiendo que ya eres un paciente curado. También te pido que sigas participando en las reuniones de El Nido para que comentes tu proceso de cura. Para nosotros es clave, fundamental, que describas todo tu proceso. Esto nos vale para demostrar que el trabajo que estamos haciendo tiene sus frutos.

–Franz, gracias por la información–. Contesta de forma fria Jorge–. Se ha quedado muy sorprendido.

–Por supuesto que cuentas conmigo para participar en las reuniones. Como ya os dije, me siento totalmente curado. No me ha vuelto a venir ninguna necesidad de llevar a cabo un acto. Es más, me siento muy ilusionado de participar en las reuniones y presentar mi caso.

El Inspector Antonio manda un email a todos los participantes en el caso del Asesino de las Ánimas, en el que les da las gracias por su entrega en el caso y les adjunta una poesía de Joan Maragall, poeta catalán considerado un poeta modernista, que pertenece a la era del romanticismo, y que dice:

Ama tu oficio,
tu vocación,
tu estrella,
aquello para lo que sirves,
aquello en que realmente,
eres uno entre los hombres,
esfuérzate en tu quehacer
como si de cada detalle que piensas,
de cada palabra que dices,
de cada pieza que colocas,
de cada martillazo que das,
dependiese la salvación de la humanidad.
Porque depende, créeme.

Con esta poesía lo que trato de indicaros es que tenemos que seguir trabajando. Durante estos meses hemos hecho un excepcional trabajo, y hemos logrado identificar al Asesino de las Ánimas

Enhorabuena Inspectores. Sigamos adelante para esclarecer nuevos casos.

Epílogo

Con esto me despido de todos vosotros y os pido perdón por mis errores cometidos.
Mi mente durante esto años ha estado invadida.
Invadida por ruidos en mi cerebro que necesitaban ser transferidos a otros.
Se que he pasado unos límites infranqueables.
Pero mi mente necesitaba llevar a cabo "el acto".
Un "acto" que he realizado siempre con amor y delicadeza.

El proceso aún no ha terminado, El Nido sigue activo, y sus participantes continúan llevando a cabo sus crímenes.

Esta novela marca el comienza de una saga que llamará la atención a los lectores.

El mundo de los asesinos en serie es un mundo muy complejo y relacionado con el mundo de la medicina. Un ejemplo de ello es el "Doctor Muerte" Harold Shipman que se licenció como médico y, durante veinticinco años, jugó a ser Dios matando a más de doscientos pacientes. El 'Doctor Muerte' se veía a sí mismo como "un ser superior" capaz de decidir quién vivía y quién no. Aquel era su tétrico juego.

Nos tenemos que hacer una pregunta: ¿estamos rodeados de estos psicópatas asesinos?.

Os espero.